일란, 삶의 궤적

김명희

새미

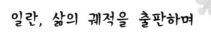

일란, 삶의 궤적을 출판하며

얼마나 오래 기다려 왔던 작업인가. 강남대학교에 부임하자마자 학생 조교 이은옥을 만나 대학시절 썼던 글들, 학교 교사시절 썼던 글들을 컴퓨터로 옮기는 작업을 시켰다. 조교 용돈을 주기 위해서이기도 했지만 수필집을 내야겠다는 생각을 하고 있었기 때문이다. 그때 플로피라는 납작한 디스켓에 보관했는데 얼마 안가 컴퓨터 사양이 업그레이드 되더니 CD로 바뀌어 먼저 친 원고는 무용지물이 되었다.

혜원여고 교사시절 교장 선생님이 글을 잘 쓴다고 학생 드라마를 쓰라고 권유도 하시고 학교 수필집 내는 데 관여하게 하시고 또 그때 쓴 내 수필을 홍보용으로 신문에 내기도 해서 우쭐해지며 글쓰기를 즐겼다.

대학원시절 수필로 등단하고 싶어 <월간문학>에 근무하는 동료를 찾아간 적이 있다. 조연현 선생님도 뵙고 조경희 수필가도 만나고 했다. 조연현 선생님이 조경희 수필가에게 잘 지도 하라고 부탁도 하셨다. 대학원 동료는 '선생님 정도면 등단보다는 바로 수필집을 내시면 된다'고 했다. 나도 그럴 생각이었다.

딱히 배울 것도 없고 배운다고 달라질 것도 없는 장르 아닌가. 피천득의 수필도 좋고 이양하의 수필도 좋고 색깔이 다르지만 각기 맛과 멋이 깃든 작품 아닌가. 그래 그 다음부터는 원고 청탁만 들어오면 무조건 썼던 것 같다. 그런 글들이 모이고 모여 쌓여 가는데 늘 출간해야지 하는 생각뿐 실행에 옮기지 못했다. 정년퇴임 때에 맞추어 내야지 했는데 마음이 움직이지 않았다. 일 년을 여행하며 쉬다 보니 다시 옛 글을 꺼내 보게 되고 정리하게 되어 용기를 낸 것이다. 수필은 다른 장르와 달리 자기 자신을 그대로 노출시키고 있어 부끄러움이 반이다. 멋쩍음이 앞선다. 그러던 차에 정찬용 국학자료원 원장님이 '퇴직하신다니 섭섭하다 하시며 퇴임기념문집을 내주시겠다고' 했는데 그 말 한마디 믿고 출판사에 들러 원고를 내게 된 것이다.

대학시절 쓴 글은 빼고 공직에 있으면서 쓴 글을 위주로 해서 싣게 되었다. 글 조각이 자식 같아 하나도 버리지 못하고 끼고 도는 글이 꽤 있어 내 자신을 안타깝게 한다. 과감히 버리고 정리하여 출간을 하려 한다.

제1부 <목련꽃 그늘 아래서>는 교사시절 쓴 오래된 글들이고, 제2부 <시내산 바람을 맞으며>는 대학교에서 학생들과 함께 생활하며 느낀 글들이고 제3부 <사랑방을 드나들며 쓴 여행기>라 하여 고등학교 동창 사이트에 자유롭게 쓴 글을 골라 싣기로 했다.

선인들도 자신의 문집을 내는 것으로 일생을 정리했던 것처럼 부족하나마 나 자신을 뒤돌아보며 부끄러운 글로 첫 대면을 하려 한다.

마지막으로 이 원고를 정리해준 김효림 강사와 김효은 편집장께 고마움을 표한다. 김효은 편집장이 끝까지 격려하여 이 원고를 병상에서 교정을 보게 되었다. 너무 고마운 사람들이다.

청양해 5월 삼성 일란재에서

목 차

제1부 목련꽃 그늘 아래서

제2부 시내산 바람을 맞으며

제3부 사랑방을 드나들며 쓴 여행기

제1부

목련꽃 그늘 아래서

교직생활에 첫 발을 디디며 느낀 것들

왠지 석연치 않은 기분입니다. 입시 문제지를 사고 파는 사례가 생겼다는 것이……. 신성하고 존엄감마저 깃들어야 할 학원입니다. 어떻게 그렇게도 쉽게 貨幣의 위력에 굴종될 수 있었을까?

인생은 시험의 연속이라 할 수 있습니다. 그 계단을 차례로 오르내려야만 합니다. 어머니 몸속 깊이, 生과 死의 귀로 점에서 태아는 조물주의 시험관을 통해 일차적인 시험을 치르고 합격의 신호를 우렁차게 터뜨리면서 세상을 보게 됩니다. 그 때부터 유치원, 대학에 이르기까지 몇 개의 門前에서 걸식하듯 구걸하며 시험에 응해야 하는 슬픈 올가미 속에서 허덕이어야 됩니다.

멋과 자부심과 호기심, 그리고 사회에 대한 날카로운 예지와 정의감, 온갖 理論과 철학 밑에 풍부히 살찌어 가는 대학 생활. 그러나 캠퍼스 생활이 몸에 익기도 전에 취직 문이라는 좁은 문으로 들어서게 됩니다. 좁고 험하고 불공평 할 수도 있는 처사를 받으며 비집고 뚫고 들어가야 하는 절박한 굴레에 접해야 되는 것입니다. 그 문을 쉽게 통과해도 평점은 계속 됩니다. 모든 것이 점수화되고 기계적으로 처리되는 인간유대에서, 많은 것을 잃어버린 채, 망각하며 지내려는 자포자기 현상이 바로 그것입니다.

토마스 홉스의 '인생은 투쟁이다'란 말이 요즈음처럼 절감되는 때는 없을 것입니다. 반드시 이겨야 한다. 어떠한 방법으로라도 이겨야 한다. 이렇게 해서 성공의 뜻도 정리되지 않은 채 부단히 경쟁 속에서 허덕이며 존재할 수밖에 없는 현실의 상황입니다.

어떤 모럴과 가치관의 기준이 확립되지 않은 채로 많은 이들은 방황하고 있습니다. 그 중에서도 학생들은 자기의 주장이 眞理인 양 강의하는 선생님의 모습을 의아하고 호기심으로 가득한 채 그저 듣고 있어야만 합니다.

하루는, 어떤 학생이 의심이 간다는, 그러나 흥미 있다는 모습으로 내게 왔습니다. 시간 중에 도덕 선생님이 '길에서 돈을 주우면 경찰서에 가져갈 필요 없이 너희들이 갖는 것이 더욱 현명하다. 현대는 정직보다는 돈과 권력이 모든 것을 지배한다.' 라고 했다는 것입니다. 영리한 학생인지 내 모습에서 진실과 허위를 가려내려고 애쓰고 있었습니다. 그 도덕 선생님이야말로 시대를 앞질러 가는 바람직한 인간형일 수도 있습니다마는, 아연해지고 서글퍼지고 당황했던 것입니다. 이렇게 되고 보면 공부한다는 것이, 그 이득이 현명해진다는 사실이 허황된 말일 수 있습니다. 먼저 가치철학이 바탕이 되어야겠다고 생각했습니다. 무조건 남의 사상에 의해 奴隷가 되고 포로가 되지 않기 위해서…….

모든 것이 不條理한 이즈음 스승과 제자의 지켜야할 線도 사실은 엉

망입니다. 무지한 학부형들(자기네 권세가 월등 스승보다 낫다는 것을 자식들에게 주지시키는) 때문에 그들은 자기네 스승을 가정교사 정도로 대우해도 괜찮다는 의식이 지배적입니다. 때문에 입시 문제들도 얼마든지 貨幣로 매매할 수 있는 가능성이 열린 것입니다.

어느 날 매우 끈적거리는 날에, 기말 시험을 치르는 학생들의 진지하게 고투하는 모습을 훔쳐보다 시험의 종류를 헤아려 보았습니다. 5분 테스트, 예습고사, 복습고사, 매일고사, 주말고사, 월말고사, 중간고사, 기말고사 등 학교의 방침은 조금씩 다르다고 해도 그들이 치러야할 과정은 마치 짐꾼 모양 무겁고 부담스러운 것입니다.

원래 시험은 능력에 따라 구별하게 하고 사물을 음미하게 하는, 또한 스스로의 길을 열도록 조종해 주는 것이 목적이겠으나, 그 목적을 상실한 지 오래 입니다.

그들은 책상 앞의 理論만을 원하지 않습니다. 한 학생이 <허무>라는 제목으로 수필을 지어 낸 적이 있습니다. 적이 비판적인 글이었습니다. 한낱, 백사장의 모래알 같은 存在라서 항상 아픔과 허탈감은 있다고 합니다. 그리고 휴식 없는 공부라는 테두리 안의 자유는 국한되어지고 타율적이어서 허무하기만 하다 했습니다.

책상 앞에서의 암기는 안다고 할 수 없습니다. 自然이라는 애정 밑에 약한 부모가, 권위의식에 사로잡힌 군주적인 교사가 절대 절명을 종용해 그들을 장님으로, 벙어리로, 혼이 없는 사람으로 변모시키는 것입니다. 그들의 정신은 엉망이 되었고 부모들은 맹목적인 일류고의 갈망 때문에 학교는 공포와 잔혹의 대상이 된 것입니다.

몽테뉴의 에세이가 생각납니다. "나는 정해진 학과 공부에는 관심이 없었고, 베르길리우스의 「아에네이드」를, 그 다음에는 「플라우투스」를, 그리고 이탈리아의 희극들을 읽었는데 이런 짓을 만일 선생님이 미친 수 작이라고 막았던들, 귀족들이 모두 그러하듯, 나도 학교로부터는 책에 대한 염증밖에 얻어 오지 못했을 것이다." 바로 이 것입니다. 서로 눈을 뜨게 하고 사색하여 발견하게 하고 폭넓은 사상의 소유자가 되어 자기 자신 뿐 아니라 전 세계를 아끼고 사랑할 줄 아는 ― 자기의 지식과, 애정을 全人類를 위해 베풀 줄 아는 아름다움과 건강이 있는 사람으로 만들자는 것입니다. 무조건 많은 암기를 시켜 일류고가 되려 하지 말고, 傳記, 역사, 소설류 등을 통해 많은 경험과 지식을 쌓게 하여 흐느적거리며 살아가는 청소년이 아닌, 생기발랄한 청소년이 되게 하자는 것입니다.

학교생활도 1년 하고도 반년으로 접어들었습니다. 생활하면서 느낀 점들을 나열해 보았습니다.

시험의 지옥보다는 '정서교육'이 밑받침이 되는 교육으로 방향전환을 해야 할 때라고 느꼈던 것이며 그렇게 되길 바라는 작은 바람이기도 합니다.

1773. 9. ≪현대문학≫

오월과 나의 어머니

봄.

오월, 그리고, 어머니,

오월은 어버이의 달

이 화려한 계절에 어머니의 뒤안길을 본다.

어머니는 태고의 흐름이 깃든 용문골로 시집을 오셨다. 백발 매파가 여주 땅과 용문골을 드나들며 허실을 반쯤씩 버무려 성사를 이룬 모양이다. 가끔 어머니의 깊은 탄식에 매파로 향한 원망, 그것을 들었다.

어머니는 촉촉한 이랑과 솔밭 그늘 새로 돋아난 미나리 향내를 맡으며 논밭까지 겸한 대농가의 며느리로서 의무를 다했다.

우리는 밤마다 어머니의 성스러운 옷고름을 만지며 어머니의 피로한 숨소리를 듣기를 좋아했다. 밤새 옛날이야기를 부탁했고 영혼 같은 어머니의 이야기에 취해 공포에 질린 정적을 잊는 것이었다.

어머니는 예쁘지도, 많이 배우지도 못한 촌부.

그러나 어머니에겐 표현하기 어려운 향기가 있어 우리는 가슴 적셔주는 어머니 내음을 좇아 밤낮 칭얼거렸다.

어느 날, 전쟁이라는 사나운 포효가 마을을 덮어 아버지는 홀연히 전장으로 가시었고, 어머니는 아버지 소식 알기에 분주하셨다. 저녁이면 피곤한 몸을 끌고 오시는 어머니. 웬일인지 펑펑 울고만 계셨다. 하루를 어머니 없이 지낸 우리는 굶주린 배를 채우려 피곤한 어머니를 감지하면서도 품속으로 기어 들어갔다. 그런 날 밤은 수줍은 꿈을 꾸며 자는 것이었다.

어머니는 한 생명을 잉태한데다가, 나를 업고, 큰아이는 걸리며 피난길에 나섰다. 피난의 길은 험난한 아비규환, 바로 그것이었다. 어머니는 긴 열차 − 꼭꼭 차, 비집고 들어설 수 없는 열차에서 우리를 부둥켜안고 갈 수밖에 없었다. 수원역에 다다르자, 동서남북으로 흩어지는 인파는 산 무덤처럼 쌓였고, 혼이 나간 인간들은 우리 어머니를 밀쳐 냈다. 어머니는 많은 출혈을 하며 거적 위에 놓여졌다. 친척들은 어머니의 모습을 보니 피가 거꾸로 흐름을 느꼈다고 한다. 이런 참경이 계속되는 때에 한 아이는 태어났다. 조물주의 아량으로 태어난 아이는 파란 궁둥이를 내놓고 울지도 않았다. 다만 한 오라기의 생명이 붙어 있을 뿐……. 소리 없이 태어난 생명이었다. 우리는 또 다른 길로 향했다. 줄어들지 않는 인파 그리고 피난민들의 긴 행렬 그 가운데서 큰아이는 장난을 치고 싶었다. 큰 아이는 어머니의 손을 슬며시 놓곤 숨바꼭질 해 버렸다. 아들의 손을 놓친 어머니, 그 어머니는 흡사 미친 여인처럼 변해 있었다.

혈맥 같은 시간이 오르락내리락할 때 지프차로 큰아이를 데리고 왔다. 어머니를 본 큰아이, 아들을 본 어머니, 기적 같은 일 − 그 후부터 어머니는 늘 무명용사를 위해 기도했다.

어스름이진 촌에 아버지도 큰아이와 같이 제대를 해서 지프차로 돌아오셨다.

우리는 긴 세월을 아무 소리 없이 보냈다. 시간의 강한 심줄 위에, 우리는 어느새 성숙해 있었고 자기를 인식하는 나이가 되자 우리는 예전처럼 어머니를 찾지 않았다.

자기와 우주 속에 놓인 자기 그리고 그 초라함, 그 따위 개념 때문에 번민했고 그 갈등을 어머니에게 돌려 어머니를 미워했다. 어머니는 노여워하지도 않으시고, 자세도 흐트러짐이 없이 참아 내셨다. 그러나 어머니는 점차 창백한 얼굴로 변해 있었다.

체온이 없는 나무토막 같은 주검이 우리 어머니를 방문했을 뿐……. 엄숙한 시간이 우리를 지배했고 소리 없이 일어난 현실에 울음을 잃었다.

우리는 어머니의 주검을 따랐다. 어머니는 유난히도 잔설이 많이 깔린 고향에 안치되었다. 특징도 아름다움도 없는 평범한 어머니는 변모해버린 황폐한 고향. 어머니가 고향 같고, 텅 빈 고향이 어머니 같고, 어머니의 모습을 그 후 볼 수 없었다.

봄.

오월

그리고 어머니

대지를 품은 어머니

오월은 나에게 그런 어머니를 그려보는 달이다.

싱그러운 잎새, 향그러운 나무, 노란빛과 분홍빛이 어우러진 봄의 빛깔들……. 이 때 하늘은 이다지도 맑아 보이는지…… 햇볕을 줍는다. 어머니의 햇살을…….

어머니는 별이 되어 고향을 지키고 대자연을 지키고, 자식들을 지키고…….

해서, 오월의 문턱 갑자기 생각 키우는 어머께 기도드린다.

가난한 자의 영혼을 위해 존재하시는 어머니를 위한 기도를…….

1974. 4.≪문교월보≫ 제53호

환희와 갈채의 순간을 위하여

▶ 여름의 향기

새벽 찬 공기가 이마에 차다. 제법 선선한 기운에 매끄러워진 살갗을 더듬어 본다. 여름은 물러서기 시작한다. 뜨겁던 정원도 서서히 물러선다. 작열하던 바닷가 태양의 세례도 시간이 줄어든다.

젊음의 몸부림 같던 열기도 멋쩍어 지고 있다. 삼복을 중심으로 그렇게 뜨거운 태양은 우리의 몸과 마음을 강하게 문질러 준다. 피부는 튼튼해지고 검게 타고 반면에 몸은 나른해졌다. 여름처럼 널브러져 있는 마음이다. 그렇게도 싱그러운 여름 향기를 기다리며 봄의 바람을 스쳤건만 이제는 바다, 산, 여름의 향기가 퇴색해져 권태와 나태뿐이다.

이젠 아침저녁 부는 시원한 바람 속에서 이어지는 계절의 다음 장章을 기다려 본다.

하나의 나무는 빛과 소리 그리고 공기를 느끼며 태양 광선과 빗줄기에 따라 행복하기도 하고 불행하기도 하다.

여름 열기 가운데서도 여름의 정열을 책가방을 쌓아 놓고 도서관에서 식히는 학생들이 있다.

<좁은 문>이라는 '지드'의 책명은 우리나라 입시제도에서 비롯된 말이 아닐까라고 상상될 정도로 문자 그대로 좁은 대학의 관문이다.

자유스러운 복장과 자유스러운 시간 속에 흰 구름뿐인 푸른 하늘을 쳐다보며 젊음만을 불태울 수 없는, 그리고 여름을 정복할 수 없는 학생들 처지다.

우리는 귀 따갑게 들려오는 대학 입시의 정보, 정략, 작전에 의한 노력, 그리고 또 노력이라 외치며 들려주는 부모, 교사들로부터 해방될 수 없다. 하늘처럼 부푼 기대로 호소하는 그들의 눈빛, 그것은 강요이다. 꼭 비집고 들어서야 된다는 당위적 수법으로 몰아붙인다. 꼭두각시놀음으로 끌려가며 반항도 해 보이며 모든 사람들을 무조건 미워하고 제도를 증오해 본다. 결국은 숙명적으로 끌려가고 있다. 모두가 대학이라는 좁은 문을 향해 머리를 조아린다. 이렇게 되고 보니 여름에 정복당한 부지기수의 학생들은 탈선기로 전락해 버린다.

모처럼 간 해수욕장이 모처럼의 수양회의 궤도를 벗어나 욕구적 충동에 의해 움직이는 장소가 된 것이다. 히히덕 거리는 거리, 장소는 무질서를 낳는다. 더욱 무섭게 느껴지는 일은 '무주구천동'에서이다. 머리 깎은 고교생 남자들과 단발머리 여고생들이 텐트 속에서 신혼살림을 차린 듯한 어쭙잖은 모습을 본 때였다. 입에는 담배를, 레인 코트를 걸치고(성숙해 보이려고) 그리고 선율 없는 두드림과 째진 목소리도 자연을 해친다. 또한 여고생의 모습은 어떠했던가. 알알이 샐샐이 웃음으로 숙녀 아닌 여고생의 이미지는 어떠했는가?

서글픈 마음이 든다. 젊음을 이해 못하는 나이는 아니었는데 결코 이해할 수 없었고 의혹 속에서 계곡물에 시선을 돌렸다.

여름 산은 성숙해 있다. 계곡의 물은 자연의 합창곡이다. 베토벤의 웅장한 심포니로도 풀어지지 않는 응어리진 가슴들이 탁 트인다.

하나의 나무는 빛, 소리, 그리고 따사로운 공기, 태양의 광선, 빗줄기에 따라 행복해 지기도 하고 불행해 지기도 한다.

어느 하나라도 결손이 있어서는 안 된다.

▶ 시간은 흐른다

'한 학기를 어떻게 보냈는가.'에 대한 설문을 해 보았다. 대부분 학생들은 "눈 깜짝할 새다", "시원 섭섭히", "후회와 괴로움뿐"이라 응했다. "보람 있었다, 즐거웠다." 등의 자신 있는 대답은 없었다.

시간은 흐른다. 의식하지 못한 채로 마냥 흐른다. 시간에 얽매이다 보면 피동적으로 생활하게 되며 피동적인 삶이 된다. 시간을 이끌어 가야한다. 내가 시간을 짜고 쪼개고 활용하여 나를 따르는 시간이 땀을 흘려야 한다.

후회와 반복 속에 여름휴가 계획이 나왔다. 보충 수업을 받고 영어, 수학에 특히 주력해야지 하던 계획은 구겨진 종이처럼 휴지가 돼버렸다.

그런 가운데서도 몇 학생은 남모르게 노력을 정념을 기울여 만족한 듯 한 계획표를 바라보겠지.

가을의 문턱에 서면 우리들의 질식당한 사고는 고개를 든다. 짧은 시간이나마 생각에 잠겨 생활할 때가 왔다. 이 세상에서 누구나가 추구하고자 하는 행복은 지성이다. 심정적이고 이지적인 것이며 행복의 주제는 엄숙한 지성이다.

언제나 인간을 진정시키는 지혜가 되고 사물을 올바르게 관찰함을 준다. 시간은 흐른다. 흐르는 시간 속에서 지혜를 닦고 지성을 쌓아야 한다. 지하철만큼이나 인공적인 것은 없다. 그러나 지하철 역전에서 갖는 허영심에 도취해 시간을 마구 버린다.

벌써 1920년대 미국 시인 '에즈라파운드'는 <지하철 정거장 앞에서> 라는 책에서 '사람들은 유령 같다'고 이미지화했다. 그러한 침침한 인공적인 굴속에서 여고생들은 서성이지 않아도 된다.

그러한 거리는 벌써 모 소설가가 <미스양의 모험>이라는 소설에서 다루었다. 제 2의 미스 양들이 직업적으로 즐비하다. 아직은 버려지지 않고 부모 사랑의 보호를 받고 있는 건강한 여고생, 환경이 좋은 여고생들이 방황할 곳이 못된다. 이상한 차림새로 좌우의 시선을 끌려는 것은 잘못 내려진 판단이다. 무엇인가 오해된 생활을 하고 있다.

가을이다. 푸른 하늘이다. 귀뚜라미가 울어댄다. 여고생의 동경과 이상 세계인 청색 하늘이다. 넓게 탁 트인 시야로 관찰하다가. 직시하자. 행복은 지성이 만든다. 학생들의 의지로 지혜를 쌓고 아직은 문명의 수호자인 교사의 가르침을 더욱 받아야 한다. 한 인간을 세상에 내보내기 위해 얼마나 많은 사람들이 노력하고 뒷바라지하는가.

빨리 책상으로 돌아와 앉아야 한다. 지난 학기를 반성하며 재정리해야 한다.

자신의 뜻대로 계획을 관철한 학생은 잠시 쉬자. 휴식을 통해 자신의 영혼과 대화를 가지자. 그리고 재출발을 다짐하자. 잊어버리기 쉬운 자신의 사고와 대화를 나누는 것은 도약의 발판이 된다.

반면에 구겨진 계획서를 쥔 학생들은 절망하지 말자. 비관이나 절망은 금물이다.

우리나라는 성년식이 없다. 그러나 고교생들을 미성년이라 칭한다. 그러니 대학의 관문을 넘어서면 성년이 되는 것이다. 참으로 대단한 성년식인 셈이다.

좁은 문을 통과했을 때의 우월감, 만족감을 맛보자. 쾌재로다. 선배들에게 물어 보자. 기쁨을, 희열을 감상해 보자.

베토벤의 <환희>는 바로 그런 전율에서 발생한 것이 아닌가. 우리의 부모, 교사들은 <갈채>로 답해 준다. 뿌듯한 가슴으로 어깨를 편다. 갈채 속에 새 출발, 넓은 세계로 뛰어든다. 이것이야말로 시원한 행복이 아니냐.

바로 시작하자. 머뭇거리지 말고 책상 위의 먼지를 털자. 가방 속에서 책을 꺼내 시작한 공부같이 겸허하게 자리 잡고 있어야 한다.

지난 시간의 후회는 꼭꼭 싸두자. 접어 두자. 겸연쩍은 웃음으로 거울을 보며 제 2의 시작을 하자. 비록 경쟁의 출발점에서 다소 늦게 뛰었더라도 결승점은 멀다.

결코 늦지 않았다. 주저 말아야 한다. 황야에서 혼자 외침이 아니라 메아리쳐 올 것을 기대하며 마음을 정리하자.

1979. 10. ≪여고 시대≫

회초리

— 벌써 감정의 늪은 가라앉고 가을 하늘처럼 맑아 있었다. 그러나, 학생의 종아리에 시퍼런 멍이 가실 때까지 내 가슴 한 복판에도 진하고 커다란 멍이 자리 잡고 있겠지. —

옛날 그러니까 서당에서 우리 선인들이 학문을 익힐 때는 훈장들이 회초리를 가지고 글공부에 채찍을 도구로 쓰고 있었음을 풍속도로 보고 익히 알고 있다. 그런데 요즈음 학교에서는 체벌 금지가 교사들이 지켜야 할 첫째의 도리로 되어 있다. 세대의 흐름과 흐름 속에서 커지는 영악한 학생들은 따라서 매를 기피하려 한다. 이유야 어쨌거나 부당히 맞는다고 생각하기 일쑤다. 더구나 연합고사라는 고교입시 제도의 묘한 제도가 교사들을 당혹하게 한다. 무시험도 아닌 것이 그렇다고 우열을 가리는 선발제도 아닌 것이 ……. 무더기 선발제라는 데서 오는 학생들의 나태함이 학생들의 학력을 저하시키고 교사들을 맥없게 한다.

의미 없는 집단에서 죽어가는 개성, 명석한 둔재들의 흐물거림 속에서 시간이 되었으니 진급시키고 졸업시키고 하는 무의미한 학년제도. 이렇게 되니 수업이 보통 이상의 힘이 들고 달구쳐야만 겨우 기지개와 하품을 숨어서 하고 흐릿하나마 겨우 교사를 처다보려고 노력하는 학생들……

　어느 날이던가 정성스레 긁어 프린트 해준 인쇄물을 여기저기 끼어둔 백지 그대로를 내놓고 수업을 하려고 할 때 이미 내 기분은 상해 있었다. 문제를 풀게 하고 정답을 알려주고 설명하고 그리고 중요한 부분을 외우게 한 다음 확인하려는데 맨 뒷줄에 앉은키 큰 학생이 벌써부터 딴 짓을 하는 것을 알고 있었다. 이름을 불렀다. 그리고 확인해 보았다. 알 리가 없다. 친구들이 옆에서 소곤댄다. 정답을 알려주는 모양이다. 시간을 넉넉히 주고 대답이 나오기를 기다렸다. 그러나 묵묵부답. 할 수 없이 재차 물으니 고개로 까딱까딱한다. 무표정한 얼굴에 고개를 까딱이는 것이 인형극에 나오는 표정 없는 얼굴 같았다. 주어진 수업시간을 끝내고 학생을 나오게 하여 감정을 누르고 물어보니 시험지가 안 보인다고 한다. '그러면 그렇지 하마터면 내가 실수할 뻔 했구나. 애꿎은 학생을 야단치려 들다니' 그러면서도 미심쩍어 시험지를 가지고 오라하니 짝이 대신 가지고 나온다. 시험지는 또렷이 활자가 박혀 있었다. 이게 안 보이느냐고 다그치니 그런 뜻이 아니라 시험지 같은 것이 안중에 없다는 것이었다. 순간 돌로 맞은 듯 한 기분이었다. 학생 스스로 회초리를 들고 오게 하고 손바닥을 치기 시작했다. 하나 둘…… 몇 대에 이르니 안간힘으로 버티고 참던 학생이 울음을 터뜨린다. 학생들이 동요되며 얼굴을 묻는 학생이 눈에 띈다. 여기서 물러설 수 없다는 냉혹한 마음이 일고 계속 때리니 종아리로 대신 맞겠다고 한다. 학생의 의사대로 종아리를 내가 생각한 숫자의 매를 치니 학생은 뛰쳐나가 버린다. 멍한 기분이 되어 있었다. 그러면서도 술렁이는 학급의 분위기를 잡아야겠다는 생각이 떠올랐다.

조그마한 동정은 더 큰 죄악을 낳는 결과를 가져온다. 저 아이는 으레껏 공부 못하는 아이니 대답을 안 해도 되고 으레 맞는 아이니 몇 대 맞으면 되겠지 하는 바보식의 바보취급을 하지 말자. 친구들의 냉정함, 그리고 비스마르크가 물에 빠진 친구를 살린 그런 이야기처럼 "진정한 충고 같은 것이 필요하다"고 두서없이 이야기해 생각은 잘 안나나 아무튼 때때로 사람을 다룰 때는 지극히 냉정함이 따라야 한다는 이야기를 한 것 같았다.

교무실에 내려오니 스스로 부끄러움이 앞섰다. 내 능력의 한계를 느꼈고 그러한 방법밖에는 없었을까 하는 회의, 무력감. 보다 효과적이고 고차원적인 치료 방법을 모른다는 때늦은 후회감.

교장 선생님의 모습이 스치면서 또랑또랑한 목소리가 "제발 학생들을 때리지 마세요. 손도 대지 마세요." 라는 소리가 귓전을 울리고 사랑의 정열을 쏟는 그곳 그런 학교 집단을 이끄시는 교장 선생님의 학생에 대한 사랑을 이렇게 추악한 방법으로 교육을 하다니.

5년간 머무른 이곳에서 불이 꺼져버려 엉망이 된 연극의 종막처럼 되어가는 것일까, 매 맞은 학생은 곧장 집으로 갔을까, 어머니와 딸이 서로 붙들고 울면서 선생이 나쁘다고 수없이 되뇌이겠지…….

실컷 울어버린 이튿날처럼 가라앉은 기분이 되어 일찍 출근했다. 수업채비를 갖추고 있는데 "선생님" 하며 부르는 상냥한 목소리가 귓결에 와 닿는다. 무심히 대답을 하고 돌아보니 어제 그 학생이 아닌가. 별 말이 필요 없었다. 벌써 감정의 늪은 가라앉고 가을 하늘처럼 맑아 있었다.

그러나 학생의 종아리에 시퍼런 멍이 가실 때까지 내 가슴 한 복판에도 진하고 커다란 멍이 자리 잡고 있겠지.

1976. 하늘이 문을 여는 곳에 『세대문고』

과욕시대(過慾時代)

대학원 시절 지도교수 연구실에 있는 수필집 한 권이 내 눈에 들어왔다. 제목이 바로 <과욕시대>. 그 제목이 내 눈길을 끌었고 이상하게 무언지 모를 공감이 갔다. 그 수필은 **해** 교수의 작품집이었다. 지방대학 교수였던 **해** 교수는 나와는 별반 친분이 없었다. 그 후 그 분의 활약상을 눈 여겨 보니 대단한 활동가셨다.

그 교수는 이 학교 저 학교에서 강의도 많이 하시고 방송도 타면서 또한 대단한 책 수집가셨다. 그의 정열적인 활동으로 인해 **해** 교수는 그렇게도 열망해오던 모교로 부임하게 되었다. **해** 교수가 이제 막 날갯죽지를 펼치고 학문에 재도약을 하려고 할 때 뜻하지 않은 불행이 닥쳤다. 미처 서울로 이사 오지 못한 터라 장거리 통근을 하셨는데 가벼운 접촉 사고가 났던 것이다. 여성 운전자와의 시시비비를 가리던 언쟁 중에 **해** 교수는 혈압상승으로 쓰러져 여성 운전자에 의해 중환자실로 이송되었고 그 후 깨어나지 못한 채 세상을 뜨셨다.

虛無라는 단어가 어울릴까?

바 교수 역시 대단한 수집가이다. 그분 역시 책탐이 많으셨는데 후배들 석사논문까지 챙겨서 가지고 가시는 분이다. 그것도 모자라 청계천, 인사동을 시간만 나면 돌아다니며 책을 사서 모으셨다. 모교 교수들은 **해** 교수의 유업을 잇고 있다고 칭찬이 대단했다. **바** 교수가 모으는 것은 책뿐이 아니었다. 한 번은 신용카드 여남은 장을 양말에서 꺼내 보여 줘서 좌중을 놀라게 하고 아끼느라 먹지도 않고 모으는 양주 등 수집 품목이 여럿 된다. 하루는 **바** 교수가 전화를 했다. 다음 국어국문학 학술대회에서 이사로 투표해 달라는 부탁이었다. **바** 교수와는 친분이 있었던 관계로 쾌히 승낙하고 하루 종일 걸려 선거를 하고 오니 **바** 교수에게 전화가 걸려왔다. 제일 많은 표수를 얻었다고 고맙다는 내용이었다. **바** 교수는 웃음이 특이하다. 끼룩끼룩 웃는 것이 유쾌하기도 한데 그날은 좀 심하다 싶게 시끄러웠다. "선생님 좀 조용히 웃으세요, 안에서 세미나를 하고 있잖아요." 라고 핀잔을 줄 정도였다. 연세가 나보다는 많았지만 어쩐 일인지 그분하고는 거리가 없이 가깝다고 생각해 결례를 한 것이다.

며칠 후 조간신문에 **바** 교수의 죽음을 알리는 부음란을 보았다. 놀라 영안실에 가보니 평소에 아끼시던 핸드폰 하나만 건질 수 있었단다. 그날도 역시 모교에 오셔서 책을 거두어 가지고 가시는 길에 마주오던 여성운전자와 맞부딪쳐 그 자리에서 횡사하시고 상대편 운전자는 의식불명이라 한다.

無常함.

아끼던 소장품들은 다 어찌하려고 한마디 유언도 없이 가셨을까
라 교수는 **바** 교수의 장례행렬 중, 학교 앞에서 노제를 지낼 때 조사吊

辭를 하셨다. **라** 교수는 이렇게 읊으셨다. "다 읽지도 못하시면서 그렇게 많이 모으시던 책들은 어찌하고 떠나시렵니까." 주변에 있는 사람들은 담담했다. 워낙 베푸시는 성격이 아니었던 탓에 **바** 교수의 죽음은 이상하리만치 슬픔이 없었다. 조사를 하시는 **라** 교수도 그저 그런 기분으로 하셨다. 그런데, 몇 달 후 **라** 교수가 돌아가셨다는 후배의 전화를 받았다. 전화를 받은 후의 그 기분. 참 묘했다. **라** 교수 역시 수집가셨다. 그분은 골동품에 애착을 가지셨다. 심지어 연구실도 골동품으로 치장하시고 카펫을 깔고 교자상을 놓고 방석을 깔고 대학원 수업을 하신다고 한다. 특이한 연구실 분위기였다. 지병이 있어 병문안 갔을 때 그 분의 서재 역시 골동품의 향기가 있었다. '역시 고전문학 하시는 분의 서재는 색다르구나.'라고 생각했다.

덧없음이여

세 분은 그렇게 순차적으로 돌아가셨다.

송년모임이 여기저기에서 벌어질 때 평소에 자주 안 나가던 학회에 참석했다. 마음이 무거운 상태였다. 발표장에는 중학교 때 가르쳤던 내 제자가 활동을 하고 있으니 전임교수가 늦은 나이에 된 이유로 날개 한 번 펴서 날아보지 못하고 뒤채에 나가 앉은 꼴이다. 열심히 발표하고 질문하고 저녁 만찬 시간이 되었다. 학회의 분위기는 만찬시간에서부터 무르익는 것이 아닐까. 요새 시쳇말로 잘 나가고 있는 젊은 교수가 내 옆 자리에 앉았다. **기** 교수는 자기 지도교수가 교수로 채용한 행운아였다. 같은 전공의 사제지간이라 전공영역을 어떻게 나누었느냐고 물었다. **기** 교수는 지도교수께서 그런 면에서는 통쾌하셔서 아무 문제없다 하면서 수명壽命에 대해 이야기했다.

교수생활을 정년까지 무탈하게 하기 위해서는 세 가지 욕심을 버려야한다고. '그런 것이 있느냐'고 물었다. 기 교수는 젊은이답지 않게 다음말을 이어갔다. 연구비 타려고 하지 말아야 합니다. 연구비가 생명을 갉아 먹는다는 이야기다. 또 강의 많이 하려고 이 학교 저 학교 다니지 말아야 합니다. 강의 시간수와 생명은 반비례한다고 . 마지막으로 내 제자만들려고 제자 욕심내서는 안 됩니다. 대학원 지도교수 하려고 신경전벌이는 경우를 이야기했다. 나는 실로 놀랐다. 젊은 사람이 어떻게 도통한 말을 할 수 있을까. 그런데 기 교수는 마지막 이런 말을 했다. 요즈음위장약 겔포스를 먹는답니다. 아닌 게 아니라 얼굴에 기미가 껴있었다.그즈음 나 역시 기교수와 똑같은 위장약을 먹고 있었다. 그렇다면 우리모두는 과욕시대를 살아가고 있는 것이 아닐까

군말

법정 스님의 무소유無所有 책이나 다시 읽어야지.

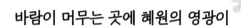

바람이 머무는 곳에 혜원의 영광이

혜원 정원에 싱그러운 5월의 훈풍이 불리라. 혜원은 유난히 꽃향기 그윽하고 나무 냄새 그리고 바람이 머무는 곳이리라.

8년간의 기나긴 세월속의 혜원은 나의 분신이며 생활터전이었으리. 내 한 몸 같고 내 가정 같은 곳을 떠나기에는 긴 시간, 단호한 결단을 필요로 하였다. 지금 되돌아보니 지난 세월들은 이미 추억이 되어 버렸고 그 추억들은 가슴속을 돌며 고향처럼 포근히 전설처럼 숨 쉬고 있다.

혜원 생활에서 지금도 슬며시 웃음 지워지는 일들은 대학을 갓 나온 키 작은 선생이 천방지축으로 중학생 친구들과 연극을 하던 일이다. <별>이라는 유치진 극본의 사극이었는데 우리는 무척 열심이었고 무대장치도 분장도 꼬맹이학생들 손으로 이루어졌고 연출되었다. 직업적인 연극인이 아니면 멋쩍어 할 수 있는 연기를 아이들은 곧잘 해냈고 연출자겸 감독 그리고, 관객의 일원이었던 나도 아주 재미있게 관람했던 일이 회상될 때 슬며시 미소 짓게 된다.

나도 성장하여 중견교사가 되어 있을 즈음 머리 딴 처녀티 나는 고등학생과의 생활에서는 지성이 용솟음치듯 폭발하려 들고 풋과일처럼 싱싱한 젊음을 알았으리.

실은 내가 가르쳤다기보다 그들에게서 보고 배우고 느끼면서 나라는 인간으로 성숙되었으리라. 지금 그 여학생들은 대학문에 들어서 있고 자율화 운동에 여념이 없을 텐데……. 그렇게도 논의의 대상이 되었던 '사랑관'도 지금은 쑥스러워졌을 게다.

그러나 나의 교사 생활이 즐거움으로만 꽉 찬 생활은 아니었다. 언제부터인가 교사라는 직업이 외로워지기 시작했고 급기야는 아주 고독한 직업인이 되어서 짙은 회의에 빠질 수밖에 없었다. 연못가에 붕어 떼의 놀이를 보는 것이 고작이었다.

학생들은 시간이 흐름에 따라 지독히 이기적으로 빠지는 것을 교사인 우리는 몸으로 느낄 수 있었고 고교 문턱을 넘자마자 과외열로 불타 입학 소감도 잊은 채 인간 교육보다 지식 교육을 요구했고 입시 기계인 같은 표정으로 무섭게 지식을 탐내는 학생들 자세에서 서글픔이 앞서야 했다. 그래도 그들의 요구가 그르다고는 할 수 없어 매시간 두견이처럼 붉은 울음을 토해내야 했다.

문제들을 갈갈이 분석하여 그들 머릿속에 채곡채곡 넣어 주는 일까지도 겸해야 했던 일들… 그런 일은 가르친다는 것보다는 '부르짖음'이라는 말이 옳으리. 그런 일을 미처 해내지 못하는 일이 생기면 스스로 노력하여 깨닫고자 하는 생각은 전혀 하지 못하는 똑똑 바보학생들은 소위 무능 교사로 손가락질하기 일쑤였고 학부형들 역시 교사들의 깊고 정성스러운 교육관을 감히 짐작도 못하고 아니 짐작하려 들지 않은 채 학생들의 일반적인 평가에 따라 등급을 매기는 것은 아니었는지…

이것은 어쩌면 소심했던 나의 편견이었는지도 모르겠지만 나의 동료요 선배 선생님이요 그리고 아껴주고 싶은 후배 선생들의 일이었기에 진한 아픔으로 밀착되기도 했었지. 모두가 사회의 혼탁한 조류에 연유된 것이리라.

허나, 혜원여고 학생들의 눈망울은 역시 맑고 깊고 그들의 음성은 종달새처럼 낭랑하다. 이미 떠나버린 혜원학생들에게 하고 싶은 말이 있다면 인간적인 아주 훈훈한 인정이 깃든 여학생이었으면 하는 작은 바람이다.

이제 봄 날씨의 변덕도 누그러지고 초하의 기운이 완연한 계절은 혜원잔치가 더욱 뜻 깊음을 의미하며 혜원을 거쳐간 교사들 그리고 졸업생들, 재학생 모두가 한 자리에 모여 반가운 눈인사라도 나눌 수 있다면 그것이 축복이리라.

우연히 버스에서 전철에서 졸업생들을 만나 시국 이야기도 나누고 동문 소식도 들을 때 나는 남들이 모르는 보람을 느끼리라.

나의 주변이 정리되면 다시 젊은 지성들과 만나 혼신을 사르리라.

혜원의 영광이여. 그리고 혜원가족 모두의 행복이 영원하기를……

1980년 5월 29일 혜원 교지

미당(未堂) 선생님과의 인연

　'인생은 만남이다.' 라는 경구가 있다. 누구를 만나느냐에 따라 인생 역정이 달라진다는 이야기이다. 만나는 사람에 의해 빛을 발하게 된다는 말일 것이다. 예수님이 베드로를 만났기에 사랑의 복음 선포를 효과적으로 할 수 있었고 공자님께서 안회라는 제자를 만나셨기에 안빈낙도 사상을 몸소 실천한 안회를 통해 관용의 마음과 인의 사상을 포교할 수 있었고 석가모니도 염화를 통해 자비의 미소를 대중에게 알리게 된 것이다.

　나와 미당 선생님의 만남은 거창할 이유도 없고 수제자도 아닌 관계이다. 선생님께서는 나의 충정을 아시고는 보살 같다며 친근하게 대해 주셨다. 그것이 내가 대학원을 진학하여 문학공부를 계속할 수 있는 계기가 되었다.

　그러니까 내가 선생님과 처음으로 만난 것은 교단에서 국어선생을 하고 있을 때다. 가을이 되면 문학의 밤을 거창하게 열었으며, 담당 선생님들은 밤늦도록 낙엽을 깔고, 학생들에게 낭독을 연습시키며, 음악을 틀어 놓고는 가장 센티하게 지낼 때 강연을 하시기 위해서 오신 것이다. 미당 선생님이 오신다는 결정이 나자 나는 재빨리 신문에 선생님의 작품 중에서 좋아하는 시 <초대>를 싣고는 흥분해 있었다. 신문 편집을 맡고 있었기 때문에 교장실에서 선생님을 모시고 있을 때, 나는 내가 쓴 시론을 보여 드렸다. 미당 선생님은 빙그레 웃으실 뿐 보시지는 않으셨다. 그때 미당은 문단에서는 하늘같은 존재였다.

대학원에서는 미당의 시를 연구하는 학생들이 즐비했고, 문학지에도 선생님의 시평이 늘 실려 있다. 그러니 아마추어 고등학교 선생이 쓴 시평이 뭐 그리 대단하겠느냐 하는 마음이 들면서도 섭섭한 마음이 불현듯 스친 것은 사실이다.

미당 선생님은 강연을 하셨다. 숨을 죽인 채 듣고 있는 학생과 선생들.

"사과를 물리도록 먹으면 신물이 나는 법이여. 그래서 대구를 지나간다고 해도, 눈이 부시도록 아름다운 가을 햇살과 빨갛게 익은 사과들이 어우러진 풍경을 보면서도 시적 발상이 떠오르지 않지. 사과를 보면 입에서 신물이 날 뿐이거든, 그러니 항상 부족하게 먹고 사는 법을 배워야 해. 문학을 한다는 것도 마찬가지여" 가 연설의 요지였다.

우리 인간은 다소 부족한 듯이 살아가는 것이 창조력을 돋우는 데 도움이 된다는 것인데 지금도 마음속에 간직된 걸 보면 꽤나 감명 깊게 들었나 보다.

그 후, 나는 동국대학을 방문하여 선생님께 대학원에 들어가면 어떻겠냐는 의논을 하기에 이르렀다. 선생님께서는 그때 사범대학 학장이셨는데 내게 영어를 잘하느냐고 물으셨고, 시험을 치러도 무방하겠다는 말씀을 하셨다. 어디에서 그런 용기가 났을까? 그런데 이게 웬일인가. 내가 대학원에 진학하자마자 선생님의 정년퇴임식이 성대하게 열렸다. 만남의 스침인가. 그래도 우리는 선생님의 댁에서 문학의 이해를 들을 수 있었다. 선생님은 문단의 이면사를 주로 이야기해 주셨다. 강의 분위기는 특이했다. 우리가 의례 맥주 한 상자를 사가면 선생님의 사모님께서는 손 빠르게 북어를 뜯으시고 무 꼬랭이는 동대문 시장에서 사 오셔서 맥주 안주는 그렇게 훌륭하게 만들어지고, 우리와 선생님은 계속 술을 마시면서 강의는 계속되는 것이다.

무릉도원인 듯 한 분위기에서 선생님의 강의는 어떤가. 임화시인의 부인이 당신을 좋아하고 그래서 6·25가 날 무렵 당신보고 이북에 함께 가자고 했다는 자랑이 섞이신 이야기, 정지용의 재기 넘쳤다는 이야기에 춘원의 눈이 파란색이었다는 이야기, 정지용 선생을 복권시키려는 이야기와 이상李箱의 시를 좋아하셨고 이상에게 시를 써서 가져가면 '좋군 좋아.' 하셨다는 이야기가 줄줄 쏟아진다.

그 때 우리는 5공 정권을 만났다. 그런데 그분께서는 5공 정권을 지지하는 듯한 묘한 연설을 텔레비전에서 하신 것이다. 수업시간에 우리는 왜 그런 일을 하셨냐고 질문했다. 미당 선생님께서는 그 일 때문에 곤혹스러운 일을 많이 당했다고 하셨다. 밤새 술 취한 민중들이 전화로 '네가 한 송이 국화꽃을 쓴 시인이냐.' '얼마를 받고 지조를 팔았느냐' 에서부터 잡지사에서의 청탁두절, 광주에서 문학 강연 때 혼이 났던 일 등 많은 어려움을 이야기하시면서 내가 돈이 아쉽겠느냐, 문학에 도움이 되겠느냐, 그러나 이 나이가 되고 보니 자식에게 불이익이라든가, 후배들의 간

곡한 부탁과 그들의 불이익이 싫어졌기 때문이라는 것이 말씀의 요지였다. 선생님의 성역은 무너지기 시작했고 국민들의 사랑은 멀어지고 정부의 사람으로 인정되기에 이르렀다. 안타까운 일이다.

우리는 또 수업시간에 다음에 대해서도 물어 보았다. 이광수는 왜 변절을 했으며, 최남선은 후회할 변절을 왜 했느냐고. 선생님은 당시의 상황에 대해서 말씀하셨다. '그때 모든 소식통은 일본에 의해 통제되었고 일본은 항상 이기고 있다'고 했으며, 그래서 '이제는 영원히 일본의 속국이 되는 구나' 라는 지식인들의 좌절이 상당해서 자포자기식으로 살아가고 있을 때며, 무언의 총구를 들이대고 있다면 어떻게 거절할 수 있겠냐는 말씀이셨다. 그러니까 상황론인 셈이다. 그때까지 우리는 자포자기한 지식인 가운데 선생님이 끼어있을 거라고는 상상도 하지 못했다. 대학생들이 선생님의 시를 배우기를 거부하고 교과서에서 선생님과 모윤숙의 시를 빼라는 데모가 있고 하면서 그야말로 선생님은 한 송이 국화꽃을 피우기 위해 그렇게 열심히 사셨고 창작활동을 왕성히 하셨건만 물거품이 될 정도로 인심이 돌아서고 있었다.

'우리 시대는 영웅이 없다.' 라는 말이 실감이 나는 현실이었다. 나도 선생님을 뵈어온 지 꽤 오래 되었다. 세상인심 때문에 돌아선 것은 아니고, 사는 것이 바쁘고 게으르고 해서 그렇게 된 것이다. 선생님의 시가 일어, 불어, 영어로 번역이 되고 있고 꾸준히 창작을 하시고 학구적인 열의도 대단하셔서 불어를 공부하시고 러시아 문학을 공부하시겠다고 러시아를 가시고 하는 선생님의 열정을 누가 따르겠는가. 괴테는 90세까지 창작을 하여 <파우스트>라는 명작을 출판하여 세계를 석권했다. 우리도 한 점 부끄러움을 스스로 밝히시고 고령에도 불구하고 꾸준히 정진하시는 선생님께 등을 돌리지만 말고 불후의 명작을 내시게 도와 드리고 그들의 어려웠던 때를 이해도 해야겠고 우리의 역사에 더 이상은 변절자가 생기지 않는 풍토로 바뀌었으면 좋겠다. 누가 누구에게 돌을 던질 것인가. 우리는 누구나 원초적으로 죄인이 아닌가.

'선생님의 일생이 지조로 일관되었다면 연꽃 같은 분이셨겠는데.' 하는 아쉬움이 있지만, 그래도 우리시대의 인물인 선생님께 노벨 문학상이 주어지기를 바랄 뿐이다.

이렇게 해서 선생님과 나와의 만남은 이루어졌고, 선생님을 따르겠다고 해서 여기까지 이르게 된 것이다.

제2부

시내산 바람을 맞으며

정년퇴임(停年退任) 그 후

누구나 정년停年을 맞이하게 된다. 정년을 사전에서는 관청이나 회사 등에서 직원이 퇴직하도록 정해져 있는 나이라고 정의하고 있다. 그리고 백거이白居易는 <불치사(不致仕)>에서 퇴임하지 않으려는 인간상人間像을 이렇게 읊고 있다.

七十而致仕 일흔 살 되어 벼슬길 물러남은
禮法有名文 예법에도 있는 알려진 일이거늘
何乃貪榮者 어찌해 영화를 탐내는 사람들은
斯言如不聞 이 말이 들리지 않는 것처럼 하는가
可憐八九十 가련하다, 팔구십 세 되어
齒墮雙眸昏 이 빠지고 눈 어두운데도
朝露貪名利 아침 이슬 신세로 명리를 탐내고
夕陽憂子孫 저녁 석양 신세로 자손을 걱정하네
　　　　　　　　　중략

年高須告老 나이 들면 마땅히 스스로 사퇴하고
名遂合退身 공을 세운 후엔 은퇴함이 옳도다
少時共嗤誚 젊어서야 한결 조소하고 욕하나
晩歲多因循 늙어지면 대개 사퇴할 줄 모르다
하략

나이 70이 되어 이 빠지고 눈 어두운데도 관직을 끼고 있는 것이 도리가 아님을 시로 노래하고 있다. 더욱이 아침 이슬 같은 인생살이인데도 끊임없이 명리를 탐내고 늙어 석양에 지는 해 같은 존재로 자손을 호강시킬 부질없는 걱정을 하는 것을 꼬집고 있다. 특히 젊어서는 늙은이들의 탐욕을 비웃으면서 정작 자신이 늙어지면 그 자리에서 물러나지 않으려는 인간의 욕심을 가슴이 뜨끔할 정도로 우리의 마음을 간파하고 있다. 인간은 늙으면 정상적인 생활을 하기가 점점 어려워진다. 그래서 정년퇴임이라는 선을 긋게 된다.

어느 학회에서 정년퇴임한 **노** 교수님께 토론 사회를 맡겼다. 지방에서 열린 학회였고, 또 그 지방에서 나름대로 권위가 있다고 해서 그분에게 사회를 부탁했는데 황당한 일이 생긴 것이다. 그 분은 사회를 보기 전에 자신이 정년퇴임한 후 잠을 이루지 못하는 오늘의 상황과 그래서 시조 창작을 하게 되었다며 자신이 잠 못 이루는 밤에 쓴 푸념조의 시조를 낭송하는 것이 아닌가. 시간에 쫓기는 세미나여서 적잖이 당황하며 바라볼 수밖에 없었다. 그분의 퇴임 후에 초조한 삶을 엿보는 시간이기도 했다.

두 교수께서는 정년퇴임 후에도 80여 세가 되도록 강의를 하셨다. 워낙 건강하신 분이라 강의를 놓으려 하지 않으시자 제자 교수들이 후학들을 위해 일방적으로 시간을 빼버리니 통곡을 하셨다는 후문이다. 안타까운 일들이다. 젊은 강사들이 줄어든 시간 때문에 강의를 할 곳이 없어 전국을 돌아다니지 않는가.

이름이 꽤나 알려진 교수들은 정년을 앞두고 다른 학교로 자리를 옮겨 계약제契約制 또는 종신제終身制로 재직하신다. 그런 혜택을 누릴 수 있는 교수는 몇 안 된다. 그 외에 교수들은 대우교수, 명예교수라는 명칭으로 몇 년 더 강의를 할 수 있는 혜택을 준다. 자기 직장에서 정년을 맞이한다는 것은 축복된 삶이다.

나는 정년 이후 아름다운 삶을 사는 분들을 보았다.

한 분은 미국에서 병리학 교수로 일하다가, 정년 후 고국으로 돌아와 연금으로 생활하시면서 보건소에서 무보수 자원봉사를 하는 분이다. 미국은 자원봉사가 어렸을 때부터 생활화되었기 때문에 정년 이후는 당연히 자원 봉사를 함으로써 자신이 사회에서 받은 혜택을 다시 사회로 되돌리는 것이다. 주말에는 박경리의 ≪토지≫에 나오는 평사리 등지를 탐사하는 문학답사도 빼놓지 않고 하신다고 한다. 자기 삶의 여유와 봉사를 곁들인 보람찬 생활이라는 생각이 든다.

또 한 분은 내 삶의 모델인 유 선생님이신데 그분도 중학교 교사를 그만두고 늦게 대학원에 진학하여 아이들을 키우며 공부를 끝내고 대학에서 정년을 맞이하신 분이시다. 그분은 내 학문(가정학)이 그리 굉장한 것도 아니고 해서, 전공專攻에 대한 연구는 후학에게 맡기고 난 화가가 되려고 했으나 되지 못했던 잃어버렸던 젊은 날의 삶의 일부를 늦게나마 찾아 그림을 그리면서 여생을 보내시겠다고 하셨다.

우리는 가장 아쉬울 때 자리에서 물러나는 법을 배우지 못했다. 그래서 훌륭하신 분들의 '옥의 티'라는 삶의 흔적을 목도하는 안타까움이 있다.

어떻게 살 것인가?

영국의 작가 기싱Gissing은 자전적 소설 ≪헨리라이크로프트의 수기≫ 에서 인생을 4계절로 표현하였다. 물론 겨울이 노년기인데 그는 나이 70세가 되어 벽난로에 손을 쬐면서 살아온 인생을 회고하고 글을 쓰는 자신의 모습을 그리고 있다.

나는 그 책을 읽으면서 나도 그러한 삶을 살았으면 했다. 젊은 시절 바빠서 혹은 직장에 매여서 하지 못했던 나머지 일들을 하면서 현재 누리고 있는 삶을 완전히 망각하면 좋겠다. 누군가가 이런 말을 하는 것을 들었다. 늙으면 자기 이름이 사람들에게서 기억되지 않고 잊혀지는 것이 두렵다고. 그러나 잊혀지는 것은 당연하지 않을까. 이문구 선생(소설가)이 이런 말을 했다. 작가가 죽으면 그 소설은 팔리지 않는다고. 작가가 죽음과 동시에 작품도 사장死藏되기 일쑤라고. 불후不朽의 명작名作이 아니면 잊혀지는 것은 당연하다.

산을 즐겨 타시며 ≪나는 아무래도 산으로 가야겠다.≫라는 시집을 남기신 호 교수님도 70을 전후해 돌아가셨다. 삶의 애착이 무척 강하셨던 분이시다. 그런데 그 분의 죽음을 보고 내가 느낀 것은 아무리 운동을 열심히 해도 사람은 때가 되면 죽는다는 것이다. 그 분의 저술이 굉장한 것 같았는데 돌아가신 후 누가 과연 그 분의 책을 사서 볼 것인가. 학술적인 책은 제자들에게 교재로 이용되었던 것이고 시집은 후학이나 학생들이 예의로 사서 본 것들이 아닌가.

허무하다.

지금부터라도 욕심을 끊어 낼 차비를 하며 자연인으로 돌아가 나만의 화려한 노년기를 맞을 계획을 세워야겠다.

중국인 친구(朋友)

이번이 중국방문 세 번째이다. 첫 번째는 중국의 고도故都, 곧 서안을 비롯한 수도들을 21일간 유람했다. 두 번째도 테마 여행이었다. 고구려, 발해 유적지, 그리고 천혜의 관광지 계림, 곤명을 11일간 여행했다.

같은 나라를 자주 여행하다 보니 언어에 대한 관심도 높아져 중국어를 배울 생각으로 또 실제 생활하는 중국인 등의 모습을 접하고자 학생들이 가는 어학코스에 접수를 하였다.

우리가 간 곳은 장춘교육대학교 외국인 기숙사다. 그 학교는 2년제 초급대학이고 초등학교 선생을 배출하는 곳이다. 2년제 특수대학이라 환경이 열악했다. 또한, 영어과 실습생을 받아 교육하고 함수반(방송통신대)이라고 하여 현직교사들을 받아 가르치는 실습기지였다.

전화는 학교 건물 하나에 한 대만 배치되어 있었다. 한 대 있는 전화마저 돌아오기 2주 전부터 불통이어서 집에는 전화조차 할 수 없었다.

물 사정은 더 나빴다. 때때로 물이 안 나오니 욕조에는 물을 담아 놓고 쓰기 시작했다. 양치물도 병에 따로 담아 두고 쓰고, 하루에 두 번 주는 뜨거운 물은 녹물에 비릿한 냄새까지 나니 깔끔한 우리 여학생들은 그 물이 싫다고 찬물로 목욕을 하는 통에 감기를 달고 살아야 했다.

또 모기와의 전쟁. 여학생들은 아침이면 예쁜 눈두덩이를 모기가 물어 조반시간에 서로 보고 웃고. 그런 곳임을 어찌 알았으랴.

중국인들은 무관심한 것 같으면서도 우리에게 극진했다. 특히 우리 학생들을 보충수업 시켜준 리쿤李鯤과 잔위戰宇는 성실한 친구였다. 리쿤은 학생들이 놀이 문화가 전혀 없다는 사실을 알아내고는 자신의 집에서 컴퓨터를 가져다 남학생 숙소에 설치해 주었다. 저녁마다 잔위와 함께 와서 학생들 숙제도 봐주고 예습을 시켜주니 학생들의 실력이 진보될 수밖에.

중국 선생님들이 감동하기에 내가 서툰 말솜씨로 우리 학생들이 예뻐서 중국 남자들이 친절하게 안내도 해주고 보충수업을 해주고 있다고 했다. 사실이었다.

우리 학생들의 미모는 너무나 뛰어나 장춘에 화제가 되었다. 우리 학생들이 장춘 시내를 활보하면 너나 할 것 없이 택시로 데려다 주고 맛있는 것 사주고 했다. 따라서 학생들은 활력이 넘치기 시작했다. 그리고 만족해했다. 그들과 친구가 된 것이다.

4주가 지났다. 학생일행은 백두산 등정이 남았고 나는 서울로 돌아오게 되었다. 일행은 일찍 집안集安으로 떠나고 우두커니 혼자 있는데 잔위가 와서 자신이 선생님을 환송할 것이라며 선물을 준다.

미안한 마음으로 선물을 받고 창밖을 내다보니 누군가 택시로 달려들어온다. 교정에서 저렇게 속력을 내면 어떻게 하나 하고 보니 리쿤이 아닌가. 리쿤은 우리 학생들 때문에 방학이 되었는데도 귀향하지 않다가 친구 결혼식이 있어 집에 잠시 들렀는데 내가 떠난다고 하니 시간을 맞추려고 택시를 타고 온 것이다.

나는 서둘러 공항에 도착했는데 시간이 되기 전에 아무 일도 하지 않는 중국인의 관습 때문에 환송객에게 미안해지기 시작했다. 그들과 나는 점심 전이었고 날씨 또한 더웠다. 나는 "나 혼자 기다려서 들어가기만 하면 되니 돌아가라"로 했다. 그들은 "그럴 수 없다(不行)"라고 단호하게 거절하는 것이다. 출구를 빠져 나오면서 나는 그들에게 말했다. "너희들이 보고 싶을 거야"라고. 잔위가 준 액자에는 이런 글이 쓰여 있었다.

惜緣
인연의 소중함
緣分是
인연의
久久長長的相緊
오래고 길게 서로 당기며
朋友是
친구란
生生世世的牽挂
살아있는 세월동안 서로 염려하는 것

어느 학술장에서 생긴 일

　종전에 학술발표를 부탁 받아서 수안보 관광호텔에서 '허난설헌의 애정시'를 발표한 적이 있다. 그 학회는 비교문학회로서 꽤나 권위가 있다고 했다. 여름 방학을 이용하여 서울을 떠나 한적한 수안보에서 학술발표를 한다는 것이었다. 중국의 '이청조 문학'은 중국문학을 연구하는 중국문학과 교수가 발표를 하고 '일본의 중세기 귀족문학'에 관한 것은 일본에서 고등학교를 마치고 일본에서 대학원 박사과정을 밟고 있는 일본 고전문학을 공부하고 있는 재일교포 여교수가 발표를 했다. 발표도 진지했고 무제한의 토론 시간을 거치다가 보니 내가 미처 몰랐던 부분 즉 임제의 '무어별'이라는 시가 중국의 무명시인의 시라고 중국문학을 전공한 한 교수의 지적이 있었다. 또, 세 나라의 여성문학이 다른 점이 절로 드러나며 공통적인 정서도 표출되어 발표를 모두 마치고 나니까 제각각의 방법론으로 연구하고 발표를 했어도 비교가 저절로 이루어지는 꽤나 유익한 발표장이었다. 그러나 그 학회의 규칙은 전임교수 이상으로 회원 자격을 두었기 때문에 나는 자격 미달(시간강사)로 회원이 되지 못했다. 그러니 자연히 그 학회에 나가지도 않았다. 그런데 뜬금없이 연락이 온 것이다. 학회에 참석해 달라는 전화가 두 번이나 왔다. 각별한 교수의 부탁이라 미묘한 감정을 지닌 채 나갔다. 전체의 큰 주제는 '불교와 문학'이었다. 발표 순서를 보니 일본 교수가 제일 먼저이고 그 다음은 중국 문학을 연구하는 교수의 발표이고 또 한 분은 불교학의 전문가로 구성되어 있었다.

각종 세미나에 참석할 때마다 느끼는 것은 2시에 발표라고 정해졌으면 그 시간에 하는 학회는 전국적인 규모 빼고는 거의 없다는 사실이다. 대부분은 3, 40분은 기다리다가 '이제 시작할까요,'라고 동의를 구한 다음 개회가 된다는 사실이다. 그때마다 느끼는 것은 최고의 지성인들의 모임인 학회도 이렇게 시간관념이 부족해서야 하는 아쉬움을 갖지만 '작은 일로 해서 큰 숲을 보지 못한다면 무엇 하겠는가.'라는 자위로 넘기곤 한다. 이번에도 예외는 아니어서 발표를 할 일본인 교수와 중국 문학을 발표할 지방의 교수만 미리 나와 있고 지명도 있는 교수는 보이지 않았다.

발표 순서를 바꾸어 가면서 중국문학 박사라는 지방대학 교수가 목청을 돋우어가며 발표를 한다. 허기야 무덥고 짜증나는 오후의 시간이라 그렇게 소리 지르며 발표문을 읽지 않으면 모두가 졸았을 것이다. 발표 요지는 박사학위 논문을 요약한 글인데 잡다한 내용으로 구성되어 있어서 새로울 것이 하나도 없어 실망하며 들었다. 도연명의 시가가 한국시에 끼친 영향이 그 내용이었다. 중국의 영향권이 워낙 컸기 때문에 한국 문학 전체가 다 영향을 받았다고 주장해도 틀린 점이 없을 지경이다.

그 다음은 일본인 교수의 발표였는데 내가 이 글을 쓰고 싶었고 또 여러 가지를 느끼게 하는 이유가 그 사람 때문이다. 그 교수는 오로지 이 발표를 위해 자비를 들여 한국을 왔고 또 자신의 학문의 영역을 넓히기 위해 한국 사찰 150여 개를 답사한 사람이라고 사회자가 소개했다. 그러나 그것뿐이 아니었다. 우리에게 발표할 주제가 '일본 사찰 문학'인데 그들은 '에토끼'라고 하는 주련 비슷한 글귀를 연구하는 그런 것이었다. 발표문도 번역을 시켜서 우리가 이해하기 쉽게 준비해 왔고, 또 자신의 한국학생 제자를 시켜 통역을 일일이 해주는 배려도 잊지 않았다. 으레 국제 학술회의라고 해서 가 보면 각자 자기네 언어로 말할 뿐 듣는 사람을 위한 배려는 전혀 없어서 입모양만 열심히 쳐다보다가 중국의 백화 문자나 일본의 문자 중에서 한자만 읽어 대충 짐작만 하고 넘어가기 일쑤다. 이번에도 그러지 않겠느냐는 내 동료와 나의 추측은 어긋나고 말았다. 그렇다고 그런 일이 뭐 그리 대단하다고 내가 이리 흥분하겠느냐! 그것뿐이 아니다. 일본의 불화佛畵를 모두 슬라이드 해 와서 보여주며 설명하고는 교회에서 예수의 몸이라고 떼어주는 떡의 일종인 과자 같은 것인데 일본의 불교에서는 '부처님의 코'는 부처님의 분비물이라고 하면서 많이 먹으면 무병장수하는 복을 지닌다는 대목에 이르러서는 과자를 몇 봉지 사와서 꺼낸 다음 좌석마다 돌려주는 것이 아닌가. 모두 웃으면서 나누어 먹으며 '복 많이 받으시오' 하면서 먹어 볼 수밖에. 그런데 문제가 또 발생한 것이다. 그 일본인 교수는 여러 개의 비디오테이프를 준비해 와서 우리에게 실제 일본의 사찰을 보여주려고 했다. 그러나 시청각 자재가 준비가 안 된 세미나실, 에어컨이 없어서 발표자나 청자들이 더워서 쩔쩔매며 있어야 하는 상황, 그런 상황인 줄을 그 일본인 교수는 미처 깨닫지 못했을 것이다. 여러 번 시도했는데도 비디오테이프는 화면이 뜨지를 않아 사회자가 이것으로 발표를 마치겠다고 얼버무릴 수밖에 없었다. 무척 아쉬웠다. 얼마나 귀중한 자료며 우리가 일일이 다녀보지 못한 일본의 사찰 문학을 한 눈에 볼 수 있는 절호의 기회였는데 이렇게 무산되니…… 내가 계속해서 보고 싶다고 옆자리에 있는 교수에게 말하니 그러면 그 일본인 교수에게 테이프를 빌려 달라고 하란다. 말이 되는 소리를 해야지. 그 사람이 애써서 제작한 것을 잘 알지도 못하는 내가 어떻게 청을 할 수가 있을까. 그냥 그렇게 아쉬움으로 남겨야지…….

마지막으로 권위 있다는 교수가 나와서 발표하는 순간인데 발표문 용지는 돌려지고 있지 않아서 의아해 있는데 그 교수는 그냥 달랑 몸만 나가서 조그만 메모지 하나만 꺼낸다. 그리고는 정식으로 발표문 요지를 해 오는 줄 몰랐다고 하고 또 본인이 지금도 어느 학회에 참석했다 오는 길이라 바빴다는 등, 무슨 대탐사에 본인도 끼어 있어서 회의를 했다는 등, 고려 불화 전시를 처음부터 지금까지 관여하고 있다는 등으로 서론을 시작으로 요약해서 일본인 교수의 발표에 대응해 한국의 사찰 전반적인 것을 40분간의 발표로 마무리 했다. 깔끔한 발표이나 왠지 찝찝한 것이 그냥 말만 하고 끝내니까 요지문을 보면서 생각하고 의아해 하고 하는 과정이 전혀 없는 것이다. 발표자는 그 방면에서는 모르는 것이 없을 테니 기록이 없어도 머릿속에서 정리가 되겠지만 우리 같은 문외한은 무엇인가 자료가 있어야 도움이 될까 말까인데 뜬 구름만 잡다 만 꼴인 것이다.

세 사람의 발표를 들으면서 세 사람 각자의 성격을 파악할 수 있었다. 별것도 아닌 내용을 과장해서 발표하는 교수와 사전에 치밀한 계획과 준비물을 통해 철저히 하려는 교수, 청자를 일면 무시하며 자신의 권위를 더욱 높이려는 무성의한 교수가 그것이다. 아무리 많이 알아도 성실한 자세는 그를 더욱 돋보이게 할 것이고 조금 아는 것을 허장성세하지 않으며 겸손히 발표했으면 젊은 소장파의 앞날이 보장될 것이라는 짐작이 갈 것인데 하는 아쉬움. 많이 썼지만 인물대사전에 나온 것을 보고 그냥 썼다면 그리고 그것보다 더 좋은 책이 없다고 말 같지 않게 강변하지 않았더라면.

토론 시간에 이르러서는 발표장의 클라이맥스며 가장 긴장되는 순간인데 일본인 교수에게 제일 많은 질문이 쏟아졌고 문화적인 차이 때문이겠지만 그 다음은 한국의 불교문화에 대한 것이었고 중국 문학에 관한 것은 질문꺼리도 없지만 발표한 사람에 대한 예우가 아니라고 하면서 노교수가 유학의 시각으로 날카롭게 질문을 던졌다. 예고된 질문 시간이다. 그 노교수도 깐깐하기로 소문이 나 있고 또 학문적인 실적이나 업적도 있고 옛날 서당에 다니며 공부한 한학자여서 그 교수한테 아는 체 하다간 큰 코 다치기 일쑤인데 그 젊은 교수는 외국에서 학위를 하고 왔기 때문에 미처 몰랐을 것이다. 그 젊은 교수는 질문에 답은 하기는커녕 더욱 언성을 높이며 발표문을 재삼 읽어 내려가는 것이다. 질문마다에 핵심은 피한 채 예를 들면 이퇴계의 전기적 고찰이 잘못되었다고 지적하면 <인물사> 만큼 좋은 책은 없다면서 그 책을 보았노라는 당당한 자세 등에 노교수들은 어안이 벙벙한 채 또 질문자가 무안해서 얼굴이 벌개지는 그런 상황이 자꾸 연출되니까 뾰족한 음성의 사회자가 발표자를 나무라며 언성을 높이니 일순간에 발표장은 싸움장처럼 변해버린 것이다. 웃지 못 할 해프닝이다. 가까스로 진정되고 금세 자유토론이 이어져 일본인 교수에게 질문이 쏟아졌고 통역을 앞세운 일인 교수의 성실한 답변을 들으며 학회는 끝을 맺었다. 서로 원수 진 일은 없고 단지 흥분해서 일시에 일어난 일이니 악수를 하며 석식을 들며 화기애애한 시간으로 마무리 되었지만 솔직한 내 심정은 부끄러움 그 자체이다. 첫째는 청자들 중에는 일본인이 있었고 일본인 교수의 제자들인 한국 학생들도 있었고 또 미국인이 동양문화를 배우겠다고 서울대에서 공부하는 하버드생이 있었다. 그들은 이런 토론 모습을 보고 무슨 생각을 했을까. 한국인의 다혈질적인 성격을 파악했을까. 준비과정에서도 왜 한국의 교수들과 일본인 교수와 차이가 날까. 내가 그 옛날 발표 할 때도 일본 문학을 하는 교수는 자료집 화보를 멋있는 것으로 가져와 우리의 궁금증을 대번에 풀어주었다. 그렇다. 우리는 자료집들이 화보로 멋있게 제작된 것이 부족하기는 하다. 또 대통령도 세계화라고 주장하는 선진국화하려는 우리네 대학의 시설은 어느 수준인가. 화장실은 냄새가 나지 않는가. 화장실에는 휴지가 꽂혀 있는가. 또 교수와 학생의 화장실이 구분이 되어 있는가. 시청각 교실이 잘 준비되어 있는가. 학교에는 비디오를 보면서 수업을 할 수 있는 시설이 되어 있는가. 교수들에게도 이런 의문은 제기된다. '나는 과연 시청각 자료를 자유자재로 다룰 수 있는가. 내 개인 자료는 얼마나 될까. 외국에 가서도 발표할 기회를 십분 발휘할 수 있겠는가' 라는 여러 가지 상념을 하면서 집으로 돌아와 딸에게 "애야 내년에 엄마는 방학기간만이라도 외국어 연수를 다녀와야겠다. 우선 중국어, 일어를 먼저 공부하고 영어도 해야겠다." "어머니 저하고 같이 가세요. 저는 5개 국어는 마스터해야겠어요."

꿈도 야무지지 모녀는!

대학 내 흡연 문화

내가 대학생일 때 어느 미션 학교에서는 교수는 물론 대학생들도 담배 피우는 것을 금한 사실이 있다. 들리는 말에 의하면 목회자 교수가 복도에서 담배를 피우는 학생의 뺨을 때렸다고 한다. 왜냐하면 그 학생은 그 학교 규칙을 어겼기 때문이다. 이런 일은 이제는 '전설따라 삼천리' 시간에나 방영될 이야기 소재다. 요즈음에는 중·고교에서도 선생님들이 학생들의 담배 피는 광경을 목격해도 못 본 척 지나쳐버린다고 하지 않는가.

중국을 여행할 때 그들의 치아가 새카만 것을 본다. 그들은 어릴 때부터 담배를 많이 피웠기 때문이란다. 우리가 그 사실을 지적하면 그들은 녹차를 많이 마셔서 그렇다고 변명한다. 그러나 여행길에서 특히 중소도시를 지날 때 더 많이 발견하는 것은 어린아이 같은데 담배를 피워 무는 것이다. 그때 우리 여행객들은 한 마디씩 던지는 말이 있다. "머리에 피도 안 마른 것들이" 라고 하면서 마치 저소득 국가라서 그렇다고들 내뱉는다.

그런데, 우리 자신이 비웃던 사실이 우리 사회에 엄연히 존재한다는 것이 우리를 민망하게 한다.

선진국에서는 흡연 인구가 줄어들고 있다는데 우리 사회는 중·고교 시절부터 담배를 피우기 시작하여 흡연인구가 늘고 있는 추세다. 대학생들도 예외는 아닌 듯하다.

흡연이 몸에 나쁘다는 사실은 말을 하지 않아도 누구나 다 알고 있다. 그리고 간접흡연이 흡연자 보다 더 치명적이라는 사실도 누구나 인지하고 있다. 그런데 문제는 흡연자가 비흡연자를 전혀 배려하지 않는다는 사실이 우리를 슬프게 한다.

교실에서, 복도에서, 심지어 교수 연구실 앞에서 삼삼오오 짝을 지어 피워대는 바람에 대부분의 비흡연 교수들은 은연중에 니코틴 중독에 걸리고 있다고 해도 지나침이 없다.

더욱 우리를 서글프게 하는 것은 흡연 후 꽁초를 마구 버리는 흡연자들의 태도다. 그들은 그들만의 애호 식품을 태우고는 꽁초를 변기통 안에 스스럼없이 버린다. 아연실색이다. 변기는 막히고 그 주변은 담배 재로 까맣게 되거나 불결하기 일쑤다. 거기다 침까지 곁에 뱉어두는 습관은 어디서 나온 것일까.

여대생들도 흡연에 있어서는 남녀평등이다. 많은 숫자가 담배를 피우는데 주로 화장실이거나 그들만의 방인 학회실 또는 동아리방이다. 담배 재떨이를 준비하지 않는 우리 학교는 학교 건물 곳곳이 담배 재떨이가 된다.

몸에 나쁘다는 사실을 알고도 기호 식품인 담배를 끊지 못하고 피워대는 많은 사람들이 가엾다. 그리고 연민의 정을 갖는다. 오죽하면 담배를 피울까? 그러나 그들에게 고언을 하고 싶다. "끽연가들이여! 에티켓을 지켜달라"고.

공공장소나, 막힌 공간에서 담배를 피우는 일은 이제 그만! 그리고 화장실 변기통에 꽁초를 마구 버리는 일도 이제 그만!

외치고 싶다. 담배를 피우는 심정을 이해한다고! 그러나 제발 비흡연자들의 고통도 알아달라고.

풍류를 수출하자

우리나라를 중국 사람들은 隱者의 나라라고 했다. 또 우리는 풍류도의 나라라고도 했다. 실제로 신라말기 최치원은 풍류도를 실천하기 위해 산의 바람을 따라서, 냇물의 흐름을 좇아서 살다가 종적이 없이 사라진 사람이다. 근래의 학자들이 그의 발자취를 찾으니 합천에 있는 가야산에서 은거하고 있다가 죽었다는 설이 있고 충남 서산에 있는 가야산에 은거하며 속세의 더러워진 귀를 씻는다는 洗耳巖의 글을 새긴 흔적이 남아 있으며 혹자는 대마도에서 살았다는 자취가 있다고 하니 정말로 신선처럼 살다가 신선처럼 죽은 최초의 문인이다. 그래서 선인들은 그를 기리기 위해 ≪최치원전≫을 써서 남겼으며 신격화하려 했으며 그렇게 추앙된 사람이다. 유명한 쌍계사의 비문을 비롯해 전국 유명한 곳에는 그의 시문과 비문이 그대로 남아있는 것이다.

옛날 선인들은 실제로 신선이 되기 위해서 여러 가지 비방을 쓰면서 살았다. 그것들은 모두가 중국의 도가사상에서 비롯된 것이지만 우리네 선인들은 仙人이 되어 영생하고자 했으며 옥황상제가 있는 곳에서 함께 만복을 누리고 싶어 했다. 특히 신라의 풍류도는 가히 국교나 다름없어서 원화라는 미소년을 발탁하여 예쁘게 치장시킨 다음에 고국산천의 명승지를 두루 주유케 한 다음 무술과 정신적인 철학을 익히게 하여 마침내는 신라가 통일을 하는 데 일조를 하게 된다. 유명한 화랑은 영랑이어서 속초의 이름을 지어 주었다고도 한다. 그뿐 아니라 김유신 조에 나오는 천관의 고사는 기생의 원류가 신라에서 비롯되었음도 알게 한다.

이처럼 한국인의 피에는 풍류의 흐름이 있어서 산천경개 좋은 곳을 따라서 심신을 닦아 정신의 무장을 했다는 이야기가 흔하게 묻어난다. 고려의 문신들이나 조선의 도학자들은 자연에 묻혀서 세속의 일과 인연을 끊고 자연과 일체감 속에서 보내는 문사들이 흔하다.

남성들에게만 국한된 정신의 사유는 아니었을 것이다. 조선조 시대를 풍미한 황진이는 그 대표적인 여인이다. 우선 진이는 모든 세속적인 속박을 거부하고 자유를 만끽하며 애정 노름도 나름대로 자신의 의지에 따라 행했던 여인이다. 그녀는 우리나라에서 최초로 계약 결혼을 한 여인이며 그것은 불란서에서 유행시킨 보봐리 여사보다 더 빨랐던 결혼이 아니었는가. 황진이는 당대의 문사, 가객, 종실, 승려를 꼼짝 못하게 한 여인이었다. 에밀 졸라의 '나나'는 당시의 불란서 사회를 고발하고 비극으로 끝을 내는데 반해 어디까지나 황진이는 계약에 의한 또는 자신의 양보로 비극적인 상황이 없는 로맨스다. 나이 사십에 이르자 모든 것을 정리하는 기분으로 금강산 유람을 이생이라는 사람과 떠났는데 도중에 돈이 떨어지자 거지에게 몸을 팔고 집에서 아무렇지 않게 옷을 벗어 이를 잡는 그녀의 기백에 당대의 양반들이 혀를 내두르며 흠모한 여인이다. 따라서 그녀의 일대기는 신화처럼 되어 회자되어 내려오고 있으며 풍류를 알았던 멋진 여인이었다.

신라의 화랑정신의 모태가 된 풍류 정신은 고려에 와서는 불교로 이어진다. 불교의 이념은 자유 평등이어서 남녀의 차별이 없었고 인간 본성에 충실했다. 고려사에 나타난 기록을 보면 남녀가 함께 냇가에서 미역을 감을 정도로 자유로웠다고 한다. 이렇게 자유로운 놀이 문화가 조선에 와서는 바뀌게 되는데 물론 남성은 더욱 위치가 공고해지고 자유로웠으나 여성에게는 비극화되는데 경국대전에서 과부의 재혼이 금해지면서 전국에서 열녀화 바람이 불었고 급기야는 관기인 춘향이마저 수청을 거부하고 관에 맞서 열녀가 되겠다는 판국이 되는 아이러니컬한 현상이 생겼다. 신나는 사람들은 양반이어서 한 번 맺은 인연으로 생긴 기생들마저 너도 나도 열녀가 되었으니 말이다.

그러나 여인 중에는 허난설헌이 이런 제도에 반기를 들었고 남성으로는 동생인 허균이 저항을 했다. 허난설헌과 허균은 남매간이며 우리나라의 보배라는 칭송받는 문학인이었다. 허균은 자유인이었다. 승복을 입었고 도가에 능했으며 유학의 집에서 유학을 배운 유학도이기는 하나 모든 종교를 섭렵한 종교인이었다. 좋은 문벌에서 자란 그는 천기 출신인 시인 이달과 스승과 제자로 만나면서 조선의 비인간적인 문화에 대해 저항하며 『홍길동전』을 써서 조선의 문화 개혁과 급진적인 사상을 말하려고 하다가 능지처참당하는 멸족에 이른다. 당대의 문사요 혁명가인 허균은 그렇게 갔다. 허난설헌은 시집살이 굴레에서 해방되기 위해 시를 쓰며 살았다. 시도 남들이 쓰지 않는 제재인 「유선사」를 87수나 쓰며 신선처럼 살다가 신선처럼 죽은 여인이었다. 그녀는 도관에서 하는 것처럼 화관을 쓰고 향을 사르며 시를 짓다 27세의 젊은 나이에 조선을 통곡하며 떠난다.

이처럼 이미 한류 바람을 일으킨 선조들의 문화유산을 찾아 콘텐츠화해서 우리 풍류문화를 수출함이 국격을 높이는 데 도움을 주리라 믿는다.

추억을 정리하며

사진을 여기저기 흩어 놓다가 어느 날 정리를 하려고 마음먹는다.

여행을 즐기는 터라 사진이 많은 것이 사실이다.

93년도 중국을 처음 방문했을 때의 흥분은 지금도 가시지 않는다.

벽돌집도 신기하고, 시골집들이 나무숲에 숨겨져 있는 것도 신기하고, 북경역 앞에 사람들이 즐비하게 자리차고 들어 누워 밟히는 대로 움직이며 야간 기차를 기다리는 모습도 신기하고, 끊임없이 펼쳐진 너른 들판, 땅콩, 옥수수, 뽕나무밭.

길가 재래식 노천 화장실도 신기했다.

우리는 열하일기를 쓴 연암 박지원이 말한 벽돌의 과학성, 중국인의 상술 등 어느 것 하나 놓치지 않으려 찍고 또 찍었다.

대장정의 중국 수도 성도 방문기 20박 21일의 사진의 양은 엄청나다.

북경, 낙양, 개봉, 정주, 곡부, 태산, 제남, 상해, 소주, 항주, 남경, 서안에 이르기까지 돌고 돌았다. 중국과 교류가 이루어진 초창기라 불편함과 고생은 이루 말할 수 없었으나 선조들이 모화사상을 가지고 흠모하던 곳이라는 사실에 우리는 확인을 하려고 무척 고단한 여행을 자초했다. 지방마다 고유한 브랜드로 생산되는 술과 차를 마시며 기차로, 비행기로, 버스로, 자전거로 다니며 웅대한 자연과 무조건 장대한 건물과 고궁에서 용머리 사진을 찍고 또 찍었다.

앨범으로 몇 권 분량이었다.

두 번째 중국 방문은 96년도 고구려, 발해 유적지와 곤명 계림을 낀 10박 11일이었다. 그때 찍은 사진도 엄청나다.

심양, 통화, 지안, 연길, 용정에서 조선족 책과 북한 책을 구입하여 연변 우체국에서 박스 채 붙이는 작업도 하며 마치 고구려, 발해 역사와 문학사를 수집하는 듯했으니 앨범 분량으로 또 엄청나다. 백두산에 등산하면서 찍은 사진은 또 어쩌랴.

300불을 매표소에서 뜯겨 가면서 공사 모자(굴러 떨어지는 돌을 방지)를 쓰고 천지에 발과 손을 담그고 마음속에서 만세를 부르며 시간을 즐겼던 그 찰나를 우리는 놓치지 않았다. 조선족들이 두만강 표지판에서 사진을 찍으려면 돈을 내야 한다고 해서 돈을 지불하면서까지 경계선에 선 우리는 흥분에 겨워 찍고 또 찍고를 반복했다. 유리왕의 황조가가 쓰여지던 동굴까지 다니며 이북 사람들이 사는 모양을 빤히 쳐다보면서 두만강, 압록강을 거쳐 두루두루 다녔다. 북한과 이렇게 가까운 줄 모르고 또 언제 이곳을 다시 오려나 해서 줍안, 국내성에서 박물관과 광개토대왕비에 감읍하면서 아주 작은 도시를 답사했다. 그 이후 동북 공정인가 해서 중국이 고구려, 발해 유적을 자기네 역사로 편입시키기 위해 많이 폐쇄 시켜 놓았기 때문에 그전에 여행 간 것이 매우 잘 된 것이기는 하다. 박물관에서 구입한 책은 지금 보아도 흐뭇하다. 박물관 자체가 없어졌다고 한다.

백두산을 내려와 먹은 익득순 할매집(중국인)에서의 점심은 일행들 모두 장염을 일으키게 했다.

중국 사람들이 너도 나도 좌판을 벌이고 중국인 전체가 장사꾼으로 나온 것 같은 착각에 빠졌던 것이다. 지도 한 장만 달랑 갖고 나온 사람도 있었다. 값도 천차만별, 계림 호텔에서 4위엔에 산 계림 산수화가 박물관에서는 50위엔 했으니까 외국인은 들어가는 문, 나가는 문이 달라 대우도 받았다. 기차를 타건 비행기를 타건, 고궁에 입장을 하건 무조건 먼저였다. 그러나 내국인과 외국인의 가격은 달랐다. 외국인은 몇 배를 더 냈다.

그 이후 장춘에서의 한 달은 학생들과 함께 중국어를 연수하는 데 썼다. 만주국이 있었던 곳이라 부의 황제의 궁도 방문하고 하면서.

산동 지방과의 자매를 통한 연태, 청도, 위해, 영성 등에서 장보고 유적지와 봉래각, 진시황이 불로초를 캐러 왔다는 곳까지 다녔다.

역마살이 끼지 않고는 있을 수 없는 일이다.

실크로드 10박 11일,

삼국지 유적이 있는 성도(삼국지 배경) 구채구, 황룡, 순임금의 두 부인이 죽어 비파를 탄다는 장사, 장가계(장룡이 숨어 지냈다는)까지 섭렵했으며 이번에 마카오까지 갔다 왔으니 중국이라는 대국을 대충 다 돈 셈이다.

중국 사람들이 나보고 중국에 온 적이 있느냐를 제일 많이 질문한다. 갔다 온 곳을 쭉 대면 다시는 묻지 않는다. 자기네 보다 내가 더 많이 다녔으니까. 거슬러 보면 10년 전부터의 여행이니 추억의 사진이 오죽 많으랴.

처박아 두기도 하고 테마별로 앨범을 만들기도 했으나 앨범이 떨어져 나가고 이중, 삼중으로 아무렇게나 끼어 두고 있었다.

그러던 차에 지난학기 대학원 수업을 하는데 발해문학편이 나왔다.

학생들이 도무지 알 수가 없다고 해서 오랜 사진을 정리하기 시작했다.

학생들에게 고구려 유적지와 발해 유적지를 보여주면 상상에서나마 벗어날 수 있을까 해서다. 앨범이 없어 파일에 정리를 하니 한 눈에 살필 수 있는 것이 더 좋았다. 사진을 이면지에 붙여 양쪽을 겹쳐 놓으니 많은 사진을 일목요연하게 볼 수 있었던 것이다.

고구려는 지안을 중심으로 조금 볼 것이 있으나 발해 유적지는 돌 5개 놓고 궁궐터라는 등 한족들이 쓰레기장으로 쓰기도 하고, 논이 되어 있는 허허벌판을 둘러보고 오기도 하고 러시아와 중국 국경을 돌아보며 여기까지가 우리의 국토였을 것이라고 짐작하고 국경선 양쪽에 발을 놓아 두 경계선에서 러시아 병사와 사진도 찍고 (한 쪽 발은 중국, 한 쪽 발은 러시아) 했다.

두만강 다리 가운데에서 반쪽은 중국, 반쪽은 북한 땅을 확인도 하고 하면서 <서정별곡>에 나오는 국경 경계비를 추측하며 이 송화강이 그 송화강인가 추측하며 다녔다.

그런데 재활용 버리는 곳에 파일이 9개나 버려져 있었다. 초등학교 학생이 쓰던 것인데 멀쩡했다. 모두 주어다가 깨끗이 걸레로 닦았다. 테마별로 친구들과 찍은 사진, 가족들 사진, 여행 사진, 아들, 딸 사진 등을 정리했다. 9권에 대충 다 정리가 되었다. 물론 내 여행 사진이 제일 많았다.

리비아, 스리랑카, 중국, 괌, 필리핀, 태국, 장가계가 그것이다.

사진 속에 나는 친구들과 찍은 사진에서는 활짝 웃었고 남편과 찍은 사진은 마지못해 웃는 모습이다. 사진을 찍어 주면서도 잔소리를 하는 남편 때문이다.

남편과 항주, 소주를 여행하는데 단국대 여자 교수라는 분이 사진을 찍지 말라고 한다. 왜 그러느냐고 물으니 자기네 부모가 돌아가셨는데 아들이 부모 사진을 안가지려고 해서 딸인 자기가 가지고 왔다는 것이다. 이분들도 나이가 든 분이었다. 이번 캄보디아 여행에서도 정년한 부부가 사진을 찍지 않았다. 작년부터인가 사진을 안 찍는다고 한다.

나도 작년부터는 CD에 담아 놓을 뿐 인화는 하지 않는다. 자료로 쓰기 위해서 찍을 뿐이다.

앞으로는 추억을 정리할 일도 없어졌다.

옛 사람들도 죽기 전에 다비라 하여 자기의 흔적을 모두 불태운다.

허난설헌이 그 대표적이다. 27세라는 짧은 생애를 살고 죽으면서 자기가 7세부터 써 놓은 시를 다 태웠다고 한다. 지금의 문집은 허균이 친정에 남아 있는 시문과 본인이 누이 시를 외웠던 것을 묶어 작품집을 만들었기 때문에 표절 시비가 끊이지 않는 것이다.

이번에 중국 청도에서 발표한 논문 주제도 허난설헌 시문의 표절시비에 관해서 언급하였다. 몇 자 같거나 몇 줄 같다고 표절이라 하는데 남성들의 시는 통째로 표절한 예가 더 많다. 그런데, 허난설헌만 문제가 되는 것은 중국인들이 허난설헌 시를 매우 좋아해서 조선에 방문하면 허난설헌 문집을 필사해서 가지고 가는 것을 자랑으로 여겼기 때문이고 중국에 방문한 사절단에게 (홍대용, 박지원) 허난설헌 시를 칭찬하며 평가하기를 물으면 그까짓 여성이 시만 잘하면 무엇하느냐 부덕이 없는 것을 하면서 폄하했던 것이다.

허균이 능지처참 당하고 허씨 가문이 몰락한 것도 이유가 되었을 것이다.

추억이 깃든 사진첩,

이젠 더 이상 '추억의 앨범'이란 단어는 없어지겠지.

아버지 이야기

언제나 푸른 잣나무숲
용문골에서

자존심 부푼 넉넉한
자세로 범부의 미를 한 몸에 지닌
그는

그 겨울 안개가 걷히자
한줄기 빛으로 다가온 별로
예쁘지 않은 여자와 사모관대의
치장으로 장가를 가고는

입신이란 엄두도 못 낼 그 가문 그 용문골에서

풋풋한 꿈을 안고 영웅을 흠모하여 한양길에 오르고는
유난히도 질고 축축한 도시 냄새에 구역질하며
일본 헌병에 굽신거리며 가방을 들고 학교답지 않은
교정을 들락거리면서 청운의 꿈을 잉태하며

온 도시가 질식할 것 같은 권태와 무기력이 안개처럼 깔린
시대에 시청 하급 관리가 된 그는
비니루 우산을 처음 쓰고는 금의환양하여 아내를 감싸고는 엉엉 울었
다네

추운 한양의 겨울을 맞아 그 때서야 산과 구름과 냇물을 그리워하며
용문골에서 재봉질을 하고 있을 아내를 생각하며
외로움과 후회가 가득했을 때

정화수에 물을 떠놓고 장독대에서 손이 닳도록 비는
아내의 가호속에 세월은 잔잔해지고
가증스런 나뭇가지들도 잘리워지고
싱싱한 역사의 나무들이 솟아올랐을 때 그는

계단위에서 멀리 하늘을 바라보며 빵과 술을
겨우 마련하고 세포들을 분열시켜 나온 자식들에게
줄 양식을 얻기 위해 아첨과 맛진 고기덩어리와 기생의 감칠맛도 알
게된 그는

성난 군중들이 영악한 관료에게 저항하는 검은 구름이
몰려들 때 그는

모세의 가르침이 생각나 숲의 새처럼 빠져나갈 수 있었던
그는

웃음으로 가로챈 관리들의 재산이 골목마다 진열되어
혼돈의 세월이 뒤덮혔을 때의 그는

참으로 이상하잖아
각하의 의붓자식 모양
멀리서 섬기며
허리를 피지 못했는데
그는 영웅이 되지 못하고

태연한 영웅들이 거리마다 들어차더니
온 도시는 방언의 골목이 되어
몸집이 크고 음성이 커다란 사람이 꽉차니

그는 성문 밖의 주인이 되어 역사를 한탄하며
고매한 몸가짐으로 다시 단장하기 시작한 그는

벌써 반백이 된

잠을 잃어버린
천석꾼의 아들이며
고리대금업자의 아들인 그는

어느새 변해 버린 자신의 모습을
대지에 고하게 되었네

오늘의 영광
눈부신 자연이여
나의 넋을 들여마셔다오

바다의 산호도
산속의 금속도
아랑곳없이
번뇌만을 지닌 채
벌거벗은 추억을 새기며
흐려진 거울처럼 빛이 사라져

울 아버지는 진보도 퇴보도 아닌
현실의 마당이 그렇게도 만족한지
섭섭했네만
이젠 한송이 향기 없는
국화꽃 가꾸기에 열심이라네

자네에게만 이르네
나는 울아버지를 몹시 사랑했네만
하급관리에 꾀죄죄한
모습도
내 마음속 깊이
뼈속 마디에 흐르는 피의 한방울까지도
온통 사랑한다네

적당히 먹고 눈 감아주고 상사의 눈치 살피다
허리 구부러진
등굽은 이유는 무엇일까

아무도 모르네만
때로는 방화를 하고 싶은 울화가 나나
높이 인식된 가락에
머리가 숙여진다네

비릿한 냄새
구토와 불쾌와 허위의 언어만을 뿌리는 사람들이
얼마일까

암담한 현재와 씨름하고
바람처럼 불어올 미래를 꿈꾸지 않을까

난 울아버지의 모습을
낡은 외투깃에서
단군의 후예임을 확인하며

자랑스럽다네
얄궂은 우리의 역사도 사랑한다네

강릉이 낳은 천재들: 허난설헌과 허균 이야기

허난설헌과 허균은 임영 사람 곧 지금의 강릉 초당草堂사람들이다.

강릉은 예부터 선비들의 고장으로 유명하다. 이율곡 선생의 탄생지이기도 한 강릉에서 신사임당은 친정살이를 하며 어머니 이씨로부터 자수刺繡, 음식, 그림, 서예, 한시 등 다양한 교육을 받으며 이율곡을 비롯한 일곱 남매를 훌륭히 키워낸다.

허난설헌도 강릉 초당에서 아버지 허엽으로부터 아들과 차별 없이 교육을 받는다.

허난설헌은 어려서부터 재예가 뛰어나 여신동으로 일컬었고, 7세에는 유명한 <광한전백옥루상량문>을 지어 세인들을 놀라게 했다. 난설헌은 자는 경번景樊이요, 난설헌은 재명齋名이다. 어려서 불린 이름은 초희楚姬다. 아버지 허엽許曄(초당草堂)과 큰 오라버니인 허성許筬(악록岳麓)과 둘째 오라버니인 허봉許篈(하곡荷谷)으로부터 교육을 받았고, 동생인 허균許筠(교산蛟山)과는 함께 시문을 수학하며 초당 문맥을 꽃피웠다.

그러나 난설헌의 운명은 참으로 기구했다. 명문가인 김성립金誠立(서당西堂)과 14세에 결혼을 했으나, 금실이 좋지 않아, 외로운 독수공방을 하게 된다. 더구나, 동서 분당으로 동인이었던 오라버니들이 서인의 탄핵으로 화를 입어, 집안이 몰락의 길을 걷자 난설헌은 의지할 데 없는 외로운 신세가 된다.

남편 김성립은 안동김씨로 난설헌의 가문과 같은 동인東人이었다. 김성립은 과거공부를 하러 지금의 서울, 독서당(약수동)에 있었다. 독서당에서 공부는 안하고 기생방에서 논다는 소문을 들은 난설헌은 <기부강사독서>라는 시와 술로 남편을 훈계하는 바람에 장안에 소문이 자자해졌고, 조선조 선비들에게 현모양처가 아닌 악처로 인식된다.

난설헌은 '유원체'로 여인의 하소를 담은 시들을 많이 짓기 시작한다. 그러다가 난설헌에게 가장 큰 불행이 닥치는데 그것은 자식들의 연이은 죽음이다. 시 <곡자(哭子)>는 남매를 잃은 애통함이 묻어나는 시다.

> 지난해는 귀여운 딸을 잃었고
> 올해는 사랑스런 아들 잃다니
> 서럽고 서러워라 광릉고장에
> 두 무덤 나란히 만들어졌네
> ……(중략)……
> 밤마다 서로서로 따라 노님을
> 아무리 뱃속에 아이 있다만
> 그 어찌 장성하길 바라겠느냐
> 부질없이 황대사를 읊조리자니
> 비통한 피눈물에 목이 메인다

난설헌의 불행은 '어머니 되기'에 실패한 여인이라는 점에서 비롯된다. 조선조에서 여성이 유일하게 힘이 주어지는 때는 '어머니 노릇'을 할 때다. 난설헌도 모성의 공고한 힘을 잃으면서부터 고부(시어머니 송씨) 간, 부부간에 갈등이 심화된다. 난설헌은 이때부터 새로운 세계를 지향하기 시작하는데 그것은 도교라는 종교로의 전이다. 그녀는 <유선사 87>수를 지어 선계를 노래한다. 자신이 신선이 되어 뭇 신선을 접대하고, 신선에게 징표를 받는 신비체험을 하면서 선계를 드나들다, 시참詩讖인 <몽유광상산시>를 남기고 스스로 생을 마친다.

> 푸른바다는 요지에 번지어가고
> 푸른난새는 오색난새에 의지하네
> 아리따운 연꽃 스물 일곱송이
> 분홍꽃 떨어지고 서릿달 싸늘하이

'연꽃 27송이가 떨어진다'라는 것은 자신이 27세에 생을 마감한다는 예언이다. 난설헌은 짧은 자신의 생을 시를 짓는 것으로 일생을 마감한다.

동생인 허균(1569~1618) 또한 능지처참을 당하는 불우한 천재 문인이다. 허균은 양천 허씨 허공의 후손으로 허엽의 막내아들이다. 아버지 허엽은 동인의 우두머리로 청백리란 칭호를 받았으며 서경덕의 문인으로 학자, 문장가, 외교관, 정치가로 명망이 높았다. 허균은 문장 높은 형들(허성, 허봉)과 누이인 난설헌의 가르침을 받으며 자라났다. 허균은 5살 때부터 글을 읽기 시작하고 9살 때부터는 허난설헌과 함께 시를 배우기 시작한다. 허균 남매에게 시를 가르친 이달은 자는 익지요, 손곡을 호로 삼은 대제학을 지낸 쌍매당 이첨의 서손이었다. 손곡은 아버지 허엽과 남다른 교분이 있었고, 둘째 형 허봉과는 친한 친구 사이였다. 허균은 처음에는 손곡을 달가워하지 않고, 시 짓기 내기를 하며 교만하게 굴다가 손곡의 시품詩品 다루는 솜씨를 보고는 스승으로 모시면서, 후에 <손곡산인전>을 지어 스승의 일생을 전기로 남기고, 최초의 국문소설 <홍길동전>을 지어 서얼 철폐를 주장하고, 또 서얼들의 편에서 서얼들과 함께 혁명을 꿈꾸게 된다.

허균은 조선조 사회에서 스캔들을 자주 일으키는데 술과 기생과의 놀이가 항상 시빗거리였다. 그러면서도, 부안 기생이며 시문이 도도한 매창과 시벗으로 교분을 맺은 아름다운 이야기는 유명하다. 유교 이데올로기 시선에서 보면 허균은 반항인이며, 이방인이며, 이단자였다. 그런 그가 반역죄로 능지처참 당하는 수순을 밟는 것은 당연지사다. 그러나 허균의 문장력은 중국에서 이미 널리 알려진 사실이다. 중국에서 간행된 ≪조선시선(後序)≫에는 '허균과 그의 형(허성, 허봉)이 해동을 울린다고 했고, 그 가운데 허균이 제일 영민하다' 고 했다. 허균은 시를 1500수가 넘게 짓고 조선의 시를 5000수 이상 암송하였다. 허균의 문장력 또한 탁월한데, '재주와 정감이 특히 남다르고 문장이 물굽이 흐르는 모양 같고 변화와 아취가 훤하게 스며 있어 미묘하고 화려하다'고 했다. 이상이 허균을 칭송한 글이라면, 부정적인 평가는 '인륜과 도덕을 어지럽힌 괴물이다, 음란하다, 행실이 개와 돼지 같다, 공자의 도를 끊었다' 이다. 허균에 대한 악평은 유교를 벗어나 도교, 불교, 나중에는 서학에까지 호기심을 가지고 아무런 구속 없이 자유롭게 행동하는 것에 대한 평가다.

그러나 오늘날 현대인이 보는 허균에 대한 견해는 사뭇 다르다. 그는 진정한 자유인이며, 민중 편에 선 인물이었으며, 자의식이 강한, 또는 신넘에 투철한 인간, 개혁가, 혁명가 등으로 분류될 수 있는 시대를 앞지르는 선구자다.

정작, 허균은 '나를 나무라지 말라'는 글에서 자신을

"나의 성품이 옹졸하고 영성하고 거칠어서 기교를 부릴 줄 모르고 아첨하지 못한다. 마음에 맞지 않으면 참지 못하고, 권세 있는 집에서는 발꿈치가 쑤시며, 높은 사람에게 절하려면 몸이 기둥처럼 뻣뻣해진다. 그래서 강호에 가서 살려 해도 가난이 무서워 주저된다오. 그런데도 내 재주를 좋아하고 꾸밈없는 행동을 아껴주는 두세 사람이 있고 시를 짓고 술로 취하고 내 멋에 겨워 살아간다오……."라고 '내 멋에 사는' 자유인임을 내세운다. 삼척 부사에서 쫓겨난 후에 지은 시는 바로, 허균의 자화상이다.

예의 가르침이 어찌 호방한 삶을 얽어매랴.
세상살이는 제 뜻에 맡길 뿐
그대들은 그대들의 법이나 써야 할 것이요
나는 내 인생을 나대로 살리라

허난설헌과 허균 남매는 조선조 시대를 풍미한 대 문장가다.

난설헌의 시집은 먼저 중국에서 간행되었고 그녀의 시집을 읽은 많은 중국 여인들이 그의 시를 흠모하였다. 특히 중국 남경여인인 소설헌少雪軒 경란景蘭은 난설헌을 본받아 시를 짓다가 난설헌처럼 27세에 요절하려 했으나 뜻을 이루지 못하자 매우 슬퍼하며 도관에 들어가 여도사가 된다. 후에 신활자본으로 ≪허부인난설헌집 부경란집≫이 1912년에 간행된 것으로 보아 난설헌의 영향력이 얼마나 대단하였는가를 짐작케 한다. 또한, 중국에서 ≪난설헌집≫간행으로 인해 낙양의 종이 값 파동이

일었다는 기록이나, 17세기에 일본에서도 난설헌의 시집이 간행되었다는 기록으로 보아 한·중·일 세 나라에 영향을 준 조선의 독보적인 여성 시인이었다. 그럼에도 불구하고 조선조 사대부들은 몰락한 집안인 난설헌과 허균을 함께 싸잡아 헐뜯는다. '허난설헌의 시가 대부분 허균의 위작이다, 당시唐詩의 표절이다' 등이 대표적인 예다. 그러나 한시의 종주국인 중국에서 먼저 알고 인정하는 시인을 헐뜯으며 통쾌해 하는 후손들이 있는 한 조선의 위대한 시인들은 영원히 존재하지 않을 것이다.

허난설헌과 허균은 풍수가 수려한 강원도 강릉이 낳은 가장 위대한 인물이다. 그리고 그들 남매는 불우한 시대를 살면서, 시대를 앞질러 살았던 고독한 인물들이었다.

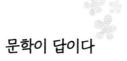

문학이 답이다

시인들이 제일 애송한다는 시 「낙화」의

　　가야할 때가 언제인가를
　　분명히 알고 가는 이의
　　뒷모습은 얼마나 아름다운가
　　……
　　지금은 가야할 때…
　　헤어지자

　　이형기 시인의 시처럼 아름다운 뒷모습을 하고 조용히 학교를 떠나고
싶은 내게 학생들에게 고별 강연을 하라는 것은 부담이다. 아무 말 없이
조용히 학교를 떠나고 싶은 것이 내 마지막 바람이었다. 그런데, '마지막
강연도 내 소임이려니' 라고 마음 돌렸으나 무슨 이야기를 할까 생각하
니 막막했다. 딸에게 물어 보니 '엄마의 걸어온 인생을 학생들에게 이야

기 해 주세요' 한다. '내 지나온 길? 그래, 어쩜 내 생각과 같을까, 나도 그런 생각을 했는데……' 그러나 막상 이야기 하려니 석학도 아니고 대단한 삶을 산 것도 아니고 평범한 생활인으로 살았기에 다소 민망하기는 하나 내가 얼마나 문학을 사랑했는가, 그리고 그 문학의 힘으로 오늘날까지 버티고 살았던 이야기를 담담히 이야기하려 한다.

▶ 세계문학을 접하다.

내가 문학서적을 처음 접한 것은 중학생 시절이었다.

공무원이셨던 아버지께서 세계명작 전집을 사가지고 오셨다. 문학에 문외한이신 아버님이 어찌해서 책을 구입했는지는 모르지만 아무런 설명 없이 책이 집안에 뒹굴었다. 어머님도 문학책을 읽으시는 분이 아니시고 그 책은 아무에게도 관심을 받지 못한 채 있었다. 틈틈이 내가 읽기 시작한 것이 세계문학과의 첫 만남이다. 오랜 세월이 흘렀으나 지금도 또렷이 기억에 남는 것은 <폭풍의 언덕>, <주홍 글씨> 등 어린나이에 질풍노도 같은 사랑을 문학을 통해 처음 접하고 윤리라는 벽이 한 인생을 어떻게 지배하는가를 알게 되고 그렇게 점차 문학 세계를 향해 나가기 시작했다.

고등학교 시절엔 친구들이 서로 책을 돌려 읽으며 독서 토론 모임이나 문예반에서 창작도 했으나 피상적인 것들이었다. 기억나는 것은 이광수의 <사랑>, <흙>, <무정>, <유정>, <무명>, <그의 자서전> 등 이광수 소설을 읽고 이광수를 이해하고 그를 논하는 데 많은 시간을 보냈던 것 같다. 난 이광수의 박학다식함에 놀랄 따름이었다. '아! 소설을 쓰려면 많은 지식과 체험과 세심한 관찰, 새로운 세계에 대한 의식을 지녀야 하는구나'를 깨닫게 되고 사춘기 여고생들이 즐겨 읽었던 <제인 에어>나 최초의 독일 유학생이었던 전혜린의 수필집 <그리고 아무 말도 하지 않았다>를 읽으며 감성을 키웠다.

▶ 깜깜한 절벽 위에 홀로서다.

어느 겨울날 내가 18살이 되던 해에 시름시름 앓으시던 엄마가 돌아가셨다. 의료 시설이 좋지 않았던 때라 속수무책이었다. 다섯 명의 자녀가 있으니 살려 달라며 의사에게 애원하셨지만 의사도 할 수 있는 일이 그때는 아무 것도 없었다. 엄마 나이 38세셨다. 난 처음으로 죽음을 맞았다. 아! 허무함이여, 인생무상이여! 그렇게 느끼며 모든 공부의 짐을 내려놓으며 허허롭게 생활했다. 자연스럽게 재수 생활로 접어든 나는 여름날 용문사 골짜기에서 졸졸 흐르는 계곡물 소리를 들으며 헤세의 <데미안>을 읽었다. 그때 우리 집에는 내가 샀는지 오빠가 구입했는지 알 수 없으나 ≪노벨상 문학 전집≫이 있었다. 데미안에서 '새는 알을 깨고 나온다'는 구절에 꽂히면서 엄마의 굴레에서부터 벗어나 스스로 일어서야 한다는 생각을 하게 되었다. 토마스 만, 사르트르의 <구토> 등을 읽으며 인간의 실존에 대해 사고하게 되었다.

대학시절에도 방황은 계속되었다. 28살 어린나이로 재취한 새엄마와의 갈등으로 집안 분위기는 늘 어두웠다. 그 시절 친구들과 어울려 읽은 책 중에서 생텍쥐페리의 <야간비행>이 가장 기억에 남는다. 칠흙 같은 어둠속을 가르며 비행하는 조종사의 고독, 릴케의 <가을날>에서의 고독. 고독이 내 중심 사고였다.

지금 집이 없는 사람은 이제 집을 짓지 않습니다
지금 고독한 사람은 이후로도 오래 고독하게 살아
잠자지 않고 읽고 그리고 긴 편지를 쓸 것입니다
바람에 불려 나뭇잎이 날릴 때 불안스레
이리저리 가로수 길을 헤맬 것입니다.

나는 릴케 시처럼 잠자지 않고 책을 읽어 나갔다. ≪세계 명작 전집≫ ≪섹스피어 전집≫ 도스토예프스키의 <죽음의 집의 기록>, <악령>, 유주현의 <조선 총독부> 등 방학마다 장편 소설을 탐독하기 시작했다. 김학동 교수가 추천하는 책은 모조리 사서 읽은 것이다. 생활 속에서도 늘 시를 읊조리며 학교를 오고 갔다. 가장 많이 읊은 시는 헤세의 <안개속>이다.

'안개 속을 거니는 것은 참으로 이상하다'
…
살아 있다는 것은 고독하다는 것
사람은 서로를 알지 못한다
모두가 다 혼자이다

난 '모두가 다 혼자이다'라는 시구에서 내 스스로 고독과 고통을 감내해야 한다는 것을 확인하며 생활했다. 젊음은 '방황의 계절'이라 했듯이 인간이 바로 그런 존재라는 것을 느끼면서 명동 선술집을 다니고 맥주집을 배회하며 왕자 다방, 비잔티움 다방, 세시봉, 르네상스 등 음악 감상실을 전전하며 많은 시간을 보냈다. 심지어 리포트도 왕자 다방에서 써서 낼 정도였으니. 그때 다방은 대학생들에게 문화 공간이고 유일한 도피처였다.

▶ 내 나이 스물하고 하나였을 때

가족 중에 또 하나의 죽음을 맞는다. 그것은 군 복무를 마치고 대학 4학년에 복학 중인 오빠의 죽음이었다. 오빠의 병치레와 장례식을 통해 내 나이 21살에 사랑에 눈뜨고 낭만을 즐기고 할 새 없이 또 한 번의 슬픔을 맛본 것이다. 아버지의 울음을 통해 가족의 죽음은 남은 가족에게 많은 상처를 준다는 것을 깨달았다. 그리고 건장하던 오빠가 왜 어이없이 허망하게 요절했는가도 생각하게 되었다. 알프레드 에드워드 하우스만의 시는 내 마음을 대변해 줬다.

> 내 나이 스물하고 하나였을 때
> 나는 다시 그가 하는 말을 들었네.
> 가슴으로부터 우러난 마음은
> 결코 헛되이 주어진 것 아니니
> 그것은 수없는 한숨을 치르고
> 끝없는 탄식으로 팔리는 것이다
> 그리고 내 나이 스물하고 둘이 되니
> 오, 그것은 참으로 진실이어라 진실이어라

그리고 그때 내가 독문과 수업, '20세기 독일문학.' 강의를 들으며 잡은 책들은 카프카의 책이었다. <변신>, <성>을 통해 음울한 현실을 직시하게 하고 인간이 인간답게 생활하고 대접을 받으려면 자기 역할에 충실해야 한다는 것, 원하지 않게 첫째 딸이 된 나는 동생들이 내 짐이 되었다는 사실을 인지하게 되었다. 헛되지 않은 죽음을 맞이하려면 순간에 충실해야 한다는 것, 러셀이 말하듯이 열정을 가지고 살아야 한다는 것, 그리고 토마스 홉스가 말하듯 '인생은 투쟁'인데 나와의 투쟁이라는 것, 까뮈의 <이방인>에서처럼 어머니의 죽음이 아무렇지도 않게 객관화될 수 있다는 것을 통해 난 적극적인 성격으로 바뀌게 되었다. 의도적으로 긍정적인 마인드로 활발하게 생활하였다. 사군자를 그리고, 유화를 그리며 베토벤과 차이코프스키의 음악을 들으며 선배 형들과 정치를 논하며 사회적 이슈에 대해 관심을 갖게 되고, 신문을 접하고, 여행을 하고, 밤마다 베토벤의 <영웅>, <운명> 곡을 들으며 밤새 책을 읽고 일기를 썼다. 아버지는 그런 내 행위가 몹시도 청승맞다고 싫어하셨다. '저것이 반항이야 반항' 그렇게 계모와 이야기 했다. 그것이 나의 유일한 해소 방법이었다. 나는 그렇게 풀었다. 난 그렇게 청승스럽지만 나 나름대로 내 인생을 개척해 나가기 시작했다. 그때 나를 위로 했던 또 한 편의 시는 유명한 푸슈킨의 <삶>이라는 시다.

'삶이 그대를 속일지라도 슬퍼하거나 노하지 말라
현재는 언제나 슬프고 고통스러운 것,
그러나 지나가 버리면 언제나 아름다운 추억으로 남는다는 것'

난 푸슈킨이 러시아인들에게 제일 사랑받는 시인이라는 사실을 러시아 여행길에서 처음 알았다. 톨스토이나 도스토예프스키 같은 작가가 사랑받고 존경 받는 줄 알았다.

김학동 교수는 나를 재인식하셨다. 나를 불러 당신의 연구를 도우면 내가 듣는 '현대시의 이해'라는 과목을 최고 점수를 주시겠다고 제안했다. 난 그렇게 하겠다고 하고 4학년 1학기를 도서관에서 지냈다. 선생님이 주신 과제는 정지용에 관련된 논문이나 단행본 자료를 찾아 목록을 만드는 작업이었다. 그 시간이 대학 시절 제일 행복한 시간이었다. 난 정지용 시집 중 ≪백록담≫을 베끼고 김기림 시집을 읽으며 에즈라 파운드, 엘리엇 시인에 이르기까지 시집을 읽으며 자료를 정리해 선생님께 드렸다. 선생님도 흡족해 하셨지만 나 또한 많은 자료를 얻을 수 있었다. 박경리의 ≪토지≫도 그때 도서관에서 읽기 시작했다. 문학잡지에 실리기 시작했으니 첫 회부터 읽은 것이다. 그리고 4학년 마지막 학기 때 졸업논문도 정지용으로 정해 논문을 썼으니 두 학기 연이어 최고 점수를 받을 수 있는 좋은 기회였다.

▶ **탈출계획을 세웠다.**

집안 분위기가 갑갑해 빨리 독립을 하고자 했다. 우연히 결혼도 하고 교사도 되고 새마을 운동이 한창일 무렵 어린 학생들과 연극제도 하고 문학의 밤도 열고, 학교 신문 만들기, 학교 방송 일도 너무나 열심히 어린 친구들과 제작을 하며 보냈다. 문학의 밤을 열며 박목월 선생님도 초청하고 서정주 선생님도 초청하고 잃어버렸던 문학을 다시금 음미하게 되었다.

▶ **반란을 꾀하다.**

난 반란을 꾀해 교사 생활을 접고 대학원 진학을 했다. 왜 했을까. 왜 고난의 길로 들어섰을까. 편안히 안정된 삶이었는데. 결혼도 하고 아이도 있고, 집도 사고, 정말로 편안했는데…… 문학을 찾아서, 잃어버린 시간을 찾아서 다시 서정주 선생님의 연구실을 찾은 것이다. 그 행태는 무작정 상경이었다. 동국대와는 아무 인연도 없고, 아는 사람도 없고, 추천인도 없었는데 무작정 서정주 학장실을 찾아 내가 진학하겠노라는 일방적인 통고였다. 그런데 그해 바로 서정주 선생님은 고별문학 강연을 대강당에서 대대적으로 하시고는 교단을 떠나셨다. 정년퇴임을 하신 것이다. 대학원 수업은 받았지만 많은 가르침은 받지 못했다. 그때 새롭게 접한 한시漢詩의 세계. 한 글자, 한 글자에 새겨진 영롱한 빛깔의 이미지들이 나를 사로잡았다. 두보 시에 나타난 달, 이백 시에 나타난 달이 내 맘을 잡았다. 난 동양문학으로 회전하였다. 조선시대 여성들이 한시를 즐겨 썼다는 것도 처음 알았다. 동양과 서양의 문학관이 다르다는 것도 알게 되고, 선인들의 한시를 읽으며 현대 문학, 서양문학에서 동양문학과 고전문학으로 방향을 틀었다. 두보시의 박사이신 이병주 교수를 지도교수로 정하고 한국의 한시, 중국의 한시를 섭렵하기 시작했다. 사사형식으로 <논어>, <맹자>, <대학>, <중용>, <주역>, <시경>도 공부하였다. 늦은 나이고 해서 성과는 더디게 나타나고 흡족한 실력은 아니었으나 그 노력이 가상했는지 지도교수는 허난설헌작가를 연구하라고 주제를 주셨다. 허난설헌 그가 누구인가. 지도교수는 여성이 여성을 드높여야 하고 한류의 원조고 대단한 인물이라고 하며 이미 다른 제자에게 준 테마를 내게 다시 내줘 연구하게 하였다. 그리고는 평생 한 우물만 파라고 당부 하셨다.

지도교수의 부탁을 내가 이루었는지는 모르겠다. 하지만 오늘 이 자리에 선 것은 내가 기로에서 방황할 때마다 문학의 힘으로 헤쳐 나갔다는 것을 확신할 수 있다. 그 명작들은 어렵지 않고 누구나 즐겨 읽고 생각할 수 있는 그런 시와 소설이었다. 미국의 롱펠로의 시 <인생>처럼

인생은 진실한 것
인생은 진지한 것

무덤이 그 종말이 될 수 없다.
그대는 흙이니 흙으로 돌아가라
이 말은 영혼에게 하는 말이 아니다

즐거움도 슬픔도
우리의 운명적인 목표나
우리가 가야할 길은 아니다.

내일이 오늘보다 낫도록
행동하는 것이 저 마다의 목표며
저마다의 가야할 길이다.

세상의 드넓은 싸움터에서
인생의 야영지에서
말없이 쫓기는 짐승이 되지 마라
싸움에 이기는 영웅이 되라

한 명의 문학인이 나라를 빛내듯이 한 편의 명작이 길을 안내해 줬고 위로를 주었다는 이야기를 하고 싶었던 것이다.

앞으로 살아가야 할 길이 많이 남아 있는 내 사랑하는 제자들에게 당부하는 말은 책을 많이 읽고 음미하고 스스로 즐기고 위로 받고 적극적으로 세상과 맞부딪치라는 것이다. 그럼 세상은 여러분을 위해 길을 활짝 열어 주고 반긴다는 것이다.

이제 나도 내 인생을 정리하려 한다. 무엇을 하며 살 것인지는 퇴직 후 다시 문학을 접하며 정하려 한다. 그런데 우연히 친구들이 보내준 메신저에 이런 말이 있다. 소크라테스의 원숙한 철학은 70세에 이루어졌고 플라톤은 50세까지 학생이었고 미켈란젤로는 90세에 시스티나성당 벽화를 완성했고 베르디는 오셀로 오페라를 80세에 작곡하였으며 괴테는 60세에 <파우스트> 시작하여 82세에 완성하였다. 그리고, 선지자 모세는 80세에 하나님의 부르심을 받았다는 구절들이다. 나이든 사람들도 나름 할 일이 있다는 것이 내게 희망을 준다. 우리나라 인물 중에도 「삼국사기」를 지은 김부식이 일흔이 넘은 나이에 책을 저술했다고 하지 않는가. 그는 그 「삼국사기」 책을 임금께 바치면서 겸손하게 간장 뚜껑이나 할 수 있는 책이라고 스스로 말하고 있었다.

나도 젊은 사람들을 뒤에서 응원하고 내 나이에 맞는 일을 찾아 천천히 가는 인생의 마지막 길을 다시 한 번 개척하려 한다.

경쟁하지 않고
서두르지 않고
욕심내지 않고
내가 할 수 있는 일을
나만이 할 수 있는 일을
전원생활을 즐기며 하고자 한다.

가족과 남은 시간을 많이 보내고

가족을 더 많이 이해하는 시간을 가지고
가족을 더 많이 사랑하는 방법을 배우고

그렇게 살아가려 한다.

지금까지 제자들과의 생활은 내게는 행복이었고
축복이었고 하나님의 은총이었다.
모든 소중한 인연을 마음에 담고 영원히 잊지 않으며
즐거운 추억으로 간직하려 한다.

또 다시 교회로 인도하셨네요

시골에서 초등학교 시절, 마을 사람들이 교회에 나가 울며 기도하는 모습을 자주 봐왔다.

누구랑 갔던 걸까? 아마도 막내 고모와 가지 않았을까 싶다. 막내 고모는 내게 춤과 노래를 가르쳐 준 정감 있는 고모였으니까. 친정 부모와는 교회에 다닌 기억이 없다.

중학교 시절에는 친구들과 천연동 교회인가를 다녔던 기억이 어렴풋이 난다. 친구와 놀이 삼아 다녔던 게 아닌가 한다. 야외예배 가서 찍은 빛바랜 사진이 있는 것을 보니. 그래서 교회는 심심풀이 놀이 삼아 다니는 곳으로 생각했다. 가장 추억에 남는 장면들은 크리스마스이브에 하는 교회 연극 축제였다. 시골 교회나 서울 천연동 교회나 크리스마스이브 축제는 나를 매우 들뜨게 했다. 그리고 매우 재미있었던 기억으로 자리 잡았다. 교회는 연극과 노래를 하고 사탕과 과자를 주는 풍성한 잔치를 여는 곳이었다.

고교시절 친정어머니가 돌아가시자 집안은 잔잔한 풍파가 끊이지 않았고 사춘기 동생들은 방황을 시작하였다. 당황한 나는 처음으로 믿음을 받아들이게 되었다. 동생들과 함께 성당을 다니고 성당에서 봉사하게 하고 믿음으로 계모와의 마찰을 잊고 살게 하였다. 동생도 지금은 독실한 기독교 신자로 호주에서 행복하게 잘 살고 있으며 내게 교회에 봉사하도록 늘 권하고 말씀으로 대화하고 있다.

하나님의 은총으로 그 어렵다는 교수직을 임명받고 부임한 곳이 기독교 학교였다. 이호빈 목사라는 훌륭하신 분이 세우신 학교와 교회였다. 난 학교 교회에서 봉사하며 주일을 지키는 순종의 시간을 보냈다. 온 가족이 교회에 봉사하며 이십여 년을 다녔는데 차츰 나태해지더니 습관적으로 의무적으로 다니는 맹목적인 신앙생활로 이어졌다. 따라서 초보 신앙인과 별반 다를 게 없는 딱한 사람이 되었다. 왜 그렇게 교회 생활에 감흥이 없었는지 모르겠다. 목사님 설교를 평가하고 지루해 하고 비교하고 그러다 퇴직 무렵엔 냉담하였다.

독실한 신앙인인 딸이 교회가기를 강권해 딸이 다니는 유명교회도 몇 번 따라 나섰지만 거기도 내가 자리 잡기는 그저 그러한 교회였다.

우연히 친구인 윤명숙 권사가 나를 위해 기도한다고 해서 '무슨 소리를 하는 것인가' 하고 의아해했다. 그리고 계속 주보를 주며 묘동교회에 나가자고 권해 친구의 바람이니 한 번 가보자고 해서 묘동교회를 방문하게 되었다. 처음 교회에 들어서는데 여태 내가 돌아 다녔던 교회들과는 분위기가 달랐다. 내가 찾던 교회였다. 목사님의 설교도 좋았다. 군더더기가 없고 일목요연하며 진실한 설교 말씀에 내가 그동안 무얼 듣고 살았는가를 반성하게 하였다.

아직 모든 게 낯설고 어설프지만 새로 배우는 자세로 성경 공부와 기도를 생활화 하고 싶다. 딸과 아들과 며느리가 '어머니 기도해 주세요'라는 말을 자주 하는데 그럴 때 마다 가슴이 뜨끔하다. '내가 무슨 기도를 해', '내가 사랑하는 내 자식들에게 무엇을 해 줄 수 있을까' 라는 생각에 항상 미안했는데 어머니의 기도가 자식들에게 힘이 되게끔 교회생활에 충실하고 싶다.

하나님 감사합니다.
저를 또 인도하셨네요.

이일석 성장기

일석이는 1975년 3월 14일(양력) 음력으로는 2월 2일 저녁 6시 40분에 자양동 최차혜 산부인과에서 한양대 산부인과 교수이셨던 이진호 박사의 집도로 제왕절개 수술로 태어났습니다. 태아가 거꾸로 있다고 하여 부득이하게 제왕절개 수술을 한 것입니다. 몸무게가 3.4kg으로 우람한 아이였습니다.

생일이 3월 14일은 과학자 아인슈타인의 생일날과 일치하여 이일석 李一石(한글 이름: 한돌)이라는 이름을 지어 주었습니다. 하나의 큰 돌이라는 의미로 아인슈타인과 같습니다. 우연의 일치입니다. 항렬자로는 한漢이 들어가야 합니다. 우연히 스님이 집에 들러서 이름차를 보더니 석石자를 석錫으로 바꾸어 주라고 해서 집에서는 주석 석錫자로 쓰고 있습니다.

일석이네는 양영대군파로 개성, 장단에서 내려왔습니다.

서울에 내려와서는 주로 금, 은보석을 취급하는(신신, 화식백화점) 장사들을 하였다고 합니다.

집안 어른들의 성격들은 조용하고, 차분하고, 깔끔하여 남에게 절대로 폐를 끼치지 않으려 하고, 매우 정직하게 살아가는 평범한 사람들입니다. 따라서 큰 부자도 없고, 가난한 사람도 없이 평균적으로 살아가고 있습니다.

일석이는 매우 밝은 성격입니다. 진취적이고 의욕적이며, 능동적이고 스포츠를 즐기는 남자다움이 있습니다. 남들은 모계혈통을 받았다고 합니다. 외할아버님은 서울시청 건설국장으로 은퇴하셨고, 사진작가, 댄스운동, 동양화가 등 다양한 취미 생활을 하시다가 타계하셨습니다. 따라서 외가外家는 시인, 화가 등이 많고 다양한 놀이를 즐기는 낙천적인 사람들입니다. 경기도 양평, 용문으로 아직도 문중의 땅이 그대로 남아 있습니다.

일석이는 어려서부터 호기심이 매우 많았고 장난스러웠습니다. 부산하다고 할 정도로 한시도 가만히 있지 않는 그런 성격입니다. 따라서 이마가 깨지고, 팔이 뜨거운 물에 대인 흔적이 남아 있습니다. 애기 때부터 유모를 따로 두어 키웠습니다. 유치원 갈 때까지 가정부가 집에 있었습니다. 산업화가 되면서 가정부 구하기가 어려워져 파출부를 두게 되었습니다. 그 후, 서모 시어머니를 새로 맞이하여서 그분이 아이들을 돌보게 되었습니다. 그런데 새로 오신 분이 일석이와 맞지 않았는지 일석이가 우울한 성격으로 변하면서 학교에 나가는 나를 붙들고 울어대기 시작했습니다. 그래서 우리 부부가 의논 끝에 제가 다니던 고등학교 교사를 그만 두고 대학원 진학을 하게 되었습니다. 그러면서 일석을 유치원에 늘 데리고 다니면서 방송국 출연을 시키고, 미술 그리기 대회에서 입상을 시키고, 수영, 바이올린을 가르치면서 다시 자신감 넘치는 명랑한 성격으로 바꾸어 놓았습니다. 금성초등학교라는 사립학교에 보내 전인 교육을 시켰습니다. 일석이 담임 교사분이 일석이가 축구를 하며 노는 것을 보고는 '그렇게 몰두 할 수 없더라고, 무슨 일이든 일석이가 열심히만 하면 크게 될 것'이라고 했습니다. 노는 것을 너무 좋아해 스쿨버스를 놓쳐 땀에 전 채 걸어오기 일쑤였습니다. 초등학교 5학년 때 강북에서는 교육이 안 되겠다는 생각으로 강남으로 이사를 하여 대치초등학교, 단국중학교, 언남고등학교를 다니게 했습니다. 대치초등학교에서는 전국 고적 답사 등을 통한 단체 여행을 시켰고, 중학교에서는 채플린 영화 등을 보게 하여 사춘기를 무난히 넘기게 하였습니다. 고등학교에 올라가서는 주로 공부를 열심히 하였습니다.

암기를 특히 잘하는 일석이는 본고사 체질인데 수능 1세대인지라 수능에 적응을 잘 하지 못해 수능 성적이 본인의 능력보다 잘 나오지 못했습니다. 성격이 완벽을 추구하는지라 제가 뒷바라지를 해줄 능력이 없어 재수를 시키지 않는 범위에서 대학교를 선택했습니다. 진로 결정은 고려대학교 심리학 박사이신 박병관 교수께 적성검사를 받게 하였습니다. "인문계가 자연계보다 뛰어난 성적이 나왔지만 성격이 남에게 상처를 받는 형이고, 거짓말을 하지 못하는지라 인문계로 나가는 것보다는 이공계가 훨씬 낫겠다."는 조언을 받아 들여 적성에 딱 맞는다고 할 수 없는 기계공학을 선택한 것입니다. 물리, 역학 등이 어렵다고 해서 애를 먹었지만 본인의 노력으로 대학을 졸업하기도 전에 전반기 신입사원 모집에서 삼성전자에 입사가 된 것입니다. 모든 것이 본인의 노력도 있겠지만 하나님의 보살핌으로 된 것이라 생각됩니다. 그리고 아들을 유난히 좋아하고 사랑하는 아버지의 보살핌도 크다고 생각합니다. 아버지가 아들 일석이를 좋아하는 이유는 착하고, 정직하다는 것입니다. 어머니인 제가 일석이의 좋은 점을 말한다면 진취적인 성격과 활발함, 좋은 대인관계를 듭니다. 항상 리더가 되어 있는 일석이를 발견합니다. 영국에 어학연수를 가 있는 짧은 기간 동안 유럽 친구를 사귀고 그들과 여행을 하고, 영화를 보고, 일본 친구들과도 여행을 함께 하고 양국 집을 서로 방문하는 등 대인관계의 탁월함은 어머니인 제가 보기에도 '대단한 장점이다'라는 생각을 합니다. 그래서 '일석이는 무역을 하든, 사업을 하든, 인적 자원은 걱정이 없겠구나.'라는 생각을 합니다.

일석이의 단점은 어머니가 늘 곁에서 자상한 보살핌과 따뜻한 마음으로 키우지 못해 의기소침할 때가 종종 있습니다. 남에게 늘 인정받으려 하고, 사랑을 재차 확인하려고 하는 조급증이 있습니다. 그런 모습을 볼 때 안쓰럽습니다. 어머니의 손길 속에서 자란 아이들의 당당함이 우리 아이들에게는 없었습니다. 지금은 다 자라 어머니를 자랑스러워 하지만 성장기에서는 위축되어 커온 것이 사실입니다. 따라서 아이들이 실망과 좌절을 겪을 때가 종종 있었던 것 같습니다.

제가 이런 성장기를 쓰는 이유는 부부는 조그마한 것에서 오해가 생기고 싸움이 되는 것이 아닌가 하는 생각이 들어서입니다.

다행히 며늘아기 노원영이가 성정이 바르고 고와 우리 집안사람들은 여간 반기지 않습니다. '요즈음에도 저렇게 곱게 큰 사람이 있구나.'라고 생각이 들 정도입니다. 두 사람이 잘 맞는 것 같습니다. 곱고 따뜻하게 자란 노원영이가 독립적으로 자란 이일석이를 보필하고 일석이는 따뜻한 마음과 남을 배려하는 마음을 아내에게서 배우고 그렇게 사랑하며 살아간다면 훌륭한 가문을 이루리라 생각합니다. 꼭 그렇게 되어야 하고요. 번성하는 가문을 위해서 두 집안이 아끼지 말고 후원해야겠습니다. 저는 늘 며느리 편이 되어 있을 것입니다. 일석이에게도 결혼하기 전에 '아내 사랑하는 법'을 일러주려고 합니다.

♣ 예쁘게 키워 며느리로 주심을 감사합니다.

♣ 제가 이글을 쓰게 된 동기는 형식적인 사주단자보다는 성장기를 써서 보내는 것이 더 좋겠다는 생각을 해서입니다.

이일석 모친이 아들 일석이의 약혼식을 앞두고 2002년 6월 4일.

고양이 스토리

딸이 대학원 다닐 때 지니를 3만원 주고 분양 받아 왔다. 울지도 못하는 새끼 고양이다. 주머니에 쏘옥 들어가는. 남편은 고양이를 아주 싫어한다.

그 고양이를 몰래 베란다에 놓고 먹이를 주며 몇 주를 지냈다. 어느새 훌쩍 크더니 야옹야옹 울어대니 남편이 알아 차렸다. '갖다 버리라'고 소리를 쳐대니 집안 분위기가 험악해졌다. 너무나 못생긴 고양이라 아들도 갖다 버리라고 하고. 그래도 나와 딸이 식구 눈치를 보며 키웠다.

그런 지니가 얼마나 싹싹하고 귀염성이 있는지 남편의 애첩처럼 변해갔다. 남편 퇴근 시간이 되면 현관에 얌전히 앉아 기다린다. 벨소리라도 나면 쏜살같이 달려 나가 함께 들어온다. 그리고는 침대 머리맡에서 남편과 함께 잔다. 식구들이 다 자는 밤에 지니만 기다려 맞이하니 남편도 지니를 챙길 수밖에. 참 얌전한 고양이다.

그런데, 둘째 손녀가 태어나면서 도배를 다시 하게 되니 지니를 아파트에서 키우기가 어려워졌다. 고양이털을 감당 하지 못한다. 도배 집에 이야기를 하니 고양일 동물병원에 갖다가 주고 돈을 주면 안락사를 시킨다고 한다. 식구들과 이야기하니 그럴 수는 없다고 해 하는 수 없이 시골집으로 데리고 왔다. 그 집에 누가 사는 것도 아닌데 광에다 놓고 왔다. 1주일에 한 번만 가서 밥을 주면서. 그 슬픈 울음소리. 처연한 모습. 너무 안됐지만 어쩔 수 없는 일이었다.

시골집도 우리가 없는 사이 수리를 하였다. 고양이가 놀래 도망을 쳤다.

그 후 몇 달이 지나도 나타나지 않아 우리는 죽은 줄 알았다. 어느 날 아들과 함께 부엌에서 청소를 하는데 야옹하며 나타난 지니. 뼈다귀만 남은 채 흙투성이가 되어 나타난 것이다. 너무 놀라서 '지니냐' 하며 얼른 사료를 주고는 물을 주니 다 먹더니 하늘을 보며 앉아 있다가 사라졌다.

그후부터는 우리가 시골로 내려간 날에는 '야옹'하며 나타나 밥을 얻어먹고는 우리와 함께 며칠을 보낸다. 우리가 짐을 챙기고 올라갈 차비를 하면 지니도 먼저 집을 나서 다른 집으로 간다. 시골엔 빈 집도 많으니까. 생쥐를 잡아와 떨어뜨려 놓기도 하고 아궁이에 불을 지피고 있으면 품속으로 올라오기도 하고 춥다고 방에 들어와 자기도 하고. 야생 고양이가 되다 보니 너무 더러워 아파트에서 하듯이 목욕을 시키곤 했다. 동네에서도 사람에게 착착 붙으니 귀엽다고 다 먹이를 줘 배를 주리지 않아 다시 통통해졌다. 시골 동네는 고양이를 싫어하는 사람들이 간혹 제초제를 밥에 섞어 주는 사람들이 있다. 즉사를 한다는 것이다. 그래서 윗집 할머니에게 돌아다니는 고양이가 우리 것이라고 설명을 하고 죽이지 말라고 하니 너무 귀여워 밥을 준다며 밥그릇을 가리키는 것이었다. 사랑 받는 지니.

남편은 추우나 더우나 지니 밥 줘야 한다고 양평에서 사료를 사다가 나르고. 어느 날 남편이 이야기를 한다. 지니가 새끼 고양이들하고 뒤뜰에서 놀더라고. 난 모성 본능이 있어 어미 대신 돌보는 것인가 보다고 했다. 실제 지니 먹이를 새끼들이 빼앗아 먹으니 지니가 으르렁 거린다. 그래서 우리도 새끼들은 주지 않고 지니만 따로 먹이를 챙겨 주곤 했다. 그런데, 얼마 지나지 않아 지니 몸이 뚱뚱해 지고, 젖이 축 처지더니 뒤뚱 거리는 것이다. 지니는 한 번도 새끼를 낳아 본 적이 없었다. 어라. 이게 무슨 조화인가. 우리가 무슨 수술도 시켰는데…… 딸에게 물어보니 오래되면 난소가 다시 자란다나. 어쨌거나 지니가 새끼 네 마리를 우리 집에서 낳았다. 그 새끼가 어느 정도 자라니 지니가 또 새끼를 가진 것이다. 우리 남편이 하는 말이 '어느 날 지니가 새끼를 다 모이게 하더니 자기에게 인사를 시키는 것' 같더란다. 새끼들은 사람을 보면 도망을 가는데 그날은 다 모이게 하더란다. 그런데 우리 남편이 하는 말이 '이 할아버지는 믿을 만하니 무서워 말라' 하는 것 같더라는 것이다. 난 그럴 수 있겠다 싶었다. 그런 후 또 새끼를 낳으러 어느 집으론가 지니가 떠나고 새끼만 네 마리 남겼다. 지니가 새끼를 낳고는 하루 담장에 앉아서 보더란다. 너무 반가워 '지니야' 부르니 사라지더란다. 그후 지니는 다시는 나타나지 않았다. 지니는 시골로 내려와 3번 새끼를 낳고 수를 다 누린 것 같다. 사람 수명으로 보면 90수는 누린 것이라고 한다. 작년 그 추운 겨울 지니 새끼 네 마리를 키우느라 남편이 애썼다. 그런데 참 고양이 세계도 재미있다. 네 마리 중 다 나가고 삼순이라는 얼룩 고양이가 우리 집에 분양되었다. 삼순이가 또 새끼를 낳았다. 지니의 손주들이 태어난 것이다. 그 새끼들이 배추 밭에서 똥을 싸고 배추 밭을 어질러 놓아 남편이 소리를 질러댄다.

그런데, 삼순이가 이번엔 또 새끼를 낳으러 나갔다. 새끼 3마리를 우리 남편에게 남겨 두고는. 배가 홀쭉해진 모습으로 가끔 밥을 먹으러 오고 새끼들을 먼발치서 바라보고는 한다. 그런 와중에, 우리 남편과 눈을 마주쳤다고 한다. 우리 남편의 말에 내가 파안대소 했다. '굉장히 슬픈 눈으로 삼순이가 자기를 바라봤다고.' 이런 이야기를 내가 동료 교수에게 이야기를 하니 '소설 쓰네' 한다. 아닌데. 실제 이야기인데. 이번 겨울도 삼순이 새끼를 기르겠다고 큰 개집 하나를 사왔다. 웃음이 나온다. 개집에 고양이가 들어가 살까?

시골 사는 이야기

폐허된 집에 한 그루 나무가 있었다. 무슨 나무인지 모르지만 햇볕을 가릴 것 같아 소중하게 생각하였다. 어느 날 남편이 몇 날을 톱질해 잘라 버렸다. 매우 기쁘게 말한다. 내가 잘라 버렸어. 후에, 그 나무가 참두릅 나무라는 걸 앞집 할머니를 통해 알았다. 내가 쨍쨍 거리며 남편을 나무랐다. 뿌리가 얼마나 큰지 동네 목수가 뽑아 가버린다. 자기 집 조경에 쓰겠다고. 그런 것은 나도 좋아하는데…(속의 말만 할 뿐) 그냥 당했다.

옆집 두릅나무 뿌리가 우리 벽을 뚫고는 또 크게 자랐다. 이번 봄에는 두릅 순을 따먹을 수 있을 거라며 잔뜩 기대를 하였다. 우리 남편 귀농에 관한 책을 이 책 저 책 가리지 않고 사서 보더니 어느 날 그 나무를 싹둑 잘라 버렸다. 키를 크게 하면 안 된다나. 그래서, 지금 밑동만 남아 있다. 앞집 할머니 왈, 이번 봄에 따 먹고 잘라도 늦지 않는데 얼마나 속상한 지. 당신은 기다릴 줄 모르냐고 또 나무랐다. 부부싸움을 하기 위해 시골 살림 하는지 원.

남편이 작년에 보리수 한 그루를 사다 심었다. 일 년도 안돼 어찌나 잘 자라는지. 그런데, 갑자기 남편이 그 나무를 보기 싫어한다. 왠지 모르나 그 나무를 이식해야겠다며 다른 곳에 옮겼다. 나무 이식하는 사람이 이 보리수 올해 열리겠는 걸. 그런데 이식을 하니 다 틀렸지 한다.

어이가 없다.

매실 나무 봉우리가 조롱조롱 열려 꽃을 피려하는데 가지를 꺾어 병 속에 넣고 뿌리를 내린다고 난리다. 다음 주 와 보니 꽃봉오리에 곰팡이가 피었다. 애꿎은 나무순만 잘라 버린 것이다. 그냥 매실 한 그루 더 사라고 했다.

열매 달리는 것만 심겠다는 것을 우겨서 백일홍 나무 한그루 사서 심었다. 시골집의 품격을 올려 준다고 우겼다.

작년에 우중충한 벽에 예사롭지 않은 풀이 쑥쑥 자란다. 멋져 그냥 놓아두었다. 담도 가리고 해서 좋았다. 남편은 그 풀을 볼 때마다 잘라 버려야 한다고 성화다. 결국은 깨끗이 뽑아 버렸다.

앞집 할머니 어느 날 더위에 지친 얼굴을 하며 오더니 익모초를 찾는다. 내가 이곳에서 봤는데. 남편이 뽑아 버렸다고 하니 그 풀이 익모초라며 애석해 한다. 머리가 아파 달여 먹으려 했다고

남편 님

조금 천천히 가꾸었으면 청개구리 두꺼비도 풀이 우거져야 하는데.

올해도 청개구리 두꺼비 나타나려나.

제3부

사랑방을 드나들며 쓴 여행기

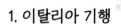

1. 이탈리아 기행

▶ 짝째기 신발

낮과 밤이 바뀌어 하루 종일 자다가 이제 일어나 컴퓨터 앞에 앉아 있다.

지영이가 빌려준 호방방을 다 읽고도 잠이 오지 않아 사랑방에 앉아 있다.

일행이 17명이었다.

가이드 없이 여러 명이 떠나는 여행이라 일찍 서둘러 공항으로 갔다.

게이트에 일찌감치 들어가 앉아 있는데 어느 일행 한 분의 신발이 이상했다. 두 짝 다 분명 검정색인데 한 짝은 스테치가 있는 신발이고 한 짝은 스테치가 없는 편한 신발이었다.

어, 이상하다.

그 일행은 실크로드에 함께 가지 않은 새로운 일행이라 물어볼 수도 없고 저렇게 신고 다니는 게 요새 유행하는 트렌드인가. 하고는 아무 생각없이 앉아 있는데 그 여인도 얼이 나가 앉은 표정으로 있다. 그렇게 앉아 있는 여인을 보니 어쩐지 그 여인이 바보스러운 인상을 준다.

그런 짝짝이 신발을 신고 밀라노로, 피렌체로 다녔다.

그 여인은 삼일 째 베로나에서 신발을 새로 샀다. 그리고 바꾸어 신었다.

새 신발을 사 신고는 좋다 했는데 그 다음날은 뒤꿈치가 까져 또 신발을 헐떡이며 걸었다. 다시 편한 신발을 사서 갈아 신었다. 새로 사서 가지고 왔다는 샘소나이트 가방도 닫히지 않아 가방도 새로 샀다. 이런 저런 이유로 해서 이태리산 신발을 두 벌 사고 가방도 새로 구입했으니 잘된 일이기도 하다만 마음 고생은 한 것 같다.

이유를 물은 즉 무심코 신고 온 신발이 짝짝이였다는 것이다.

두 신발 다 자기 발에 들어가 신고 나와 보니 짝짝이 신발이라는 것이다.

어이가 없었다. 새벽에 나온 것도 아니고 12시에 만났으니 훤한 아침인데 그런 실수를 할 수 있을까. 그 여인은 3일을 쩔뚝거리며 걸었다고 한다.

본인이 '왜 쩔뚝거리며 걷나' 생각해 보니 굽 높이가 달랐다는 것이다. 대단한 여인이다.

나중에 안 사실이지만 그 여인은 우리보다 조금 어렸고 모 학교 교수고 풍족한 삶을 누리는 멋쟁이 여인이라는 것이었다. 염색을 하지 않아 머리가 하얗게 세어 나이가 훨씬 들어보였지만 밝고 명랑하고 멋스런 여인이었다.

우리는 돌아오는 날까지 그 여교수의 실수를 입에 담으며 웃었다. 그리고 우리에게도 그러한 일이 언제든 일어날 수 있다는 사실을 깨닫게 해준 일이기도 했다.

우리 일행은 헤어지면서 그 여인에게 인사했다.

그 동안 즐거웠어요. 그 여인은 애교스럽게 답한다.

바보스러웠죠.

▶ 비행기 안에서

이탈리아 여행길에 올랐다.

언제나 그렇듯 여행은 설레면서도 한편 두려움도 있다.

먼 나라 긴 여행 코스를 아프지 않고 해 낼 수 있을까?

집에 혼자 남겨진 남편은 긴 날 혼자 잘 견뎌 낼 수 있을까?

나이가 들수록 떨어지기 싫어하는 남편을 홀로 두고 떠난다는 것이 이제 쉽지만은 않은 일이다. 아들, 딸에게 매일 아버지에게 전화해서 집에 일찍 들어갈 것을 종용하라는 부탁(술먹지 말 것)과 친정 고모에게 비상연락망을 취할 전화 번호를 냉장고에 붙여 놓고 떠나야 하는 일들이 번거롭고 신경이 쓰여 마음이 가볍지 않다.

아무튼 비행기에 올랐다.

앞좌석에 외국인 젊은 부부가 아기와 함께 앉았다.

아기가 자고 있어 조용하게 한참을 갔다.

나는 속으로 '쟤네들은 갓난아기와 함께 여행을 즐길까?'

참 이상한 족속이야. 하며 가는데 아기가 울기 시작한다.

우는 아이를 달래는 젊은 엄마는 앉아서 계속 흔들고만 있다.

아이가 쉽게 그치지 않고 우니까 젊은 아빠가 일어나 우유를 타 먹인다. 우유를 먹는 아이의 얼굴을 보는 순간 나는 깜짝 놀랐다.

눈이 조그맣고(단춧구멍 만하다고 함) 코가 납작한 피부가 거친 예쁘지 않은 전형적인 한국인의 아이였다. 그들 부부는 우유를 먹이고 아이에게 뽀뽀를 연신 해대며 아이를 얼레고 있었다. 그제서야 그들 곁을 지나다니는 한국인 엄마들이 그 애에게 관심을 보이며 예쁘다고 뺨을 어루만진다. 젊은 부부는 다소 당황해 하면서도 가만히 있었다. 결코 예쁘지 않아 만져주지 않을 것 같은 아이지만 외국인 부부에게 안겨 있는 한국아이에게 건네는 각별한 관심이었다.

우리 일행에 할머니가 된 여교수가 그 아이에게 관심을 가지며 '까꿍 까꿍'하며 달래주니 입을 벙긋벙긋한다. 아이는 그 방법으로 많이 놀았던 듯하다.

여교수는 예쁘다며 뺨을 어루만진다. 그 부부는 그 여교수가 돌아간 후 자기네도 까꿍한다. 그들은 아이가 '까꿍'하면 웃는다는 것을 보고 좋은 단어를 배웠다는 듯이 흐뭇해한다.

그 까꿍하는 모습이 얼마나 낯설게 느껴지는지. 아이는 잠투정을 하는지 쉽게 자지 않는다. 지나다니는 사람들은 온통 그 아이에게 신경이 쏠려있다. 사람들이 수군댄다. '입양아인가봐'. 보다 못한 한국 엄마들 아이 달래기에 나선다. 이렇게 안고 서서 등을 어루만지고 하면서 달래는 모습을 시범을 보인다. 아이가 5달 되었다는 것도 알아냈다.

나는 뒤에서 모든 광경을 보면서 마음이 착잡했다. 평소에 관심을 갖지 않던 사실에 대해 모든 사람들이 갑자기 관심을 표하며 외국인 부부를 성가시게 하고 있는 것이다.

젊은 남자가 아이를 미국식 포대기에 앉고는 서성이다가 재운다. 그들 부부는 함께 입을 맞추며 애정을 나누기도 한다. 그 광경도 아이에게 하는 것처럼 다정해 보인다.

서로의 부부애를 확인 하는 것 같았다.

얼마 후

뒤에 앉은 외국인 부부가 8달 정도 된 한국 사내아이를 앉고 그들 부부에게로 와 한참을 이야기 한다. 내용을 알아들을 수는 없지만 입양 동기나 아이에 관한 이야기겠다. 사내아이는 제법 커서 우는 소리가 나지 않았다. 그들도 젊은 부부였는데 키가 작은 부부였고 앞에 앉은 부부는 키가 크고 멋지게 생긴 부부였다. 사내아이는 적응을 잘 하는지 양부모 품에서 그들이 나누는 이야기를 듣고 있는지 입양한 여자 아이를 보고 있는지 보채지도 않는다. 사내아이를 안고 온 부부가 뒤로 간 후 그 여자 아이는 또 보채기 시작한다. 스튜어디스가 앞좌석으로 가라고 한다. 승객들이 쉬지도 못할 뿐더러 잠을 청할 수가 없기 때문이다. 나 또한 일어나 서성이며 돌아다녀야 했다.

예전에 읽은 책 내용이 떠올랐다.

입양아기를 앉고 떠나는 아르바이트를 하는 사람들이 아이가 보채지 않게 약간의 수면제를 우유에 타 먹인다는 사실. 또 하나는 그렇게 입양된 한국 아이들이 공항에서 만나는 낯선 외국인 부모 품으로 안기면서 자지러지게 공포를 느껴 운다는 이야기.

그런 이야기가 아직도 진행되고 있다는 사실이 찜찜했다.

사람들은 이야기 한다.

입양 부모가 아니고 아르바이트인가봐. 저렇게 젊은 부부가 입양을 하겠어.

어쨌든 그 한국 아이들은 네덜란드인이 되거나 유럽인으로 살아 갈 것이 확실하다.

한국, 한국인이라는 사실을 모르고 살 것이지만 잘 자라 주기를 바란다. 좋은 부모 만나 행복하게 살 것을 기도할 밖에.

▶ 밀라노

이탈리아 여행기를 쓴다는 것은 매우 조심스럽다.

이탈리아에서 살다 온 계순이도 있고 많은 친구들이 이미 한 번 내지 두 번은 여행을 다녀 온 곳이고 이탈리아 블로그에 너무 많은 자료가 쌓여 있기 때문이다.

그만큼 친숙한 여행지인가보다.

그런 곳을 나는 생전 처음 다녀왔다. 그것도 수박 겉핥기식으로. 9박 11일이라고 하나 전 지역을 한나절 내지 반나절에 보고 찍고만 다니니 제대로 본 것인지 의심스럽다.

앞좌석의 아기 때문에 잠 못 자고 13시간을 거쳐 밀라노에 도착하니 비가 내리고 있었다. 유럽은 겨울이 우기라 늘 비가 내리는 것 같았다.

공항 입간판에 삼성 광고판이 눈에 들어왔다. 호텔에 들어와 보니 엘지 티브이가 놓여있다. 이탈리아 경제 중심지 밀라노에서 우리나라 물건과 간판을 볼 수 있다는 것은 매우 반가운 일이다.

아침에 일어나 고고 미술관과 박물관으로 사용한다는 스포르체성을 찾았다.

깔끔하게 차려 입은 일본 사람들과 우리 일행이 제일 먼저 찾은 것이다. 부지런한 동양인들.

끝없이 펼쳐진 동상들, 그림, 무명씨들의 공예품, 가구, 무기 등의 작품들이 즐비한 곳에 느낀 것은 그 시대, 이 나라 사람들은 모두 예술인이 아니었을까 하는 것이었다.

더욱이 이 성을 더욱 유명하게 만든 것은 미켈란젤로가 임종 3일 전에 미완의 작품으로 남긴 '론다니니의 피에타'다. 미완의 작품이라지만 형상이 슬퍼 보였다.

이탈리아 자료집을 가지고 왔으나 읽을 수 없다.

이탈리아 전역에서 미켈란젤로, 레오나르도다빈치의 이름을 빼고 남아 있는 것은 무엇일까.

다음은 두우모 성당으로 갔다. 두우모는 밀라노만 있는 것이 아니라 이탈리아 곳곳에 두우모 성당이 있어 약간 혼란스러웠는데 두우모란 명칭은 '중심이 되는 곳, 신이 계신 곳, 큰 성당' 등의 여러 의미를 지닌 말 같았다.

이탈리아에 있는 두우모 성당 중 밀라노 두우모는 고딕 건축물의 정수로 알려져 있고 135개의 첨탑으로 이루어진 거대한 그리고 정교한 건축물이며 세계 4번째의 큰 규모를 자랑하며 3159개의 성자와 사도들의 조각품, 첨탑 꼭대기에 황금의 마리아 머리상이 있는 450년의 걸친 공사로 유명한 건축물이다.

이런 거대하고 호화로운 예술 건축물 앞에서 우리 일행은 우리네 경주 문화를 떠올렸다.

포석정과 첨성대, 소박한 유적.

지하철에서 나오며 바라보는 두우모는 마치 하늘에 걸쳐진 모습 같다고 한다.

그 성당에 들어서니 사람들이 여느 성당과 같이 앉아 기도하고, 고백성사하고 촛불 성배하고, 나름대로의 예를 갖추는 모습이 거리감이 없어 보였다.

두우모 성당 정문은 수리중이어서 간판으로 가리워져 있었다.

두우모 광장에서 자유 시간을 얻었다.

자유 시간에는 유리 천장으로 덮여있는 비토리오 에마누엘레 2세 갈레리아 아케이트에서 명품을 구경하든가 쇼핑을 하라는 것이었다.

13년에 걸쳐 완공된 아케이트는 그 마켓 자체가 명품이었다.

유리 돔으로 된 천정과 모자이크로 된 바닥이 아름다워 그 길을 걷는다는 것 자체가 환상적이었다. 터키와 우루무치에서 천정 달린 시장을 봤지만 이렇듯 화려하고 깔끔하지는 않았다. 당연히 그곳에 진열된 명품은 오히려 평범해 보였다.

그곳에서 동양인이 살 수 있는 물건의 품목은 별로 없었다.

두우모 광장 뒤편으로는 전 세계인의 음악애호가들이 한 번은 가고 싶어하는 스칼라 극장이 있었다. 로시니, 베르디, 푸치니의 작품이 초연되었다는 스칼라는 지금도 12월부터 공연을 하는데 일찍 매진된다는 것이 가이드의 설명이었다. 12월 스칼라에서 공연을 하는 날이면 이탈리아 사람들이 그 앞에서 데모를 한다고 한다. 화려하게 치장한 사람들이 빨간 카펫을 밟고 들어가고 그 앞에서 데모하는 일상의 차림새에서 빈부차를 느끼게 한다고 한다. 그것을 노리고 우리도 잘살게 해달라는 빈곤층들의 데모.

패션의 고장이라는 곳에서 겨우 반나절을 보낸 뒤 로미오와 줄리엣의 문학의 배경이 되고 줄리엣의 생가가 있다는 베로나로 출발했다.

유안나 가이드는 이곳 아름다운 도시 밀라노를 거쳐 가는 곳으로 관광코스를 잡는 한국인들을 안타까워 하며 우리를 2시간 30분 거리에 있다는 프랑스 영토 베로나로 인도했다.

▶ 베로나, 줄리엣의 생가

우리 일행은 여행을 하기 전에
미리 쓰여진 기행문 책을 사서 읽고 일정을 짠다.
일반인들과 일정이 다르다고 가이드가 의아해 한다.

나도 베로나라는 곳을 들어 본 적이 없다.
여행 떠나기 전에 유럽 여행 가이드 책도 보고,
블로그도 찾아보고 했는데 이 명칭은 없었다.

줄리엣이 이곳에서 살았나? 의아해 하는데 가이드가 미리 이야기를 해준다. 생가 터에 대해서는 여러 설이 있다는 것이다. 그러나, 유럽인들은 따지지 않고 그 생가 터를 방문하고 즐긴다고 한다. 하기야 우리 소설의 주인공들 홍길동, 홍부, 심청이를 서로 자기네 고장 사람이라고 다투어 유적지를 만들고 있는 형편이니 소설의 주인공 생가 터를 고증하기가 그리 쉬울까?

베로나가 이탈리아에 있는지 프랑스에 있는지도 궁금해 유럽 지도를 펴보니 경계선에 있었다. 자료집에 프랑스로 되어있다고 하니 프랑스 국경이 아닌가 한다. 그렇다면 베로나는 유럽 통합의 장점을 가장 많이 지닌 지역이라는 느낌이다.

우선 관광객이 많았다. 모두 유럽인이었다. 도시 전체가 돌길, 대리석길, 벽돌길로 이어지고 고고함을 드러내는 중세적인 매력과 세련된 도시 분위기를 갖춘 곳이다. 아레나 원형 경기장이 있는데 수리중이어서 들어가 보지는 못했다. 겉에서 보면 폐허 같은데 매년 베르디의 음악을 공연한다는 것으로 보아 경기장 안은 음악당 역할을 할 수 있는 곳인가 보다.

도시마다 음악을 즐길 수 있다는 것이 부럽고 부서지고 무너진 유적을 그대로 보존하기 위해 막대한 예산을 들여가며 언제나 수리하는 문화 사랑의 정신도 부러웠다.

조금 걸어가니 줄리엣의 생가터가 나온다.

좁은 입구 벽에는 사람들이 껌딱지를 다닥다닥 붙여 놓고 낙서를 했는데 그 낙서 문화 또한 그들만의 예술인가 보다. 그 벽에 낙서가 꽉차면 다시 다 지우고 새로 하게 한단다. 정원에는 줄리엣의 나체 동상이 서 있다. 사람들은 줄리엣의 유방을 만지며 사진을 찍는다. 그렇게 하면 사랑이 이루어진다는 속설이 내려온단다. 우리는 그런 사랑을 이루게 해 달라는 기도를 하기에는 너무 나이가 들어 그냥 줄리엣의 허리만 만지고 찍었다. 나 같은 경우에는 키가 작아 손도 닿지 않았다. 줄리엣의 방 2층 난간에도 올라가 줄리엣의 흉내를 내며 창밖으로 얼굴을 내민다. 낭만을 즐기는 사람들이다.

요즈음 한국의 대학가는 세익스피어 소설을 읽지 않는다.

영문과가 아니라 영어과가 된지 오래다.

불어, 독어, 교양 과정이 폐강되고 인문학과 마다 문학은 없고 실용만 남았다.

세익스피어는 그 당시 이미 유럽을 통합한 문학가라고 할 수 있다. 덴마크의 전설, 이탈리아, 프랑스 지방에 떠도는 이야기들을 통합해 아름다운 영어만의 운을 살려 「햄릿」, 「로미오와 줄리엣」 등의 시극을 만들어 낸 것이다.

베로나는 상가도 발달해 있었다.

명품을 비롯한 중산품들이 즐비하게 있어 쇼핑하기 좋았다.

일행들은 쇼핑도 열심히 했다.

물건 값도 명품 빼 놓고는 그리 비싸지 않았다.

나는 ㅇ교수에게 선글라스 사기를 추천해 주었다.

ㅇ교수는 내년이 정년으로 퇴직 기념으로 여행을 왔노라고 했다.

평생 싱글로 멋도 안 부리고 여도사처럼 사시는 분이라 이번 기회에 명품에 도전해 보라고 했다. ㅇ교수는 선글라스를 이리저리 써 보았다. 그런데 그곳에 있는 선글라스는 얼마나 큰지 얼굴 반을 가려 코가 보이지 않았다. '우리 동양인의 것이 아니야' 라는 생각이 들었지만 모처럼 사겠다고 생각을 한지라 이것저것 써 보다가 약간 작은 불가리 상품으로 사게 했다. 그제서야 종업원들은 '나이스'한다. 자기네들이 보기에도 코가 유난히 낮은 동양인에게 선글라스는 좀 어설퍼 보였을 것이다. 내친 김에 명품은 아니나 이탈리아산 가방도 사라고 권했다.

ㅇ교수는 다른 사람에게 이렇게 이야기한다.

명품도 아니고 세일해 주는 것도 아닌 것을 샀다고.

본인이 산 것이 값만 비싸다고 생각해 은근히 억울한 생각이 들었던 것이다.

후에 다니는 곳마다 불가리 상점만 나오면 손으로 가리키며 즐거워하신다. 명품이야 명품!

우리를 가이드한 유안나는 13년 동안 이탈리아에서 살았다고 한다.

미술무대 장치를 공부하러 왔다가 가이드로 직업을 바꾸었는데 매일 다른 손님 만나는 직업이 즐겁다고 한다. 그런데 그녀의 얼굴에는 지쳐 있는 기색이 보였다.

그녀와의 짧은 만남은 여기서 그치고 우리끼리 베니스로 향했다.
베로나에서 베니스는 1시간 30분 거리였다.

▶ 베네치아

3일째 여행지다.

그리고, 누구나 유럽인들이 제일가고 싶다는 여행지기도 하다. 또한, '베니스의 상인', '카사노바' 영화를 통해 이미 화면으로는 여러 차례 보아온 곳이기도 하다. 그런 곳을 실제 내 눈으로 마음으로 느끼며 본다는데 의의가 있겠다.

트론게토 선착장에서 가이드와 미팅을 하였다. 가이드에 의해 큰 배로 베니스 섬으로 이동한다. 우리 팀 말고도 다른 팀과 합류되어서 대표자로 뽑힌 현지의 유능한 가이드가 배를 타고 가며 베니스에 대한 설명을 한다.

베니스는 118개 섬으로 이루어진 항구 도시며 9세기에서 15세기까지 지중해 상권을 장악한 동서문물의 합류지였다는 것, 이탈리아 동쪽 아드리아해 끝에 위치하고 있다는 것, 150개의 운하로 이루어진 천년 간 독자적인 문화를 유지하고 있다는 것 등이겠다.

제일 먼저 만나는 곳은 나폴레옹이 '세계에서 가장 아름다운 응접실이라고 격찬했다'는 산 마르코 광장이다.

이탈리아 말로 '피아차'라고도 부르는 이곳은 12세기에 운하를 메꾸고 세우면서 광장이 확장되다가 16세기에 로마인 건축가에 의해 르네상스 문화를 꽃피운 광장이다. 종탑인 깜빠닐레, 나폴레옹 관, 두칼레 궁전, 산마르코 성당, 도서관 등으로 어우러진 광장이다.

그냥 마당만 덩그라니 있는 자전거 타는 광장이 아니라 르네상스 건축 양식, 9세기에 세워진 아름다운 성당, 갈릴레오가 천체 관측을 했다는 종탑, 시인 묵객이 다녀갔다는 플로리안 카페 등 문화와 역사가 공존하는 마당이기에 더욱 사랑을 받는 것이다.

로마네스크 양식의 유럽 최고의 건축물이라는 산 마르코 성당을 이탈리안 현지 가이드와 함께 들어갔다. 이스탄불에서 본 모스크에서는 수학자가 설계를 했다는 데 감탄을 하고 우리네 교육에 대해 다시 생각했었고, 이곳에서도 화려함에 감탄의 소리가 내면에서 울려 퍼진다. 건축 양식에 대해 전혀 문외한인 나지만 아름답고 화려하다는 데는 이의가 없다.

이 성당은 비잔틴 방식과 서방방식의 혼합으로 성 마가의 무덤을 덮는 교회로 세워졌다 한다. 이 대목에서 나는 베니스인들의 상술에 경의를 표했다. 지중해 무역상권을 장악한 베니스의 상인들이 돈을 많이 벌어 마가의 유해를 사 가지고 왔다는 것이다. 마가의 이름을 붙이는 성당을 짓기 위해서라는 것이다. 따라서, 내부 모자이크의 아름다운 벽화들은 모두 마가의 유해를 옮기는 내용으로 금색 찬란하다.

내가 셰익스피어의 '베니스의 상인'을 기억하기는 유태인 고리대금업자 샤일록이 안토니오가 친구 베사니오 대신 보증선 돈을 갚지 못하자 법정에서 재판을 받는 과정에서 차용증서에 써 준 계약서대로 과연 1파운드의 살을 벨 것인가 아닌가에 초점이 맞추어 졌는데 그때 받은 느낌은 '유태인은 나쁜 사람, 돈이 많은 상인은 나쁜 인간' 이라는 생각뿐이었는데 그 생각이 이곳 베니스에서 달라졌다.

베니스인들은 그곳에서 자신들이 열심히 번 돈으로 그 당시 최고의 건축사들로 구성하여 아름다운 성당 건축 문화를 꽃피웠다는 것이다. 콘스탄티노플에서 가져왔다는 네 마리의 청동 말 역시 사 온 것이다. 나폴레옹이 약탈했다가 다시 돌려주었다는 청동말은 박물관에 보존되어 있다고 한다.

셰익스피어는 무슨 메시지를 주고 싶었던 것일까.

베니스의 상인들이 지중해 상권을 장악하고 있는 것에 대한 반감이었을까, 아니면 그중에서도 유태인들이 장악한 상권을 비난하기 위한 것이었을까.

베니스의 상인 5막에 '떠오르는 달'에 대해

셰익스피어는 이렇게 노래한다.

오 여인이여 사랑스러운 여인이여,
자연이 그대를 남자와 조화시키기 위해 만들었도다.
그대 없을 때 우리는 짐승같았다.
천사들은 그대와 같이 보이기 위해 아름답게 채색되었다.
하늘에 관해 우리가 믿는 것은 그대 안에 있도다.
놀라운 광명 순수함과 진실
영원한 기쁨과 무한한 사랑들

사랑스런 여인인 달의 신이 우주를 조화시켰다는 시다.

황금의 신비인 달빛은 인간에게 영원한 기쁨과 사랑을 주는 이미지로 셰익스피어는 달을 노래한다.

이 노래처럼 베니스는 아름답고 낭만적인 도시였다.

▶ 베네치아 – 탄식의 다리

우리를 안내하는 가이드는 성악 전공이었다.

최고위 과정에 있다는 말만 할 뿐 더 이상의 자기 소개는 하지 않으려 한다. 음악 교육과정이 우리네 대학하고는 다른 것 같아 묻고 싶었지만 사생활 노출을 꺼리는 것 같아 그만 두었다.

곤돌라를 타게 한다.

아, 영화에서만 보던 곤돌라.

귀족들이 타는 것이니 귀족 행세를 하란다.

당당하게 타라는 이야기겠지. 허리 쭈욱 펴고 멋스럽게.

곤돌라를 모는 사공(?)이라고 하나.

키가 크고 선글라스가 잘 어울리는 잘 생긴 이탈리아인이다.

전혀 우리에게 신경을 쓰지 않는다.

열심히 젓기만 하는데 자기 흥에 취해 노래를 부르며 유유자적 즐기고 있다. 곤돌라에 앉은 우리는 오히려 노 젓는 기사를 구경하는 듯하다. 기껏해야 곤돌라에서 서로서로 사진을 찍어 줄 뿐이다.

곤돌라를 타고 좁은 수로를 돌고 나서 007 영화에 나온다는 모터 배로 갈아타고 십자로 운하를 따라 돈다. 이번에는 가이드가 오른쪽, 왼쪽 수신호로 양쪽으로 늘어선 운하 위에 성당, 궁전, 대학, 병원, 대저택, 미술관, 박물관 등을 교통경찰처럼 바쁘게 가리킨다. 눈이 바쁘다. 가재미눈 되겠다. 결국은 순서를 놓쳤다. 귀로 해설판 듣고 눈으로 수신호 보랴, 안내도면 보랴. 우리 나이에 가능하겠나. 가이드가 안 되겠다고 생각하는지 확성기를 들고 목청 좋은 소리로 설명한다. 그렇게 확성기 소리를 내는 것은 불법이란다. 모두 다 그러면 베니스는 소음으로 시달리겠지.

마지막 항구에 도착하려는데 가이드가 우리에게 '싼타루치아'노래를 불러주겠다고 한다. 멋드러지게 한 곡 부르니 배가 항구에 닿았다.

우리가 박수를 치니 지나가는 사람들이 힐끔 쳐다본다.

고딕 양식으로 유명하다는 두칼레 궁전과 감옥을 잇는 다리 이름이 탄식의 다리다.

죄수들의 탄식 한숨 소리가 묻어 있다는 것이다.

17세기에 만들어졌다는 이 다리 이름은 '피리지오니누오베라'이다. 한쪽은 귀족들만 드나드는 화려한 궁전이요, 다리만 건너면 세상과 완전히 단절되는 감옥이다.

그러나, 이 다리가 더욱 유명해 진 것은 '쟈코모 카사노바'가 사귀던 여인들의 도움을 받아 이 다리를 통해 탈옥했기 때문이다.

'카사노바'라는 영화를 통해 바람둥이의 대표적인 명사로 익히 알아왔다. 나도 그뿐이었다. 영화는 카사노바를 주인공으로 수없이 재창조되었다.

우리는 카사노바가 18세기의 풍속사를 연구하는 데 도움을 주는 작품을 썼다는 사실에는 별로 주목하지 않았다. 그는 '내 인생의 이야기'라는 자전적인 이야기를 통해 자기가 사귀어 온 여인들의 생생한 모습과 그 당시 요리, 철학, 문학, 예술에 이르기까지 모든 것을 서술하였다. 법학자, 군인, 마술사, 작가, 철학자였던 카사노바는 한 여성에게만 집착하기에는 뭇 여성이 가만히 두지 않았을 것이다. 그는 베네치아 카니발에서 여러 개의 가면을 쓰고 환락을 즐기듯 여러 개의 가면을 쓰고 인생을 살아 온 남성이라고 본다. 여러 나라 언어에도 통달한 그는 유럽 여성을 통해 유럽 문화를 통달한 최초의 남성이다.

그 당시 바티칸으로부터 체포령이 떨어질 정도로 몰염치의 바람둥이였지만 그런 이유에 대해 그는 '나는 내 인생을 살아오면서…… 자유인으로 자유스러운 의지에 의해 살아왔다'고 고백한다.

그러니까 카사노바는 이중인격이 아닌 이념초월, 도덕율을 초월한 의지로 자유롭게 살다가 72세로 생을 마감한 18세기를 대표한 베니스 최고의 남성이었던 것이다.

베니스를 방문하면서 얻은 문화적 소득으로는 베니스 상인들에 대한 인식이 바뀌었다는 점이다. 베니스 상인들의 막대한 돈이 없었더라면 이런 도시는 생겨 날 수 없었다. 상인들의 수전노 같은 수법의 돈이나마 넘쳐나는 돈이 있었기에 문화, 도시, 예술을 창조한 것이다.

또 하나는 카사노바가 단순한 노름쟁이며 바람둥이가 아닌 나름대로는 철학자로, 작가로 인정을 받아야하는 인물이라는 점이다. 그리고, 40여 개의 작품을 남겼지만 그의 자전적 이야기가 그 당시 18세기를 이해하는 중요한 풍속의 자료가 된다는 점에서 자기 확신에 찬 카사노바 인물을 새로운 면모로 대하게 한다.

나도 내년 환갑을 앞두고 내 이야기를 쓰고 싶다는 생각에 사로잡히곤 한다. 내 인생이라는 것이 그리 드라마틱하지는 않아도, 또 한 명의 독자가 없더라도 후손들에게라도 전해지면 좋겠다는 생각을 하는데 사랑방 친구들도 모두 자기 이야기들을 쓰는 계기가 되었으면 한다.

'타샤의 정원'도 책으로 출판 되었기에 조그만 시골 할머니, 시골 정원이 아닌 세계에서 가장 아름다운 정원, 훌륭한 정원사 타샤로 거듭났다

누구나 자기만의 세계를 통해 훌륭한 생각을 펴 낼 수 있다는 생각이다.

서울시 부시장이 영국에서 겪은 일을 썼는데 영국 초등학교 교장이

우유를 나누어 주고 있더라는 것이다. 회초리도 담임을 대신해 때려주고. 그런 이야기를 쓰면서 그 부시장은 전문직에 있는 사람일수록 책을 쓰라고 권했다.

베네치아에서 남편에게 전화를 했다. '여보, 내년 내 환갑에 이곳에 다시 오자. 당신은 이곳을 꼭 보아야 해.' 물막이 공법도 배워야 하고 수로 이용하는 법도 배워야 하고. 이곳은 운하, 예술, 건축이 어우러진 낭만의 도시고 인간의 예술 능력이 얼마나 무한한가를 느끼게 해주는 도시였다.

많은 미련을 남겨 두고 피사로 떠났다.

▶ 피사

베니스에서 피사로 이동 시간은 3시간 30분 정도라 한다. 가이드 없이 가는 이동 거리다.

창밖을 바라보며 가는데 푸른 벌판이 펼쳐진다. 아마도 밀밭인가 보다. 피렌체 산맥을 너머서는 눈도 내리고 있었다. 늘 비바람을 맞으며 다녔는데 이곳에는 눈까지 오니 날씨는 우리를 반기지 않았다.

어스름이 깔리기 시작하자 마음이 바빠진다.

이미 피사에는 현지 가이드가 우리를 기다리고 있다는데 약속 시간이 늦어진 것 같다. 피사 중앙역 앞에 버스가 도달하니 가이드가 빨리 가서 보지 않으면 문을 닫는다고 한다. 순환 버스를 기다릴 여유 없이 피사의 두우모 성당과 사탑을 보기 위해 발걸음을 재촉한다. 다행스럽게도 야경으로 나마 궁륭의 천장으로 덮였다는 고딕풍의 피사 두우모성당의 웅장한 모양을 볼 수 있었다. 그리고, 그 옆에 피사의 사탑인 깜파닐레 종루도 보았다.

피사의 종루도 웅장했다.

1173년에서 1350년에 만들어진 8층의 둥근 탑 모양이다. 피사의 사탑은 세울 때 이미 지반이 내려 앉아 기울기 시작했다고 한다. 그후 점점 더 기울어지자 관광을 중단하고 11년간 보수 공사를 통해 다시 관광객을 맞는다고 한다. 이제 더 이상은 기울지 않는다고 한다.

유적지마다 끊임없이 보수를 해야 하는 이탈리아 후손들은 나름대로 고민이 많겠다. 그래도 이 피사 지방은 관광으로 먹고 산다고 한다. 말 그대로, 사진 한 장씩 달랑 찍고 돌아서려니 못내 아쉽다.

휴게소에서 피사의 탑 그림이 담긴, 피사처럼 기운 찻잔 하나 사서 버스에 올랐다.

우리를 안내한 가이드는 섬유 디자인을 공부하러 왔다가 고국으로 돌아가 보니 I.M.F로 인해 취업 길이 막혀 다시 돌아와 이탈리아에 주저앉은 지 10년차의 명랑한 여성이었다. 그나마 가이드 직업은 전문직으로 이탈리아에서는 인정을 받는다고 한다.

가이드 역시 피렌체로 떠나보내는 우리를 못내 아쉬워했다. 몇 시간이나 조우했을까?

▶ 피렌체 역사지구

198호텔에서 현지 가이드 오 선생을 만나 꽃의 성모마리아 성당, 시뇨리아 광장, 피렌체가 한 눈에 보인다는 미켈란젤로 언덕을 모두 걸어서 보았다.

1982년에 세계문화 유산으로 등록되었다는 피렌체는 이탈리아 중부 토스카나 지방의 중심지다. 토스카나는 한때 유행했던 토스카 잠바를 유행시켰던 곳이다. 피렌체는 14~5세기에 메디치 가문의 후원으로 르네상스 문화를 꽃피운 도시다.

이탈리아를 여행하면서 느낀 것은 각 지방마다 독특한 특색이 있으며, 심지어 기념품도 전 지역 공유가 아닌 그 지역만의 특산품이라는 것이다. 그리고, 반드시 후원으로 이루어진다. 후원자는 성주, 교황, 추기경 등의 권력자였거나, 훌륭한 가문, 또는 부호들이다.

너무 부러운 대목이다.

그리고 그들이 만들어낸 문화재는 세계 최고를 지향한다는 것이다. 화려하고 섬세하며 인간적인 면모를 지니고 있다. 조각, 그림 모두 소재는 주로 인간이다.

11세기에서 16세기의 문화재를 가지고 있는 이곳은 이탈리아 관광의 메카라 한다. 상업과 공업도 발달한 부유한 도시다. 다른 지역과 달리 문화재가 깔끔하게 보존되어 있어 이것이 정말 중세기의 건축물인가 의심이 들 정도로 웅장, 화려, 정교함을 지닌 르네상스 문화 도시였다.

꽃의 성모 마리아 성당은 두우모 성당, 산지오바니 세례당, 지오또 종탑 등으로 이루어졌다. 이탈리아 성당은 모두 세 요소를 갖춘 듯하다. 마치 우리 사찰에서 보듯이 석가모니를 모신 본존 불당과 기타 불상을 모신 미륵사전, 극락전 등이 있고 마당에 탑이 있듯이 세 가지로 구성된 것 같다.

시뇨리아 광장에는 예술 조각품이 모두 복제품으로 전시되어 있다. 미켈란젤로의 다비드, 지암 블로냐의 기수상, 듀크 코지모의 동상, 사비니 여인의 강간상까지 로마 신화와 정치사를 한 눈에 엿볼 수 있다. 복제라는 말을 들어서인지 조금 엉성하다는 느낌을 받았다. '정교하지 않다'는 인상이다.

이탈리아 중세 건축물을 지금 짓는다면 절대 지을 수 없다는 것이 그들의 말이다. 건축 실력도 실력이지만 인건비 때문에 찬란한 건축물, 조각품을 만들 수 없다는 것이다.

최근 광장 밑 발굴 작업에서 중세뿐 아니라 로마 건축 양식도 보인다고 한다. 이탈리아도 중국과 마찬가지로 파기만 하면 문화재가 나오는 땅이다.

피렌체 시청으로 쓰이고 있다는 베키오 궁은 고딕 건물이다.

호화로운 교황 레오 10세의 거실과 메디치 가문의 사람들이 거처했다는 방이 보존되어 있다. 깜비오 설계에 미켈란젤로의 개수, 바자리에 의한 장식, 베로키오의 아기천사 분수 등 이탈리아 최고의 창작가들로 이루어낸 궁전이다.

광장에서 200미터 걸어 내려오면 산타 크로체 성당이다.

이 성당은 프란체스코의 고딕 성당으로 아담하고, 우아하고, 정결한 느낌이다. 두우모 성당처럼 웅장하지는 않다. 역시 깜비오의 작품이라 한다. 그리고 이탈리아 유명한 사람들의 유해가 있다. 미켈란젤로, 롯시니, 갈릴레오의 무덤과 로셀리노의 성모자 단테의 기념비 등 조각품과 부조 작품이 있다.

우리는 단테의 생가 터를 지났다.

단테.

▶ 단테

단테라는 이름을 모르는 사람은 없을 것이다.

단테의 '신곡'이라는 책명도 기억하고 있을 것이다.

단테라는 이름과 부조물을 보았을 때, 그리고 생가터에서 사진을 찍을 때, 그 느낌은 '나도 단테와 이렇게 만날 수 있구나'였다.

가슴이 벅차다는 느낌이다. 단테의 책을 많이 읽어 보지는 못했다.

대학생 시절 '신곡'을 읽으려고 했으나 난해해 읽기를 포기했다.

그리고 강사시절 교양 국어를 가르치기 위해 다시 꺼내 읽었다.

그때도 어렵다는 생각이었지만 지구력이 생겨서인지 끝까지 읽었다.

번역물이고, 그리스도교에 대한 배경지식이 없었던 시절이라 명확하게 들어오는 것은 아니나 '대단한 작품' 이라는 생각은 했다. 글의 일부나마 학생들에게 소개도 했다. 지금은 아무 것도 기억나지 않는다.

다만 단테가 지옥, 연옥, 천당을 여행하면서 기행문 형식으로 쓴 우화라는 것만 생각날 정도다.

신곡은 그리스도교적인 시각으로 마치 강한 건축물 같은 필치로 피렌체에서 추방당한 시인 자신의 경험을 상상력을 발휘하여 쓴 걸작이라는 평이다.

단테는 이탈리아에서 가장 추앙받는 작가며 '신곡' 은 유럽 세계에서 고등교육의 주요 교과목이라 한다.

엘리엇은 '근대 세계에는 영국의 셰익스피어, 이탈리아의 단테가 있을 뿐'이라고 극찬했다.

그의 문학세계는 지적이며, 미학적이며, 매우 박학다식한 문호라는 것이다. 그래서, 시성詩聖이라 칭한다.

그리고 그가 이탈리아를 선도하는 문학자였을 뿐 아니라 라틴어로 시를 쓰던 시절에 이탈리아어로 쓴 작가며 그로 인해 유럽세계가 한동안 이탈리아어로 시를 쓰는 풍조가 생겼다는 것이다.

한 사람의 위대한 문학자는 세계를 지배한다. 언어까지도.

동양에서는 중국의 두보를 시성이라 한다. 유명한 이백은 시선詩仙이다.

우리에게 추앙받는 문학자는 있을까?

답은 '없다'이다.

이광수의 작품

'사랑, 무정, 유정, 무명, 그의 자서전' 을 읽었을 때 굉장히 '박학다식하다'라는 생각을 하였다. 그리고 쓰고자 하는 목적이 뚜렷해 보였다. 독자들에게 주려는 메시지가 강렬했다. 그런 의미에서 이광수는 매우 훌륭하고 존경을 받을만한 문학자다. 그러나 실상은 그렇지 않다. 친일 문학자로 구분되어 있어 그의 소설, 시를 아무도 읽지 않는다. 문단에서, 학교에서 언급조차 꺼린다.

정지용, 김기림은 한글로 매우 아름답게 현대시를 만들어 낸 시인들이다. 그 두 시인은 한 동안 월북했다는 이유로 정-, 김-로 불려지다가 월북이 아닌 납북으로 인정되어 교과서에 겨우 실리게 된 예다.

우리 문학은 그래서 존경할 만한 대상이 없다.

서정주 시인 또한 불교 세계와 역사 고전을 독특한 유미의식으로 빚

어낸 매우 훌륭한 시인이다. 그 시인도 한때는 추앙 받았지만 1980년에 정권에 빌붙었다는 죄목과 일제 말기에 쓴 친일적인 시가 증거로 나와 명예가 추락했다. 그의 문학 역시 휴지통으로 들어간 신세다.

우리 문학은 우리역사의 비극처럼 식민지, 분단, 좌. 우익으로 갈리어져 노벨 문학상에 도전은 하되 입상은 하지 못하고 국민에게 사랑받는 문학자가 없는 풍토가 된 지 오래다. 한 가닥 희망은 박경리, 박완서, 황석영, 이문열, 고은이 나름대로 고군분투하지 않나 한다.

단테의 생가를 지나 미켈란젤로 광장에 올라갔다.

그곳에 가면 피렌체의 아름다운 도시 전체를 감상할 수 있다. 그곳에서 아름다운 피렌체를 배경으로 사진 한 방 찍고, 피렌체 시가지를 그린 수채화 한 점 사고 헝겊에 프린트된 이탈리아 지도 하나 사고 아씨시로 이동하였다.

▶ 아씨시 – 성프란체스코

피렌체를 떠나며
일행은 모두 아쉬워한다.
피렌체를 이렇게 빨리 떠나다니.
ㅇ교수는 '너무 화려해.
성당이, 건축물이, 도시가' 하며
중얼거린다.

여지껏 우리가 본 유적은 모두 화려했다. 사치에 가깝다고 해야한다.

우리는 궁중은 '화려하고, 부섬하고, 웅장해야한다'고 배웠다. 그래서, 덕수궁, 경복궁, 창덕궁이 세 요소를 두루 갖춘 것이라 여겼다.

그러나 자금성을 본 후 웅장한 궁중 이미지가 없어지더니 이탈리아 궁전들을 본 후는 화려한 이미지가 없어졌다. 우리나라 궁전은 '단아하고, 소박하고, 우아하다'는 생각이다.

단테가 생전에 피렌체만을 사랑하고 고향을 위해 헌신하고 했다는 사실을 상기하며 성 프란체스코가 태어났다는 아씨시로 향했다.

아씨시는 이탈리아 중부, 움부리아주에 속하는 작은 산이 많은 조그만 마을이다. 이 시골 마을이 유명하게 된 것은 12세기에 성 프란체스코가 태어난 곳이기 때문이다.

나를 여행에 참여시킨 교수가 아씨시가 일정에 있으니 꼭 가야한다는 것이다. 이유인즉 불교신자인 국문학 원로교수 ㅈ교수가 이곳 아씨시를 방문한 후 '아, 하나님은 존재하시는구나. 하나님은 살아계시는구나' 라고 돌아와 후배 교수들에게 말했다는 것이다. 그러니 이번 여행에서 하나님이 존재하심을 우리가 확인해야 한다는 것이다.

잔뜩 기대를 하고 가는 중에 가이드 오 선생이 성 프란체스코 일대기를 그린 이탈리아 영화 한 편을 보여 준다. 영화는 3류 극장에서 보듯, 비가 주룩주룩 내리는 질 나쁜 화면에 이탈리아 말로 대사를 하니 시끄럽기만 하고 무슨 말인지 이해가 안 되고 화면만을 뚫어지게 보며 갈 수밖에. 화면으로만 읽은 줄거리는 대충 이렇다.

부호 상인의 아들로 태어난 프란체스코는 망나니로 유흥과 방탕으로 청소년기를 보낸다. 하인들이 입혀 주는 옷 입고 나가 술 먹고 나쁜 짓하며 노는 일로 세월을 보냈는데 어느 날, 예쁜 소녀가 눈에 들어와 뒤를 쫓아가 보니 그 소녀가 문둥이에게 음식을 날라다 주는 것이다. 숨어서 보니 문둥이는 주위를 살핀 후 나와 음식을 가져간다. 부호 아들은 충격을 받았는지 그 후 자신도 문둥이를 위해 음식을 나누어 주며 지내다가 하나님의 음성을 듣는다고 한다. 그리고는 집을 나선다.

그 영화는 프란체스코의 아버지가 화가 나서 집안의 물건을 마구 부수고 소리치는 장면을 오랜 시간 클로즈업 시킨다. 어머니는 아들 프란체스코를 쫓아 함께 기도하게 되고.

후에는 함께 방탕하게 놀던 친구들도 신앙의 형제로 마을을 떠나 조그만 성당을 짓고 복음 생활을 시작하는데 그때부터 그들의 삶의 목표가 '순종', '겸비', '청빈'이라 하여 남을 위해 헌신하는 생활을 한다.

그 후에는 잠깐 졸았는지 생각이 안 나고.

아무튼 프란체스코는 제 2의 그리스도가 되어 성난 늑대도 길들여 순하게 만들고, 작은 새에게도 설명을 하는 추앙받는 성인으로 아씨시를 근거지로 프란체스코파를 형성하게 된다는 것이다.

프란체스코의 업적은 1206년 신의 부름을 받고 프랑스, 독일, 헝가리, 스페인, 포르투갈, 모로코 전장에 나가 죽음을 두려워 않고 삶의 실천으로 선교생활을 한 것이다.

아씨시로 가는 길목마다 아름다운 들판이 펼쳐지더니 아씨시 마을로 접어들자 고요함, 정겨움이 우리를 맞는다. 그곳에서 하차하여 산 위에 있는 성 프란체스코 성당으로 들어서니 성당에 경건한 분위기에 모두들 몸을 떤다.

▶ 세계문화유산 도시, 아씨시

2000년 세계문화 유산으로 등록된 이 도시는 도시 전체가 아름다운 성으로 보인다.

성프란체스코 성당은 언덕에 자리잡은 르네상스 양식의 상, 하 2층의 사원으로 되어 있다. 성당 입구에서 수사 한분과 마주쳤다. 바람이 싸하게 불어 싸늘하게 느껴지는 곳에서 맨발의 수사가 한 겹 옷에 의지한 채 재빠르게 걸어가고 있었다. 우리 일행과 맞닿은 순간, 마치 영화에서 본 장면 같다는 생각을 했다.

성당 입구에 마리아 상 앞 좌대에 ㄱ교수가 흥분하여 납작 엎드려 기도를 올린다. 카톨릭 신자인 그 여교수는 감동과 환희에 넘쳐있다.

모두들 경건하게 초를 하나씩 사서 제단에 올린다. 나도 모르게 성호를 긋는다. 얼마 만에 일인가. 늘 참선을 한다는 불교 신자인 ㅇ교수도 초를 사서 제단에 바치고는 두 손을 모은다. 이곳에서는 모두가 신자다.

성당 안에는 예배를 올리고 있다. 동네 신자들인지, 참배객들인지 모르겠다. 그 옆을 조용히 지나 작은 예배당, 큰 성당 안에 작은 예배당이 있었다.

처음 프란체스코가 형제들과 예배를 올렸던 곳이라 한다.

상부의 성당 안은 프란체스코의 일생을 담은 프레스코화의 그림이 전시되어 있다. 지진에 의해 일부 붕괴되었으나 1999년 복원하여 여행객을 맞고 있고 지금도 복원 작업은 계속된다고 한다.

가이드는 우리에게 설명한다.

이곳 정원에 있는 장미에는 가시가 없다고. 실제로 데려가 보여준다.

겨울이라 꽃이 피어 있지도 않았지만 장미가 동그랗게 서 있다. 그리고 비둘기 두 마리가 이 성당을 잠시도 떠나지 않고 지키고 있다고 한다. 오랜 세월 존속되어 온 일이라고 한다. 비둘기는 하얀색으로 크지도 않고 예쁘다. 관광객들에게는 관심도 보이지 않는다. 비루먹는 비둘기가 아니라 경건하게 성당을 지키는 비둘기가 너무 신비롭다.

이 두 가지 일이 불가사의한 일이라고 한다.

성 프란체스카 반대편에 있는 기아라 성당에서 기아라 수녀의 미이라를 보았다. 금색의 머리와 흰 의상으로 전시되어 있다. 러시아 이르쿠츠크에서는 신부의 미이라를 보았는데 이곳에서는 수녀의 미이라를 보고.

프란체스코의 생가는 당시의 모습을 그대로 갖추고 있었다.

언덕 아래의 작은 예배당에 도착했을 때는 어두워져 크리스마스트리가 불을 반짝이고 있었다. 수녀 기아라가 이곳에서 프란체스코에 의해 삭발을 한 곳이고 프란체스코가 가장 사랑했던 작은 예배당이라 한다.

가이드가 프란체스코 성화를 준다.

뒷면에는 이런 글귀가 있다.

성 프란체스코의 축복

주께서 그대를 강복하시고
보호하소서.

주께서 당신의 얼굴을 그대에게 드러내 보이시고
자비를 베푸소서

주께서 당신의 얼굴을 그대에게 돌리시어
평화를 주소서.

형제여 주께서 그대를
축복하시리이다.

일행들은 이곳이 가장 인상적이라고 한다.

지금도 중세기의 기사가 나와 말을 타고 다닐 것 같은 중세적 도시 아씨시.

언덕에서 내려다보이는 고즈넉한 마을 정경. '경건'이라는 단어가 가장 어울리는 도시.

▶ 로마로 가는 길

지리한 느낌이 들어 그만 쓸까 생각하다가, 어차피 햇빛을 쬘 수 없는 형편이라 (마치 곰이 쑥과 마늘을 갖고 동굴 생활하듯) 집에서만 일주일 생활해야 한다니 컴퓨터 앞에 붙어 있다.

아씨시에서 로마로 갈 즈음 밖은 이미 어두워져 있었다.

가이드는 로마에서 살면서 보고 느낀 것을 이야기해 준다.

사실 가이드가 실제 이탈리아에 20년 살면서 이야기해 주는 것이 우리에게는 무척 도움이 된다.

가이드 오 선생은 40대 중반 같다. 결혼도 한국 여자와 했다고 한다. 여자 가이드들은 현지인(이탈리아인)과 결혼해 사는 사람들이 많다.

건축 설계를 공부하러 와서 이탈리아 남부에서 언어를 배웠다고 한다.

포도가 주 생산지인 남부에서 직접 포도주를 만들어 마시는 농부들과 함께 생활하며 언어를 배우고 전공을 공부하며 아르바이트로 가이드 생활을 하다가 돈벌이가 잘 되니 눌러 앉은 케이스다. 후에 한국의 IMF가 터지자 생활비를 벌기 위해 남쪽 부둣가에서 일을 하기도 했다는 것이다.

오 선생이 말하기를 유학은 생각보다 쉽지 않다는 것이다. 4, 5년이 지나 고국에 갈 수 없는 형편이면 이미 때가 늦어 영영 고국으로 가지 못한다는 것이다. 그런데 요즈음 조기유학을 보내는 부모가 많은데 위험천만이라 한다. 언어도 안 되는 어린 아이들을 보호자 없이 마구 보낸다는 것이다.

이탈리아 사람들이 자유롭고 방종한 것 같아도 고등학교 교육까지는 부모의 엄한 보호아래 성장한다는 것이다. 학교 등교 외에 과외 활동은 모두 부모와 함께 한다고.

한국의 조기 유학생들이 도착하자마자 차를 빼서 놀러 다니고…… 등등. 아르바이트란 단어는 아예 생각도 안한다고. (모두 부모를 잘 만나서) 그런 이유로 한국인 가이드가 모자랄 지경이라나.

또 하나 문제는 너도나도 성악하겠다고 유학을 오는데 창법이 우리네 구조와 완전 다르다 한다. 이탈리아어를 알면 저절로 창법은 익혀지는 것이고. 학제도 고등학교와 대학이 붙어있어 이탈리아 학생들은 창법을 배우지 않고 진학하고 한국 학생들은 대학을 졸업하고 왔으니 나름대로 창법을 배워 이미 습관이 배어있어, 창법 교정이 쉽지 않다고. 결국 좌절을 무척한다고. 그들이 말하기를 '차라리 판소리창'을 배울 걸 한다나.

비애감이 드는 말이다.

더욱이 무슨 아카데미학원은 우리나라에서 유명한 성악가들이 나온 곳인데, 그곳을 나와야 강사라도 한다고 재수, 삼수를 하며 기다린다네.

여기는 음악대학의 명성보다는 어느 곳이든 재능을 보이면 되는데 유독 한국인들만 자기들이 좋다는 유명 학교를 지정해 놓고 그곳에만 입학하려고 한다는 난센스. 또 졸업하고 고국에 돌아갈 때, 귀국 독창회를 많은 돈을 들여 성대하게 연다고 하는데 몇 사람 앉혀놓고 비디오만 찍는 독창회라고. 그 찍은 비디오를 가지고 귀국해 제출하면 점수를 후하게 받는다네. 자신이 볼 때는 우습다는 것이지.

눈 가리고 아웅 하는 식. 그래서 본인은 한국인이 여는 음악회는 가지 않는다나. 본인은 오페라를 종종 감상하러 다닌다고 한다. 아마, 귀가 열려 있는가 보다.

또 하나, 이탈리아인들은 철저히 가족 중심, 가문 중심이라는 것이다. '대부' 영화에서 보듯 가족 중심으로 생활하여 가방, 옷, 안경, 구두, 하다 못해 마피아까지 대를 물리며 작업을 한다고 한다. 백화점이 없는 이유도 이런 이유라고. 가문의 이름을 걸고 하는 구찌, 미쏘니, 페르가모 등등. 지방에 다니며 보는 주택은 거의 빌라 형인데 윗 층에 아버지, 아래 층에 아들. 서로서로 독립된 생활을 하지만 주말은 늘 함께 한다고. 따라서, 주말에 남의 집에 전화를 걸거나 방문하는 것은 큰 실례라 한다.

주말 외출도 가족 나들이 빼고는 없고.

술 문화도 없다지.

자연스레 저녁 먹을 때 와인 하나 곁들이는 것으로 끝이라고. 우리처럼 2차, 3차, 노래방이 없는 문화.

그리고 여행객들에게도 따끔하게 한마디 하는데, 현지인들이 묻는다네. '찍어, 찍어' 가 무슨 말이냐고. 여행지에 풀어만 놓으면 가이드 설명도 안 듣고 흩어져 끼리끼리 '찍어, 찍어' 하며 사진을 찍는 것이 이상한 모양.

우리 교수들도 마찬가지지.

그 중 교사 한 분이 끼어 있었는데 그분 취미가 찍기라네. 엄청 찍더라고.

그리고 부부 교수 한 쌍이 무척 찍데. 부인은 포즈 취하는 것에 이력이 나서 아무리 바쁘다고 가이드가 소리쳐도 '순간에 멋지게' 하며 찍어 대는 거야.

이탈리아인들이 이상하게 생각하는 것 또 하나.

왜 한국인들은 밥만 먹으면 약을 꺼내 먹느냐고.

무슨 약이냐고. (이 대목에서는 할 말 없음).

모두 약통 하나씩 꺼내들고 비타민, 혈압, 당뇨, 골다공증 등등의 약을 챙겨 먹었으니까. 안 먹는 사람 없었을 걸.

이탈리아인은 약을 거의 안 먹는다네. (물론 보조약품이겠지만). 이탈리아는 장수국가인데 장수 비결은 낙천적인 성격이라네. 가이드 왈, 장수 비결은 뭐니 뭐니 해도 '마음' 에 있지 않나요. '맞아요. 맞구요.'

TV 프로 '비타민'에 출연하는 교수도 왔다갔다지.

이탈리아의 좋은 햇빛, 올리브, 와인, 낙천적인 성격이 장수 비결이라는 것을 깨달았을 거라고. 건강을 위한 프로그램도 없고, 건강 음식도 따로 없다고.

이런 저런 이야기를 들으며 로마에 도착하니 저녁 9시.

늦은 저녁을 먹으러 한식당에 갔는데 대 실망.

실로 오랜만에 먹는 한식인데 썰렁한 느낌이 드는 식당에, 무표정한 여종업원, 무성의한 차림 상. 맛없는 밥과 반찬. 우리 한식이 이렇게 초라했었나.

동포애에만 매달리면 안 되지.

한식의 세계화. 한식이 국제적으로 인정받는 것 같은데 로마는 왜 이러지.

심지어 정갈하게 씻지도 않고 내온 상추쌈. 이건 아니잖아.

내일은 18000보를 걸어야 하니 단단히 준비하라는 가이드 말을 듣고 일찍 잠자리에 들었다.

▶ 아모르, 로마

로마.

영화로, 화보로, 뉴스에서, 이미 많이 본 도시.

나도 늘 많은 사람들이 북적이는 관광객을 화면에서 보며 로마를 상상했다.

바티칸 공화국에서 정월 초하루에 축성을 하는 교황, 이 모든 것들이 내게는 신비의 도시였다.

세계 관광객의 60프로가 이탈리아를 찾는다고 한다.

누구나 가고 싶어 하고, 한 번은 꼭 가봐야 한다는 로마.

아침 식사를 마치자마자, 바티칸 박물관부터 일정이 시작되었다.

가이드는 바티칸에 들어가자마자 안내 지도를 가리키며 설명을 한다. 사람들이 붐비는 곳이라 일일이 다니면서 설명하기는 어렵다는 것이다. 지금은 겨울이라 그래도 좀 나은 편이라고. 여름에는 몇 시간씩 줄을 서서 기다려야 한다고.

미켈란젤로의 천지창조로 유명한 시스티나 예배당부터 관람시작이다.

미켈란젤로.

나는 천지창조 그림을 달력 그림으로 처음 접했다.

아버지가 구해온 명화 달력에 미켈란젤로의 천지창조가 있었다. 달력 그림으로 보는 천지창조도 중학생인 나에게는 감동이었다. 그런 그림을 지금은 현장에서 생생하게 천장을 바라보며 감상하고 있다. 그림은 매우 선명했다. 먼지 때를 닦아 냈다고 한다. 마치 엊그제 그린 그림처럼, 모든 등장인물이 천장에서 내려 올 것 같은 착각에 빠진다. 그만큼 생동감이 있었다.

교황이 미켈란젤로를 불러다 그림을 그리라고 명했을 때 미켈란젤로가 거부했다고 한다. 자신은 화가가 아니고 조각가라고. 그래도 교황이 뜻을 굽히지 않자 미켈란젤로는 그림이 완성될 때까지 들어오지 말고, 간섭하지 말라는 조건을 내걸었다고 한다. 그리고는 4년 반이나 천장에 매달려 그림을 그렸다고. 그림이 완성된 후 미켈란젤로는 반신불수가 되었다고. 그런 이야기를 가이드에게 듣고 천장에 몸을 밧줄에 의지한 채 그림을 그렸을 미켈란젤로를 상상하며 인간의 한계를 생각했다.

의자에 앉아 천장 전체를 조감하는 시간이 왜 그리 행복하던지. 말이 필요 없었다.

교황이 조각가 미켈란젤로를 선택한 것은 매우 탁월했다는 생각이다.

화가로는 그렇게 높은 천장에 그림을 입체적으로 표현하기 어려웠을 것이다.

미켈란젤로 자화상은 해학적이면서도 슬픈 인상이었다.

가이드는 교회에 대한 저항의식이 담겼다고 한다.

예배당을 나오면서 나는 '저 그림을 보고는 붓을 꺾어야 할 것 같다'고 이야기했다. 그랬더니 동료 교수는 '무슨 소리냐, 붓을 더 들어야지' 한다. 글쎄, 노력하면 미켈란젤로 언저리에나 갈 수 있을까?

베드로 대성당을 둘러보고 이런 성스러운 곳에서 기념품으로 묵주 팔찌를 사서 며느리에게 주고 싶었다. ㅇ교수는 이미 베드로 성당 안에서 옆에 든 가방이 반 쯤 열려 있었고, 나는 성물 파는 기념품 가게에서 고르고 있는데 갑자기 점원들이 무어라고 하더니 사라진다.

　아니 손님이 들어왔는데 왜 아는 체를 안 할까. 그래도 점원이 나오기를 기다리며 구경을 하는데 느낌이 이상해 뒤를 보니 내 핸드백도 반 쯤 열려 있었다. '어머 가방이 열렸어' 하고 큰 소리로 말하고 옆에 남자를 쳐다보니 큰 키에, 큰 눈에, 무표정한 얼굴에, 긴 사파리 차림의 남자가 나를 물끄러미 내려다본다. 나는 올려다보고 그는 내려다보고 그런데 그 남자의 얼굴이 영화에서 보던 소매치기 얼굴과 똑같다. 우리 뒤에는 여자 둘이 재잘거리며 서 있었고. 그러니까 그들은 3인조 소매치기단. 소름이 끼쳐 그냥 나와 가이드에게 말하니 조심하라고. 말로만 듣던 소매치기 경험을 우리가 했다.

　유럽 곳곳에 원형 경기장이 있는데 원조가 콜로세움 아닌가.

　4층으로 된 5만 5천명이 넘는 사람들이 들어앉았을 경기장. 와, 웅장하다. 그 너른 곳에서 십자가에 매달려 있던 데보라카, 어찌 그리 가냘프게 보였던지. 쿼바디스 영화를 대한극장에서 단체로 보았나, 아무튼 기억에 남는 장면은 네로 황제가 억지 눈물 짜내는 모습, 엄지손가락 신호로 살리라고 치켜세웠다가 내려 죽이라는 신호로 바뀌는 안타까운 장면.

　사람을 죽이고 살리는 데 엄지손가락 하나면 충분하였다.

　그리고는 영화 로마의 휴일에 나왔던 진실의 입, 트레비 분수, 스페인 광장을 걸어서, 걸어서 구경했다. 모두 오드리가 된 듯 진실의 입에서는 손을 넣고 사진 찍고, 트레비 분수에서는 동전 분수에 넣고 다시 오게 해

달라는 소원 빌고, 아이스크림 먹고, 스페인 광장에서는 베네통 중국제 옷과 모자 사고, 86번지에 있는 카페— 그곳에 바이런, 셀리, 키이츠, 괴테, 보들레르, 리스트 등이 다녀갔다는 그레코 카페를 우리는 처다만 보고, 스페인 계단 우측에 있다는 키츠와 셀리 박물관은 올려다만 보고, 명품가 거리인 콘도디 거리, 코르소 거리에서는 '아 저 옷이 미쏘니 오리지널이구나', 명품 옷, 가방, 시계, 등 명품을 보는 안목을 높이는 데 그치고. 그렇게, 주마간산으로 다녀도 저녁 어스름이 질 즈음에야 일정이 끝이 났는데 함께 온 ㅅ교수의 초등학생 손자가 만 오천 보밖에 안 걸었다고 하며 아쉬워한다.

'야, 난 죽는 줄 알았어.'

이렇게

영원의 도시,

사랑의 도시,

레무스와 로물루스 쌍둥이가 건국했다는

로마신화의 도시를

뒤로하고는 남동쪽 120미터 떨어진 카시노로 이동하였다.

▶ 바리, 알베로 벨로

밀린 숙제하듯 부지런히 쓴다.

카시노는 또 어떤 곳일까를 상상하며 가는 즐거움이 여행의 참맛 아닐까.

저녁에 호텔에 도착하니 이미 주방장이 나와 앉을 곳을 지정해 준다.

유럽은 지정석에 앉아야만 한다고. 주방장의 권위가 대단하다고. 멋스런 식탁보와 차림이 깔끔했다. 물론 스파게티와 기름 뺀 돼지고기 요리. 주방의 서빙이 다정하다. 호텔도 깨끗하고. 호텔방 어디나 그림 한 점은 꼭 걸려 있고.

다음날 아침에 바로 바리로 떠난다고 한다. 그럼 카시노는 왜 왔느냐고 물으니 가이드가 이런 일정은 자기도 처음이라고 한다. 지나가는 길에 하룻밤 묵은 것이라고. 이탈리안 운전기사가 이 팀이 성지 순례단이냐고 묻더란다. 물론 아니다라고 했다고.

카시노에서 본 경치는 이것도 이탈리아 영화에 종종 나오는 경치인데 산 정상에 두우모 성당이 있고 성당을 중심으로 원형을 그리며 자리 잡은 그림 같은 집들이 있다. 영화에서 볼 때는 그런 마을이 빈촌이던데 멀리서 바라보는 경치는 아름답고 평화로워 보였다. 그런 마을을 뒷배경으로 단체사진 찍고 바리로 떠났다.

바리는 숨은 진주 같은 유적물이 가득한 남동부 해안의 항구도시라고 나와 있는데 그 유적이라는 것이 물론 성당이었다.

노르만족 침입이 심했던 마을에 성 니콜라스 신부가 어린이를 돌보고 마을 사람들을 돌보며 그렇게 지켜왔다는 것이다. 그 신부를 기념하여 세운 교회가 성 니콜라스 교회다.

동양인들은 찾지 않는 곳이다. 따라서, 그곳 사람들은 우리에게 관심도 없을 뿐더러 저 사람들이 이곳 시골에 왜 왔을까 하는 눈치다. 성당 뒷편에 세보성이 있고, 우리 단체여행객이 점심을 먹을 곳이 없어 가이드는 찾아다니고, 20년 된 가이드도 이곳을 한 번도 와 보지 않았는지 헤매고 있고. 뒷골목으로 들어서니 작은 구멍가게들이 생선, 과일, 옷들을 팔고 있고 성당 앞에는 불량기 있는 청소년들이 오토바이족인지 끼리끼리 서서 히히덕거리고, 결국 거기서는 점심을 먹지 못하고 다시 버스에 올라 알베로벨로 가는 도중 휴게소에서 점심을 스파게티로 먹었다. 내가 스파게티를 좋아하는 편이니까 다행이지 그렇지 않으면 곤란할 정도로 점심, 저녁은 늘 스파게티.

그 다음 이동지 알베로벨로는 동화마을 같은 곳이다.
누군가 기행문에 그렇게 쓴 모양이다. 나도 잔뜩 기대를 하였다.
알베로벨로는 이탈리아 지도에서 구두 굽에 해당하는 폴리아주에 속한다.
비가 부슬부슬 내리는 가운데 한적한 마을로 접어드니 바람이 세차다. 마치 제주도에 온 듯한 돌집, 돌담이 눈에 띤다.
돌집은 지붕이 뾰족하다.
마을 입구에는 꽤 큰 집들이 있는데 상징적으로 대문 옆에 뾰족 지붕을 하여 멋을 내었다. 이곳을 찾는 이유는 알베로벨로의 상징인 원통형의 집 위에 뾰족한 지붕의 집을 보기 위해서다. 스머프 만화에 나오는 집과 유사하다. 그런 집이 모여 있는 곳을 트룰리라고 하고 트룰리 마을 전체를 유네스코 세계문화유산으로 지정했다고 한다.

마을은 길이 좁아 마을버스로 이동하였다.
좁은 골목 길 양편에 모두 뾰족 지붕 모양의 집들이 즐비하다.
사람이 살기 보다는 관광객 상대로 물건을 파는 상가로 변했다.
직접 짠 스웨터를 팔고, 식탁보, 그림엽서, 공예품, 술 등을 파는 상가만 형성되어 있어 실망하였다.

우리를 보더니 일본말로 접근한다. 우리는 '월드컵 코리아', 하니 반가워한다. 일본인들만 찾는가 보다.

집이 동화 속 마을 같으니 사진 몇 장 찍고 포텐차로 또 이동하여 투숙하였다.

▶ 폼페이

포텐차에서 하룻밤 묵었다.

그곳 역시 지나가는 길. 언덕 마을이라 멀리 베수비오 화산이 보인다고 한다. 폼페이는 작기는 하나 리조트 도시답게 없는 것이 없었다. 자갈로 포장된 도로, 하수도, 원형극장, 선술집, 피자집, 목욕탕 등 현대도시들이 갖춘 시설이 서기 79년에 이미 존재하였다. 일순간에 화산 폭발로 2000명의 주민이 화산재에 파묻혀 화석이 되고 폼페이는 1500년간 역사 저편에 있다가 17세기 중반에 서서히 드러나 사람들 관심에 다시 서고. 이미 '폼페이 최후의 날' 이라는 영화를 보았기에 폼페이 도시의 아비규환이 생생한 듯 그 처참했던 현장을 목도하고 있는 것이다.

선술집이 있으면 사창가는 존재하는 법. 사창가 앞에 남근이 그려져 있는 것이 재미있었다. 우리는 발로 재보며 즐거워한다. 터키 에페수스에서는 발이 그려져 있었기 때문이다.

얼마 더 가니 가이드 오 선생이 이 집은 부자 상인 집인데 여자도 있었다고 한다. 그 말을 듣는 순간 ㅇ 교수가 '자─가 어딨어' 한다. 모두 깜짝 놀라 당황해 하며 남근을 찾는데 이번에는 문설주에 그려져 있었다. 우리는 ㅇ 교수가 생각 없이 불쑥 나온 말이라, 계면쩍어 할까봐 오히려 신경이 쓰였다. 남근이라고 하면 아무렇지 않은 말이 순 우리말 자- 하면 왜 그리 이상한지.

원형 극장에서는 판소리를 불렀다.

일행 중 10년 소리 공부했다는 ㄱ 교수가 불렀다. 소리는 퍼지지 않고 잘 들렸다.

오 선생은 어깨를 으쓱하며 우리 가락은 정말 좋다며 어떤 소리보다 듣기 좋다고 추켜세운다. 프랑스계 여자 가이드가 매우 신기해한다.

기차를 타고 쏘렌토로 가면서 우리는 나혜석 이야기를 했다.

'대단한 여자야. 그때 이미 이곳을 다녀갔다니'. 나는 내 귀를 의심하며 나혜석이 유럽 여행을 했느냐고 물었다. 그렇다고 대답하는 ㅅ 교수. 그 교수는 현대여성 문학 전공이었다.

나는 또 물었다. 나혜석이가 그림을 잘 그렸느냐. 그 당시 여자라, 회소가치 때문에 대우 해준 것이 아니냐. 그 교수는 아니라고 하며 그림을 꽤 잘 그렸다고 한다.

집에 돌아와 나혜석의 전기문을 읽었다.

그녀는 3남매를 둔 어머니로 외교관 김우영과 결혼해 1922년부터 32년까지 10년간 유럽 여행을 한다. 프랑스에서는 오랫동안 머물며 그림 공부를 제대로 하기도 하고. 그러다가 최린이라는 남자를 만나 사랑을 하는데 그 이유로 이혼을 당해 맨몸으로 쫓겨 나온다. 그런 와중에도 나혜석은 당당했다.

남편은 위자료를 줄 것,

최린은 자신을 책임질 것.

어느 누구도 나혜석을 편들어 주는 사람은 없어 재판에 지고 맨몸으로 나와 전시회와 문학 활동을 하나 차가운 냉대로 반신불수, 신경쇠약으로 지내다 무연고 병동에서 죽음을 맞이했다는 것이다. 너무나 앞서 간 여성의 비참한 죽음.

그녀의 주장은 '여성도 사람답게 살아야 한다.'라고.

낙서투성이의 기차를 타고 소렌토 역에 내렸다.

▶ 쏘렌토, 카프리, 나폴리를 마지막으로.

'돌아오라 쏘렌토' 악보가 공원에 덩그라니 있다. 뭐야, 이게.

이곳에서 소렌토 정경을 보라며 가이드가 바닷가 한 곳에 서게 한다. 그저 그렇다. 이런 바다, 섬 경치는 한국에도 많다. 나는 마산항이 떠올랐다. 얼마나 아름다운가. '가고파' 시비도 있고. 노래의 도시 소렌토를 뒤로 하고 카프리로 향했다. '오 솔레미오, 돌아오라 소렌토'는 세계인이 부르는 노래. 그런 노래를 갖고 있는 문화가 부러울 뿐이다.

눈이 시리도록 아름답다는 카프리.

일행은 일정을 짤 때부터 카프리를 간다는 사실에 흥분했다. 그러나 카프리는 현지 기상이 매우 중요한 듯. 비가 오면 배가 뜨지 않는다고 한다. 마침 비가 안 와 100유로를 내고 선택 관광을 한 것이다. 쏘렌토에서 30분 배를 타니 카프리 섬에 도착한다. 그곳에서 다시 미니버스를 타고 299미터인 꼬불꼬불 골목길을 달린다. 절벽 가까이 가서는 기사가 '어머나'한다. 절벽 밑으로 바다를 내려다보며 탄성을 지르는 소리다. 한국인들을 많이 태운 듯 우리 대신 탄성을 질러 주는 것이다. 다시 내려와서는 교회, 역사적인 별장, 대저택, 유적들, 영국 황태자가 신혼 여행왔다는 호텔 등 하얀 집들이 어우러져 있다. 나는 이곳에서 거제도를 떠올렸다. 작은 길 작은 집들, 물론 이곳보다 볼품은 없지만 오밀조밀한 풍경이 정겹다고 생각한 것이다. 그 이야기를 했더니 일제히 비난한다. 어디다가 비교를 하느냐고. 그래도 난 '별스럽지도 않은데 뭘 그리 호들갑인지' 하며 속으로 뚱했다.

영국이나 유럽은 기후가 나쁘니 상대적으로 기후가 좋은 이곳을 선호하는 것 아닐까? 카프리를 숨 가쁘게 둘러보고 나폴리로 가는 배에 올랐다. 석양을 바라보며 삼대미항이라는 나폴리로 향했다. '나폴리를 보고 죽으라'고 했다는데. 뉘엿뉘엿 넘어가는 해를 보며 나폴리 시내를 휙 둘러보고는 로마로 다시 떠난 것을 어쩌랴.

카프리를 보니 나폴리 유적을 돌아보는 것이 더 나은 것을.

나폴리에서 버스를 타고 로마로 향하는 2시간 30분 동안 가이드 오선생은 로마의 휴일 영화를 틀어 주었다. 진지하게 보았다. 로마를 다시 상기하며. 로마의 휴일 마지막 장면 그레고리팩이 앤공주에게 묻는다. 유럽 통합에 대해 어떻게 생각하느냐고. 앤 공주는 '유럽 모두에게 이익이 된다면 언젠가는 통합이 되어야겠지요.'라고 대답한다. 기자회견이 끝나고 앤공주는 퇴장하고 그레고리팩은 멍한 표정으로 허탈해 하는 장면이 클로즈업되며 끝나는데 그 영화를 보고 '아 그때부터 통합론이 시작 되었구나' 라는 생각을 했다. 영화는 메시지를 던져 준 것이다. 언젠가는 유럽이 통합이 된다라는.

▶ 여행후기

여행은 차이를 느끼는 것이다.

우리 것과 비교하고 남의 것과도 비교하면서 다른 것을 찾아내는 과정을 즐기는 것.

돌아오는 비행기에 앉아 연착이 된다는 설명을 들었다. 이 비행기는 문제가 있어 두 달 간 정비를 받았는데 다시 재점검을 해야 하니 두 시간 정도 연착이라고. 그 설명을 들으며 너무 솔직해도 탈이다. 이게 네덜란드 비행기인데 선진국 비행기도 이런가.

내가 집에 가고 싶다고 다 갈 수 있는 것은 아니네. 비행기가 데려다주어야 하고, 그것도 무사히. 생텍쥐페리의 '야간비행'처럼 추락하는 비행기를 탄다면.

여행은 필요에 의해 훌쩍 떠나고 싶을 때만 떠나야 한다는 생각을 처음 해 보았다.

정년을 앞둔 ㅇ교수의 말. 이젠 여행을 다녀와도 여행하면서 얻은 견문을 전해 줄 학생이 없어. 나이 들수록 여행할 이유가 없어진다는 슬픈 이야기.

이번 여행에서 얻은 것은 괴테의 '이탈리아 기행문'을 빨리 읽어야겠다는 생각이다.

괴테 역시 3년간이나 이탈리아를 여행한 후 대문호로 올라섰다고 한다.

유럽 문학가들이 이탈리아 여행에서 영감을 얻고 자신의 문학에 투영했다는 사실.

그런 이유로 짧은 일정이었지만, 이탈리아 문화를 소화하지 못했지만 이렇게라도 기록하지 않으면 아무 것도 남는 것이 없을 뿐더러 방문한 도시 이름도 기억을 못할 것이라는 생각으로 여행기를 쓰기 시작했는데 두 달에 걸쳐 띄엄띄엄 쓰다 보니 김빠진 맥주처럼 늘어지고 그만 둘까 생각하다가 '도중하차'는 내 성격이 용서를 못하고.

그래서

오늘 밤을 새워 여행기를 끝냈습니다.

이제 다른 일에 몰입하려 합니다.

2. 몽골 바이칼

▶ 몽골, (시베리아) 바이칼 답사기 (에피소드 1)

영종도엔 안개가……

한국 몽골학회는 해마다 몽골을 답사한다. 단국대 몽골학과가 주최가 되어 몽골 국립대학과 함께 치르는 연례행사다.

7월 30일 밤 9시에 집합하여 밤 11시 50분에 몽골로 떠나는 몽골 비행기였다. 일찌감치 영종도로 향해 집합지에 이르렀다. 밤이기도 했지만 영종도엔 안개가 자욱했다.

몽골학회 회원과 비회원이지만 이번 답사에 참석하고자 하는 몽골 마니아들이 속속 도착했다. 수속을 해야 하는데 영 연락이 없다. 한참 후 몽골 비행기 소속 직원이 오더니 영종도에 안개가 끼었다고 몽골 비행기가 몽골에서 출발하지 못한다고 통보를 했단다. 내일 아침 9시 30분에 인천에 도착하겠다는 일방적인 통보였다.

일행은 난감했다. 대책도 세워주지 않는 몽골 항공사다.

원인은 안개로 시야를 볼 수 있는 비행 장치가 없는 비행기라나. 몽골 비행기가 영종도에 와서 몽골을 사랑하는 한국 사람들을 잔뜩 태워 가기로 한 특별 전세기였던 것이다.

학회 회장이 안전에 문제가 있는 것이니 할 수 없다며 공항 근처 모텔, 사우나를 수소문하기 시작했으나 이미 사람들로 찼단다. 하는 수 없이 찜질방을 찾아내어 내일 아침 떠나는 몽골 비행기를 타는 한국 사람들이 그 찜질방을 통째로 전세 냈다. 영종도에 모텔과 찜질방이 있는 줄 처음 알았다. 잠을 잘 수 없을 정도로 비좁은 그곳에서 비몽사몽 하룻밤을 지샜다.

▶ 지금 인천공항으로 다시 회항합니다.(에피소드 2)

다음 날 아침

찜질방에서 일어나 공항으로 향한 시각이 새벽 6시였다. 도착 후 해장국으로 아침을 먹은 후 수속을 밟기 시작한다. 일행들은 몽골 비행기가 도착했는지를 확인하기 시작한다.

도착했다는 기쁜 소식과 함께 짐을 부치고 비행기에 오르니 감개가 무량했다. 당연히 여행을 하려면 비행기를 타는 것인데 왜 감회가 남다른지.

11시 50분에 이륙 후 40분이 지났다. 중국 청도에 접근한다는 비행일지를 보고 있는데 승무원들이 식사를 나누어 주기 시작한다. 맛있게 먹고 있는데 갑자기 먹고 있는 밥을 다시 걷어 가고 뒷사람들에게는 주지도 않고 승무원들이 돌아가더니 '이 비행기는 인천공항으로 다시 돌아간다'는 안내 멘트가 나왔다.

이 무슨 일!

테러? 기상악화? 등등 각종 뉴스를 접하고자 몽골어가 되는 교수들이 수소문을 하는데 '회항 이유는 인천에 도착 후 말해주겠다'는 안내 멘트가 또 나온다.

회원들은 세상에 이런 일은 처음 겪는다며 불안해했다.

별 수 없이 비행사에게 우리의 운명을 맡겨야 하니 그대로 따를 수밖에.

인천 공항에 다시 착륙했다. 안내 방송도 한 마디 없이 얼마간 기다리게 했다.

여행의 들뜬 기분은 사라지고 정말 몽골 땅을 밟기는 밟는 걸까.

비행기 안에는 몽골에서 봉사를 하겠다는 청소년 봉사팀, 전도를 하겠다는 교회 봉사팀 해서 몽골을 찾아 떠나는 한국인들로 가득 찼다.

'우리는 왜 몽골로 떠나려 하는가' 라는 상념에 잠기는데 얼마 후 안내방송이 나온다.

이유는 몽골 조종사가 중국 청도 관제탑에 통보를 했는데 청도 관제탑에서 연락을 받은 일이 없다고 해서 회항을 해야만 했다. 조종사가 인천관제탑에 확인해보니 청도 관제탑에 보고가 된 것이 확실해 졌다. 그러니 주유를 한 후 떠나겠다. 그러나 기내 음식 서비스는 추가로 하기 어렵다. 그런 일방적인 통보였다. 이런 무식한 조종사들.

요새 말하는 조종사들이 영어가 안 돼 서로 의사소통이 안 된 것 아니냐 라는 사람들과 그런 것이 아니라 내리자마자 무슨 짐을 막 싣더라는 것을 보면 짐을 다 싣지 않고 떠난 것이 아니냐는 설과 설, 설이 판을 치는데 한참 후 다시 이륙을 한다.

그날 학회 일정은 모두 취소되었다.

학회 세미나를 마친 후 시베리아 횡단 열차를 타야 하는데 이미 열차표 예약이 되어 있는 상태라 열차 시간 맞추기도 빠듯하기 때문이다.

저녁에 울란바토르 보인트오하 공항에 도착해 나오니 몽골 조종사들이 웃으며 세 명이 지나가고 있는데 본인들도 당황했다는 표정이 역력했다.

저런 대책 없는 조종사들에게 몇 백 명의 한국인 운명이 좌우되었다니.

리더의 중요성은 아무리 강조해도 지나침이 없다.

우리는 몽골 조종사가 이야기한 회항 이유를 믿을 수 없다는 결론을 내렸다.

▶ 울란바토르역, 평양 옥류관 식당(에피소드 3)

사회주의를 지킵시다.

울란바타르 기차역으로 부지런히 갔다. 역 근처 평양 옥류관으로 들어섰다. 평양에서 직영하는 냉면 전문집인 것 같다. 몽골 사람들에게는 평양이나 서울이나 한 나라라는 생각을 하는지 아니면 역에서 가장 가까우니까 그 식당으로 정했는지는 모르겠다. 한복을 입은 평양 여자들이 접대를 한다. 우리가 들어서자마자 노래방기계를 켠다. 거기서 흘러나오는 노래는 물론 북한 노래. '사회주의를 지키자'는 노래를 듣게 한다. 노래 가사가 사회주의를 우리가 지켜야만 인민이 잘 살 수 있다는 내용이었다. 평양 노래 몇 곡을 듣게 하면서 국수를 주는데 김치말이 국수와 메밀국수다. 맛은 그럭저럭, 시골에서 먹던 소박한 맛이다.

그러더니 마이크를 잡고는 세 명이 노래를 부르기 시작한다. 반갑습니다 등 해서 양희은의 아침이슬을 식사를 마칠 때까지 노래를 부른다.

일행들은 동포라고 사진도 찍고, 같이 따라부르기도 하지만 왠지 씁쓸했다.

사회주의 지켜 잘 사는데 왜 표정이 저렇게 없을까.

노래는 왜 불러 주는 것인지. 이제 그런 일은 하지 말아야 하는 것 아닐까. 북한 식당을 북경에서도 가보고 했지만 갈 때마다 느끼는 것이 '왜 여성을 상품화하는 것일까'이다. 노래와 춤으로.

▶ 몽골 횡단 국제선 열차 (에피소드 4)

2박 3일간의 침대차

나는 왜 국제선 열차로 시베리아를 가는지 몰랐다. 이번 여행은 학회, 단순 참가자이기 때문에 그냥 일정에 따라 가기만 하면 되기 때문이다. 남들은 낭만이 있기 때문에 국제선 열차를 타는 것 아니냐고 했다. 독특한 체험이라고도 했다.

일행들은 초대 주몽골 대사를 지낸 분을 비롯해 박물관장, 일본 역사학자, 한국 언어와 역사학자, 국문학과 교수, 몽골학과 교수, 의사, 몽골 마니아들, 대학생들 다양했다. 열차 두 냥을 전세 냈다고 한다. 4인 1실, 2인 1실.

우리는 4인 1실로 배정 받았다. 중국 여행 시 이런 침대차는 여러 번 탄 경험이 있어 매우 익숙했다. 단 나는 뚱뚱하고 나이도 있고 해서 2층 침대는 한 번도 안 썼다는 사실이다.

그런데 이번은 달랐다. 일행 중 낯선 두 사람과 함께 동승했기 때문에 각 일행 중에서 한 명만 일층을 쓰기로 했다. 당연히 나는 1층 칸에 앉아 있는데 나와 함께 간 동료가 가방을 엄청 큰 것으로 가지고 왔다. 오지 여행인데도 불구하고 옷, 가방이 크다 보니 2층 침대가 기우뚱 하면서 위험해졌다. 하는 수 없이 내가 2층을 쓰기로 하고 대롱대롱 매달려 올라갔다 내려갔다 하면서 2박 3일을 지냈다. 팔에 알이 배기고 한 것이 2층을 오르락내리락 한 덕이라. 평소에 운동을 안 하던 내게 팔과 다리 힘을 기르게 해 주었다.

창밖을 통해 본 몽골의 초원, 석양의 전원 풍경이 우리의 힘들었던 여정을 잠깐 잊게 했다. 그런데 현실은 화장실과 세안 문제다. 1칸에 화장실 두 개 뿐인데 일행은 36명. 화장실 안에 세면대까지 함께 있어 더욱 불편했다. 캄캄할 때 일어나 세수를 하고 볼일을 보아야 한다. 그렇지 않으면 불편한 사항을 겪기 때문이다.

8월 2일 국경역 알탕 볼럭 몽러 국경 지역 근처에 도착했다. 하루가 연기된 일정이었다. 새벽 6시에 일어나니 기차가 정지 되었다고 화장실을 잠그고 못 쓰게 한다. 역에 유료 화장실에서 세수도 하고 화장실 사용도 하란다. 몽골 돈이 없어 단체로 돈을 내게 하고 기차역에서 모두 내려 유료 화장실로 향했다. 아침에 싸한 공기가 참으로 맑았다.

세안을 하고는 기차에 올라 햇반과 라면으로 아침을 때운다. 그리고는 기차가 9시에 다시 출발할 때까지 아침 산책을 했다. 몽골 땅끝 마을.

깨끗하고 조용하고 아담한 정경이었다.

후에 안 일이지만 역 승무원이 라면도 팔고 차도 판다고 한다. 한국 사람들은 준비성이 너무 완벽하여 모두 싸 오기 때문에 한 잔의 차도 팔지 못하고 라면 한 그릇도 팔지 못하니 심통이 날 수밖에. 역 승무원에게 잘 보이면 화장실은 언제든 열어 준다는 것이다.

▶ 국경수비대에 당한 일 (에피소드 5)

러시아 국경 수비대

몽골 국경역에서 산책 후 다시 탑승하여 러시아로 출발했다. 이제부터는 러시아다. 출발 후 얼마 가더니 러시아 수비대 국경역에 도착하였다. 러시아 국경 수비대 몇 명이 들어와 우리 열차 칸을 꼼짝 못하게 막는다. 노란 복장의 군인들. 영화에서 보던 그런 인물. 그리고 뚱뚱하고 나이 든 군인 둘이 입국 신고서를 쓰라고 한다. 몽골대학 한국어과 교수가 도와주어 안 보이는 눈으로 더듬으며 모두들 열심히 썼다. 그 다음에 뚱뚱한 여자 군인이 들어와 짐 검사, 침대 검사를 한다. 심지어 총이 있느냐고 묻기도 하고 몽골 승무원에게 확인도 한다. 또 군인이 들어와 여권을 모두 걷어 간다. 왜 가지고 가느냐고 하니까 스탬프를 찍어야 한다는 것이다. 여권을 모두 걷어간 러시아 군인이 함흥차사다. 또 긴 표를 가지고 와 쓰라고 한다. 우리는 인상을 찌그리며 또 쓰느냐고 했다. 세관 신고도 하라고 한다. 심지어 달러를 얼마 가지고 왔느냐며 모두 숫자로도 쓰고 영어로 풀어서 쓰라고 한다. 파이브 헌드레드 파이브 달러. 이쯤 되면 조금 이상하다는 생각을 했다. 몽골에 도착해 바로 오느라 세관 신고를 할 것이 없는데 무슨 특별한 것 산 것 있느냐며 세관 신고서를 똑같은 것 2장을 쓰게 한다. 그렇게 흘러간 시간이 꽤 된다. 모두 5장의 입국신고서 표를 작성했다.

러시아까지는 가이드 없는 기차 여행이다. 무슨 일이 있는 건지 도통 알 수 없다. 을지라는 이름을 가진 몽골 교수가 조용히 우리를 돕고 있을 뿐이다. 우리가 그렇게 국경 수비대에게 입국 신고를 하는 동안 화장실 사용은 금지란다. 아침 9시에서 오후 3시까지란다. 기가 막힌 현실이다. 돈을 신고하라는 것도 이상하고. 그러더니 여권을 가지고 온 군인이 모두 기차역에서 내리란다. 저녁 6시에 다시 승차하라며 수비대가 떠나간다. 그때가 점심시간. 3시간 동안 당한 것이다. 임원단이 급히 마을로 내려가 식당을 수소문한다. 일정에 없는 사건인 것이다. 일정에는 아침 8시 30분에 국제선 탑승 후 러시아로 출발하여 4시 반에 올랑우데 도착 후 그곳에서 부터는 바이칼 호수를 보며 낭만적인 기차 여행으로 되어 있는 것이다. 그러니까 국경역에서 소요되는 시간이 1시간으로 되어 있었던 것이다. 역에서 내려서 급히 주문한 러시아식 점심을 먹고 오니 우리 열차 2 냥만 달랑 떨어져 다른 곳에 있었다. 열차 칸이 잠겨 있어 올라 갈 수도 없는 형편이라 국경역을 배회할 수밖에 없었다. 군인들을 상대로 하는 조그만 재래시장과 숲속을 거닐며 저녁 6시까지 기다려야 했다.

삼삼오오 짝을 지어 나무 그늘에서 쉬는데 러시아를 열차 여행을 했다는 몽골학과 교수가 이상하다고 한다. 전에는 1시간 후 바로 출발했는데…… 하니 러시아를 많이 여행을 해 보았다는 의사 선생님이 그 교수보고 선생님은 사회 공부를 더 하셔야 한다고 한다. 이유는 국경 수비대에 온 군인들은 상당히 뒷배경이 있는 사람들이란다. 임기 동안 얼마간의 돈을 벌어야 그 사람이 쓰고 온 돈을 보충 할 수 있다는 것이다. 두 냥을 전세 내서 온 한국인들이 그것도 달러를 신고 한 것을 보니 두둑하게 가지고 왔으면서 100달라도 안 주니 옆구리를 찌르기 위해 종이마다 가지고 올라와 쓰라고 했는데도 눈치도 못 채고 열심히 쓰고만 있으니 너희들 엿 좀 먹어 보라고 한 것이라는 것이다. '나 같아도 화가 나겠다'고 해서 모두 웃으며 그런 것인가, 그럴 수 있겠다고 생각했다. 러시아 도착 후 가이드에게 확인하니 그런 신고서 쓰는 것이 모두 폐지되었다고 한다. 우리는 하루를 맥없이 밤기차에서 보내야 했다. 깜깜한 기차 여행이라 본 것도 없다. 낭만도 없다. 화장실 공포와 한국의 화장실보다도 좁은 공간에서 최소한의 생존을 위한 투쟁만 했을 뿐이다.

러시아 이르쿠츠크 역에 내려 3박 4일간 우리가 본 것이 무엇이고 무엇을 했느냐고 자문자답했다.

시베리아 횡단 열차는 무참히 시간만 축냈다.

3박 4일. 사람들이 말한다. 동남아 여행 가서 잘 놀다 온 시간이라고.

이르크츠크 가이드가 왜 기차로 왔느냐고 한다. 비행기 표가 없었어요 한다. 3박 4일 동안 걸려서 왔다고 하니까 기가 막히다는 표정이다.

이유는 몽골에서 이르크츠크 까지는 비행기로 1시간 거리다.

▶ 러시아의 파리, 이르쿠츠크

새벽에 올랑우데에 도착 후 바이칼 호수를 볼 수 있다는 주최 측의 알림에 흔들리는 침대에서 깊은 잠을 이루지 못한 나는 아래로 내려와 자는 동료 곁에서 창밖을 내다보고 있었다. 그 역이 올랑우데인지 알 수 없으나 불이 켜져 있는 역사 앞으로 러시아 인들이 내리고 골목으로 **총총** 사라진다. 뒤이어 러시아의 여인 둘이 바구니를 끼고 내려오는 모습을 보았다. 젊고 예쁜 여인들이었다. 그들은 우리 침대칸을 제외한 다른 곳에서 음식을 팔고 내린 후였다. 새벽하늘을 바라보며 웃으며 수다를 떨며 담배를 깊게 빨아들인다. 뚱뚱하고 나이가 30대로 보이는 한 여인이 다른 칸에서 내려 그들과 합류하여 다 함께 새벽하늘을 바라보며 담배를 깊게 깊게 피워댄다. 그렇게 한 참을 서서 있더니 종종 걸음으로 사라진다. 러시아 여인들의 고달픈 삶의 뒷모습이었다.

바이칼의 호수는 끝내 볼 수 없었고 이르쿠츠역에 아침 8시에 도착하니 가이드가 나와 새벽 3시부터 기다렸다고 한다. 통신이 발달하지 않은 러시아다. 달리 방법이 없다고 한다.

가이드가 우리를 맞는 첫 마디는 매우 황당하다는 것이다. 짧은 일정에 바이칼 호수, 샤먼을 만나 굿을 해야하고, 알혼섬도 가야한다니 어떻게 해야 할지 모른다는 것이다. 이미 예약은 다 되어있고, 예약 할 때 이미 돈을 다 지불했다는 것이다. 러시아 법에 따라 일정표대로 움직이겠다는 것이다. 그러니 씻고, 쉬고 할 시간이 없다는 것이다. 하는 수 없이 아침을 호텔에서 간단히 먹은 후 투어가 시작되었다.

이르쿠츠크 도시는 건물이 아름답다. 러시아의 3대 도시라고 한다. 제정 러시아 시대에 혁명을 일으킨 젊은 군인들이 시베리아로 유배되어 살았던 곳이다. 그들의 삶을 그대로 보존해 놓은 제까브리스트 박물관이 있다. 그들은 족쇄를 차고 생활하였다.

도시는 아름답고 깨끗하고 조용하다. 조용한 것은 모두 휴가를 떠났기 때문이란다. 제일 번화하고 큰 거리는 칼막스 거리고 두 번째로 큰 거리 이름은 레닌 거리다. 그 거리에 레닌 동상도 있다. 한국인 할머니 한 분이 레닌 동상 앞에서 통곡을 하고 갔다고 한다. 너무 감격스러웠다고. 시베리아 철도를 처음 놓은 장군의 동상도 있고, 카톨릭 성당도 보존되어 있고, 정교회가 여러 채 정교한 건물 양상으로 있다. 창틀에 조각으로 장식한 고유한 창문과 건물도 그렇고 시내 한가운데로 흐르는 앙가라 강물, 쌈지공원, 결혼 후 시내를 도는 젊은 신혼부부의 아름다운 모습 같다.

눈보라 치는 시베리아 유형지가 귀족적인 풍모를 지니게 된 것은 유형지에 유배된 애인을 따라, 남편을 따라 온 귀족 여인들 때문이라 한다. 그들은 함께 살지는 못했어도 남자들 곁에서 러시아의 우아한 문화를 계승하고 있었던 것이다. 정교회 뜰 안에 남편을 따라 살다 죽은 여인의 무덤이 있다. 현재를 살아가는 결혼한 여인이나, 애인을 둔 젊은 사람들이 날마다 꽃을 바친다고 한다. 역설적으로 현재 러시아는 이혼율이 세계 1위라고 한다. 이혼을 하게 되면 러시아에서는 남자가 반드시 빈손으로 집을 떠나야 한다고 한다. 아이들 양육권도 없다. 그래서 러시아 여자들은 당당하다.

종교가 허락되지 않다가 요즈음은 자유롭다고 한다. 20프로가 정교회를 믿는데 요즈음은 점점 늘어나는 추세라 신앙인이 많은 교회는 확장하거나 수리를 하고 있었다.

스파스카야 정교회를 들어섰을 때 마침 예배를 보고 있었다. 몇 명의 신도가 기도를 하고 세 명의 수녀인지 모르나 아름다운 목소리로 성가를 부르고 주교가 있는 관 앞에서 성가와 기도를 하는 모습이 성스러웠다. 주교는 죽은 후 기름이 자기 몸에서 나와 썩지 않고 있어 성당에 모셔 두고 그 앞에서 기도를 드린다. 그런 것을 최대의 행복으로 아는 신도들은 그 교회를 성스럽게 생각한다.

예배 보는 모습 그대로 관광객을 보게 하는 것이 이채로웠다.

가이드가 하는 말이 한국인 관광객이 너무 떠들어 다시는 한국인은 입장을 시키지 않겠다고 하더란다. 가이드가 궁여지책으로 나는 한국인 인데 떠드는 쟤네들은 중국인이라고 했다 한다. 또 한 번은 장례미사를 드리는데 한국의 선량들이 관광을 하다가 화장을 곱게 한 시체를 보더니 인형이라고 소리치며 얼굴을 만졌다고 한다. 모두 아연실색했다나.

수박 겉핥기로 본 이르쿠츠크 도시지만 매우 정겹다.

중앙아시아에서 쫓겨 온 고려인도 있고 벌목을 하다 탈북한 탈북자도 있고, 한국에서 들어와 무역과 관광업을 하고 러시아를 알고자 유학 온 유학생도 있고 모두 이곳 시베리아 이르쿠츠크 도시에서 다 함께 공존하고 있다.

▶ 바이칼 가는 길

이르쿠츠크 시내에서 조금 떨어진, 자작나무 숲으로 둘러싸인 베르차카 뚜르바자르에서 하룻밤을 잤다. 침대에서 자 본 것이 며칠 만인지. 그 호텔은 러시아 비행기 승무원들이 이용하는 곳이란다. 성수기라 시내 호텔 방이 없어 호텔 전체를 통째로 전세 내었다. 호텔이라야 2층짜리 건물. 화이트 색으로 되어 있어 나는 그곳을 백악관이라 불렀다. 자작나무 숲속의 향기, 쭉쭉 뻗은 적송나무, 앙가라 강가, 한 폭의 수채화다. 엘친 대통령도 이곳에서 머무르고 갔다고 하던가.

자작나무 숲속에서의 바냐 사우나는 우리의 그동안의 피로를 말끔히 가시게 했다. 잔가지 나무를 뜨거운 물에 담갔다가 몸을 때려 피로를 풀게 하고 앙가라 강물에 몸을 담그는 그 일을 달밤에 체조하듯 했다. 최고의 기분이다.

다음날 산뜻한 기분으로 바이칼로 향했다.

가는 도중에 부리아트 민속촌을 방문하였다. 부리아트 민족이 모여 사는 부리아트 자치구다. 그곳에 사는 사람들이 우리네 모습과 너무 흡사한데 놀랐다. 손님맞이 의식이 모닥불을 피워 놓고 연장자인 남자부터 바깥쪽에서 안쪽으로 불을 건너며 들어오게 하고 여자들은 안쪽에서 바깥쪽으로 불을 넘어 들어오게 한다. 남녀유별, 장유유서를 확연히 구분하고, 어머니를 숭상하며, 씨름을 즐기고, 동쪽 태양을 향해 하늘에 축복 기도를 하는 샤먼 의식이다. 더 놀라운 것은 강강술래를 원을 그리며 돌면서 각자의 소원을 하늘에 빌면서 의식을 끝낸다는 것이다. 그런 의식은 바이칼 주변 전역에 퍼져 있으며 곳곳에 성황당이나 장승과 같은 상징물이 있어 자동차나, 사람들 모두 그대로 지나치지 않고 동전이나 기념품을 던지며 모자를 벗어 안녕을 빈다. 러시아인들도 모두 부리아트족의 전통을 그대로 따르며 살아간다고 한다.

우리와 모습이 닮은 사람들이 우리네처럼 살아가고 있다는 사실에서 단군의 시원지라 하여 민속학자, 역사학자들이 흥분하고 있다. 아이 이름마저도 개똥이라고 천한 이름을 쓰다가 다시 귀한 이름으로 바꾸어 부르는 습관까지. 전통문화 뿐 아니라 암각화, 자작나무 모양의 금관 등에서 우리 역사와 동질감이 있다고 한다. 우리가 체험한 일은 나무판자로 되어 있는 냄새나는 화장실이건만 불편하지 않았다.

중국이나 일본에서 보았던 황색인의 느낌과 확연히 다른 이곳 사람들에게서는 가슴 깊은 곳에서 울컥하는 솟구침이 든다는 것이다. 단군의 후예들.

바이칼에 접근하기 쉬운 리스트비얀카를 가는 길은 초원이다. 야생화가 흐드러지게 피어있고, 울 밖에는 소들의 한가로운 모습, 울안에는 감자 꽃이 핀 정경이 한없이 펼쳐진다. 시베리아에서의 평원은 이곳뿐이란다. 이곳의 야생화는 3개월 동안 한꺼번에 피어나기 때문에 얼마나 신비하고 아름다운지. 백두산 야생화를 사진에 담았듯이 이곳의 야생화도 사진에 담아 보았다.

바이칼의 물을 직접 눈앞에서 보기 위해 리스트 비얀카로 가서 유람선을 탄다. 호수 주변을 한 바퀴 돌고 오는 것이다. 이곳의 물은 깊어서인지 짙푸른 색이다. 주변에 모텔이 점차 늘고 있어 환경이 파괴되어 간다고 걱정들도 한다. 한국인도 콘도와 별장을 가진 사람이 있다고 한다. 이곳에서 벼룩시장을 둘러 볼 수 있고 작지만 박물관도 있어 바이칼의 생태계를 살필 수 있다. 재래시장에는 '오물'을 구워서 판다. 가이드 말로는 '오물'을 제대로 먹으려면 이곳에서만 사야 한다고 한다. 저녁거리로 '오물'을 사서 먹어 보았다. '오물'은 작은 생선으로 살이 부드럽고 가시가 약간 있는, 그러나 맛 나는 생선은 아니었다. 사람들은 은어 맛이라고도 한다. 아무튼 바이칼 호수에만 있단다.

한국 사람들이 바이칼에 와서 하는 말이 대청호 같다고 한단다. 한국의 산수가 수려해 웬만한 풍치에는 감동을 못하는 것이다. 이곳은 바이칼의 끝이며 극히 일부분. 제대로 바이칼의 진수를 보려면 알혼 섬에는 가 보아야 한다고 한다. 우리는 알혼 섬에 가기 위해 말로에모레로 향했다. 알혼 섬과 가까우며 많은 사람이 잘 수 있는 캠프가 있는 곳이다. 그곳에서 러시아인들이 바냐 사우나를 즐기며 바이칼 호수에서 선텐과 해수욕을 하며 휴가를 보내는 곳이다. 그들은 러시아에서 상류층 같았다.

▶ 알혼섬- 샤머니즘의 메카

말로에모레의 밤 온도는 영상 5도다. 옷을 겹겹이 껴입고 잤다. 동쪽 끝에 재래식 화장실, 남쪽에 세면장. 한 밤에 요변을 꾹 참고 새벽녘에 일어나니 함께 잔 여인들이 모두 일어난다. 모두 똑 같은 형편이어서 문을 열고 나가보니 주먹만한 별들이 하늘에 총총하다. 쪼란히 앉아 볼일을 보았다. 추워 잠을 이루지 못했다고 아우성이다.

새벽 6시에 일어나 아침을 먹고 알혼섬으로 가기 위해 바지선이 있는 선착장으로 갔다. 바지선이 한 대여서 그것을 놓치면 일정에 차질이 생긴다고 가이드가 다그친다. 도착해 보니 벌써 여러 대의 자가용들이 줄을 서서 기다리고 있다. 그 자가용들은 밤을 그곳에서 보냈다고 한다.

가이드가 아연실색하며 버스에서 내리라고 하더니 러시아 가이드에게 귀속 말로 하고는 기다리라고 한다. 러시아 가이드가 갔다 오니 선착장에서 확성기로 우리 버스 번호를 부르며 그 버스가 제일 먼저 도착했다며 공식적으로 선언한다. 가이드는 성공했다는 듯이 버스 한 대만 바지선에 타게 하였다. 우리는 큰 버스에 짐을 모두 남기고 바지선에 올랐다. 바지선으로 10분 거리다. 알혼섬에 도착해 40분간을 달리는 도중에 아름다운 바이칼의 채색 물빛이 펼쳐진다. 바이칼의 아름다운 물빛을 감상할 수 있는 곳이다. 초원에서 한가롭게 노는 소와 말들의 풍경 또한 놓칠 수 없다.

버스가 멈춘 곳은 코리부리아트족이 살고 있는 자치 부락이다. 코리족이 우리와 흡사한 부족이다. 알혼섬에 코리족 설화도 심청전의 인당수 설화, 나무꾼과 선녀(학) 설화를 갖고 있다. 또 알혼섬에 부르한이라는 작은 바위로 된 산이 있는데 이 산이 백두산의 옛 이름인 불함산과 발음이 비슷하다는 것이다. 우리 학자들은 그곳에 살던 코리족이 바로 몽골족으로, 부여, 고구려 족으로 이동하지 않았나 한다. 시베리아 바이칼 알혼섬은 무당, 샤먼이 아직도 존재하는 땅이다.

　일행들은 제사를 지낸다며 소주를 붓고 숙연히 있고 우리는 바이칼의 진면목을 간직하기 위해 사진을 찍는다. 선착장으로 다시 돌아오는데 자동차 행렬이 아침보다 더 길다. 웬일인가 했더니 바지선이 고장이 났단다. 한참을 기다려 고기잡이배를 전세 내고 타고 오려고 하니 바지선이 오고 있다고 한다. 자동차들이 먼저 오르기 위해 요동을 친다. 버스를 포기하고 몸만 가자고 한다. 두고 온 버스 한 대가 있으니 캠프장으로 가서 점심을 먹고 출발하면 행렬에 서 있던 우리 버스가 오지 않겠느냐며. 바지선에 사람들이 먼저 타고 그 다음 자동차들이 타는데 아침과 같은 형국이 벌어진다. 차번호를 부르며 먼저 타라고 한다. 그래도 사람들이 줄 대로 들이대니까 못 타게 올려 버린다. 어떤 코란도가 막무가내로 올라탔다. 경비병이 가서 무어라고 하니 명함을 내민다. 그리고는 아무 일도 없었다.

　우리는 무사히 시간을 맞춰 밤 9시에 이르쿠츠크 아름다운 호텔로 돌아올 수 있었다.

　알혼섬은 지금은 러시아 사람들의 해수욕장으로 제일 인기가 좋다. 물이 따뜻하고 모래사장이 있고, 물이 얕으며 잔잔하고 태양 빛이 좋아 선탠을 즐길 수 있고 물이 맑아 물빛을 보며 갈매기를 바라보며 즐길 수 있기 때문이다. 그곳에서 손을 씻고 발을 담그고 얼굴을 닦고 물을 마시면 영원히 젊어진다고 한다. 나는 손만 담갔다. 5년 젊어 질 것이다. 올해는 푸틴대통령이 온다고 전기 공사 중이다. 전기가 아직 들어오지 않아 자가 발전으로 생활하는 불편한 곳이기도 하다.

　알혼섬을 가 보지 않고 바이칼을 보았다고 할 수 없다.

▶ 다시 몽골, 울란바토르로

기념품을 사러 시내 한 복판으로 다시 돌아왔다. 이르쿠츠크는 자작나무로 만든 보석함, 나무 인형(13개의 몸을 지닌)이 있다. 거리의 화가들이 그린 그림도 멋지고. 러시아 점원들은 모두 여인들인데 여행객들에게 어떻게든 팔려는 적극성이 보이지 않는다. 값도 정찰제다. 나는 자작나무 보석함과 자작나무로 만든 풍경 한 점, 그리고, 인형 두 개를 샀다. 모두해서 100달러다. 러시아 돈으로 환전해서 사야 한다. 공항에서 보드카를 20000원 주고 샀으니 시베리아의 민속품은 모두 산 것이다. 시베리아에서의 모든 일정은 끝났다.

몽골 국내용 비행기를 전세 내었다. 46명이 타는 조그마한 비행기인데 몽골 국민배우라고 하는 여배우가 우리 전세기에 탑승했다. 이목구비가 크고 시원하지만 뚱뚱한 것이 아줌마 스타일이어서 모두 실망하며 우리네 탤런트들의 야시시한 모습과 비교해 예쁘지 않다고 한다. 이르쿠츠크 공항을 출발하여 울란바타르 보인트오하 공항에 도착한 일행들은 1시간 30분가량 걸린 시간에 허망한 표정이다. 열차 2박 3일의 시간의 의미는 어쩐다.

무지개 식당에서 한식으로 저녁을 먹은 후 테렐지 국립 공원으로 출발했다. 그곳에서는 게르 체험이라고 하여 게르에서 하룻밤 자면서 승마와 유목민 생활을 둘러보는 체험이다. 아름다운 초원지대에 화강암지대 위로 우뚝 솟은 커다란 바위 주변 장관이 뛰어난 곳이다. 몽골인들의 신혼 여행지라 한다.

미국인이 경영한다는 게르에 도착하니 비가 부슬부슬 내린다. 여기서는 비가 오면 상서로운 일이라 하여 매우 반긴다. 허지만 우리 일정에는 차질이 생기는 것이다. 전통적으로 양을 잡는 일을 해야 하고 그 양을 유목민이 먹듯이 끓여서 먹어야 하는 행사를 내일로 미루고 민속예술단 공연을 보았다. 민속 예술단은 몽골 국립가무단으로 교수들로 구성되어 있다고 한다. 우리와 비슷하게 생긴 사람들이 몽골의 전통 의상을 입고 합주하며 노래하며 춤을 추는데 얼마나 신기하든지. 고려 때 1년에 500 명씩 처녀를 보내던 곳이니 얼마나 많은 한국의 여인들 피가 섞여 있을까. 같은 몽골계에다 100년간의 부마국으로 지냈으니. 한국 사람인 줄 알고 말을 걸면 몽골 사람이다.

이번 공연 중에 광대뼈가 있어 너무나 매혹적인 여인을 보았다. 그 여인의 노래는 뱃속에서 부터 광대뼈까지 공명을 통해 노래를 부른다는 것이다. 키가 크고 광대뼈가 나온 여인이 전통 의상을 입고 노래를 부르는데 시원한 폭포수 같은 음색이 고혹적이었다. 아, 광대뼈. 절대 깎아서는 안 되는 매력적인 것. 같이 간 일행 중에 성우가 있었는데 그 여인도 광대뼈가 나왔다. 천의 음색을 낼 수 있다고 한다. 그 성우가 광대뼈를 깎았다면 성공할 수 없었을 것이다. 또 하나는 젊은 남성이 부르는 초원의 목소리 같은 것이다. 두 개의 음이 동시에 나오는 노래인데 보조개가 살짝 핀 얼굴에서 나는 그 음색은 기가 막혔다. 모두 반해 공연이 끝나자 서로 붙들고 사진을 찍고 CD를 구입하였다. 그 음은 몽골 사람만 낼 수 있는 음색이다. 초원에서 초원으로 연락할 수 있는 방법의 음색을 찾아 가락화 한 것이라 한다. 초원만 바라보는 몽골인의 눈의 시력이 4.0 이라 한다. 또 하나는 어깨춤이었다. 남자 춤인데 어깨춤이라면 신명이 오를 때 우리들도 추는 춤 아닌가. 어깨를 들썩이며 추는 춤에서 어쩔 수 없는 두 민족의 공통분모를 찾아 낼 수 있었다.

테렐지 게르에서 별 없는 밤을 보냈다.

▶ 말에서 떨어지다.

테렐지의 아침 공기는 매우 산뜻하다. 하늘, 초원, 멀리 있는 협곡들이 어우러진 풍경이다. 실제 몽골의 그림은 이런 풍경화가 주종을 이룬다.

식당에서 커피와 핫케이크 한 조각을 먹고 한참을 기다렸다. 메뉴 끝이라는 소리를 듣고 그냥 나왔다.

양이 한 마리 잡혀 묶여 있다. 묶인 양을 바라보며 저 양이 오늘의 '희생양'이구나 생각했다. 우리의 견문을 넓히기 위해 오늘 생명을 바쳐야 하는 양. 죽음을 느끼는지 슬픈 눈의 버둥대는 몸짓이 애처로웠다. 초원으로 회원들을 모이게 하고는 양 잡기 행사를 열었다. 양의 배를 약간 가르니 내장이 나온다. 그 내장을 밖으로 끌어내고 손을 넣어 숨통을 조인다. 순식간에 고통 없이 약간 버둥거렸으나 피 한 방울 흘리지 않고 양은 그렇게 갔다. 그리고는 손등을 양의 안쪽에 밀어 넣으며 가죽과 살덩이를 갈라낸다. 가죽은 양의 모습 그대로다.

양을 삶을 동안에 승마 체험이다. 근처 유목 마을에서 각자 자신의 말을 가지고 몰려든다. 7살짜리 어린아이부터 아저씨 처녀 누구랄 것 없이 몰려 나와 우리를 기다린다. 내가 탄 말은 약간 어린 말이다. 나를 이끌어 줄 마부는 처녀였다. 16살 쯤 되어 보이는 몽골의 전형적인 미인이었다. 눈 화장도 하고 분도 바른 처녀다 보니 앞서 달리던 아저씨들이 그놈 예쁘게 생겼구나 하며 뒤를 돌아본다. '앞만 보세요' 라고 응수하며 균형을 잡으며 천천히 걸어갔다.

남편 따라 포천 승마장에서 말 타기를 배운 적이 있고 중국에서도 타 본적이 있지만 하도 오래고 보니 균형 잡기가 처음은 안 되다가 차차 잡 혀가고 용기도 생겨났다. 유목마을을 돌고 다시 그 유목인 족장 집을 방 문해 말 젖 우유로 만든 술이라고는 하나 요구르트 같은 것과 각종 다양 한 맛의 치즈를 먹고는 다시 말에 올랐다. 마부를 자청한 소녀, 소년, 처 녀들은 우리가 타지 않을까 조바심을 낸다. 왜냐면 오늘 아침 벌이 1달 러를 팁으로 받아야 하기 때문이다. 그런 눈치도 보이고 해서 예쁜 처녀 말을 다시 타고 가는데 그 처녀 아이가 조금 달려도 되겠느냐는 눈짓을 한다. 그렇게 하라고 승락을 한 후 고삐를 죄려고 하는데 갑자기 말이 회 전을 하더니 나를 떨어뜨린다. 순식간에.

말은 영리하다. 포천에서도 봤지만 뚱뚱한 아저씨가 자기 말이기는 하나 채찍으로 마구 때리며 쉬지 않고 돌리니까 뛰지 않고 마구간으로 들어가려는 저항의 몸짓을 본 적이 있다. 그리고 어린아이가 타면 업신 여겨 말이 아이를 떨어뜨린다. 코치가 채찍을 휘둘러야 된다고 아이에 게 누누이 가르친다.

말은 뚱뚱한 사람을 싫어한다. 그러니까 이 어린 말이 두 번째 올라타 는 나를 거부한 것이다. 예쁜 처녀 마부는 손님은 안중에 없고 제멋에 겨 워 말을 끌며 자신의 모습에 도취해 있었다. 말, 마부, 나 각자 저마다의 생각을 하고 있었다. 다행히 다친 곳은 없었다. 이 행사 때마다 한 사람 은 꼭 떨어진다고 한다. 몽골 말은 사납다. 이제 승마는 안녕.

시간이 없어 양고기 삶은 고기 맛은 보지 못하고 울란바타르 시내 콘 티넨탈 호텔로 가서 연기된 한 · 몽 국제학술회를 개최하고 단순 참가자 우리들은 자연사 박물관과 복드황제 겨울 궁전을 관람했다. 시내가 좁아 5분 거리 10분 거리에 있는 박물관이다. 자연사 박물관은 조잡하고, 겨울 궁전이라는 곳은 박물관이 되어 몽골 황제들의 수레 옷, 장롱, 라마 불상들이 있었다. 약간 퇴색한 그대로다.

그 다음날은 캐시미어 공장, 국영백화점, 몽골 발레를 보았다. 상식이 전혀 없이 간 터라 몽골의 캐시미어가 그렇게 좋은지 몰랐다. 회원들은 한국에서는 이 정도의 캐시미어라면 2, 30만원은 주어야 한다며 보따리 장사 수준으로 산다. 고비와 로얄 마크를 한 캐시미어는 일본인 및 외국 상사가 개발해 수출하는 것이며 몽골의 대표적인 주력 상품이었다. 우리 돈으로는 5만원에서 10만원 수준이다. 백화점이 약간 비싸기는 하지만 색상 디자인 면에서 월등하다는 생각을 했다. 양가죽 가방 하나와 캐시미어 카디건 두어 벌을 샀다.

간단사 라마 불교의 사찰을 보고 한국 음식점에서 저녁을 먹은 후 마지막으로 톨강에서 빠르게 흐르는 물살과 달빛과 밤하늘을 바라보며 휴식을 취하다가 칼 비행기에 올랐다. 모처럼 받아 보는 흡족한 서비스. 역시 우리나라 비행기가 좋다.

몽골 한인 교포는 3천 명에 이른다. 한인 신문도 있다. 한국 음식점이 17개. 김치가 한류를 이루어 유목민도 김치를 사다가 먹는다. 드라마도 한류 일색이다. <대장금>, <봄날> 등.

몽골은 여력이 있으나 인구가 적어 선진국 대열에 합류하기는 힘들겠다는 생각을 하며 8박 9일의 여정을 끝냈다.

3. 실크로드

▶ 실크로드 여행기

여행을 다녀오면 기행문을 써서 자신의 여정과 감상을 남겨야 하는데 지면에 대해 많이 생각해 보았다.

자세한 여정과 그 지역의 특색 등은 이미 자료가 홍수처럼 있어 생략해 가며 내가 보고 느끼고 우리 일행만이 체험한 부분만을 쓰기로 한다.

우리 일행은 12명으로 문학을 사랑하는 모임인 국문학 전공 여교수들이다. 나는 그 회원은 아닌데 이미 여행을 함께 한 전적이 있어 자연스럽게 참가하였고 비회원인 여성 화가와 개그계의 대부라고 하는 김 감독으로 현재는 대학 교수로 재직 중인 분이 유일한 남성이었다.

우리가 여행한 코스는 실크로드를 가는 2개의 코스 중 하나다. 여행을 가기 전에 이미 실크로드 책을 사서 탐독하는 교수들이어서 일정을 매우 빡빡하게 짰다.

여행사는 '니하오 차이나'라고 중국 정통 여행사다.

여행경로는 인천, 서안, 난주, 돈황, 트루판, 우루무치, 카스, 우루무치, 남경, 인천이었다.

나는 여행 떠나기 전날까지 학교 일과 사적인 일로 바빠 제대로 여행 정보도 읽지 못하고 여행 경로가 얼마나 험한 곳인지 조차 눈치 채지 못했다.

다만 먼저 갔다 온 강사가 굉장히 더워요. 몸에 걸친 것 하나라도 버리고 싶어요. 가방을 작게 만들어 가지고 가세요. 선글라스, 양산이 필수품이에요. 옷도 조금 가지고 가세요. 짐이 짐스러워요. 라는 간단한 조언만 듣고는 전날 가방을 챙겨 감기 기운이 있는 아픈 몸을 끌고 새벽에 인천 공항으로 갔다.

일주일 전에 국제학술대회 발표를 위해 낙양 외국어 대학에서 세미나를 한 후 서안, 낙양, 정주, 개봉을 둘러보고 온 직후라 냉방병으로 감기에 걸려 있었기 때문이다. 그때 중학교 동창 장 교수와(실크로드 여행을 가기 위해) 인천에서 서안까지 함께 갔다. 다음 주에 나도 그 코스를 갈 것이라고 하니 놀라는 눈치다. 중국 여행이 만만치 않은데 연거푸 떠난다고 하니.

국문학계 원로 교수이신 민속학자 한 분이 실크로드를 다녀 온 후 돌아가셨다. 다들 실크로드를 가려면 단단히 준비를 해야 한다고 했다. 요즈음 신문 광고에 나는 실크로드 여행 코스는 어려움이 덜한 코스다. 그곳만 다녀와도 그런대로 위그루족의 자치구역을 볼 수 있다.

▶ 발마사지 도시로 전락한 古都 서안

십년 전에 서안에 갔을 때 멋진 호텔, 멋진 차(박신양이 파리의 연인에서 탄)들이 즐비해 나를 황홀하게 했다. 21일을 중국 전역 고도를 도는 여행지에서 그중 화려하면서도 유적이 있는 품위 있는 도시였다. 개방된 지 얼마 안 된 중국이라 유명한 성도城都라 해도 전깃불이 나가는 그 당시에 서안은 정말 화려했다.

우리 일행은 다시 오고 싶은 도시로 서안을 꼽았다. 그 후 '폐도'라는 중국의 금서를 읽으며 서안 문화 예술인들의 개방적인 성과 문화생활을 느끼며 다시 옛 문화 유적의 도시 장안을 상상하였다.

이번 여름에 서안을 두 번이나 일주일 간격으로 방문하였다.

'비림'에서부터 고소를 금치 못했다. 처음 비림에 갔을 때도 워낙 비문이 많고 가이드의 학식(조선족 2세)들이 그렇고 해서 뛰어 다니며 몇 개만을 선택해 읽었다. 그리고 설명을 들었다. 그런데 이번에도 예외는 아니어서 가이드(조선족 3세)를 따라 쫓아가며 뛰어가며 사람들 사이를 비집고 설명을 들어야 하는 곤혹스러움은 여전하였다.

10년 전에는 거금을 주고 복각본 탁본을 샀고 이번에는 진품 공자상 탁본을 샀을 뿐이다. 비림에서의 아쉬움을 탁본 사는 것으로 대체한 것이다. 중국 전역에 있는 유명 서예인들의 글씨, 그림들, 시문들을 수풀처럼 이루게 하고는 비림이라 한다. 대단한 문화다.

화청지를 가 보았다. 들어가서의 느낌은 전에 비해 답답해 졌다는 것이다. '왜일까' 살피니 전각을 여러 군데 새로 지어 놓았던 것이다. 중국의 저력(?)은 짧은 시간에 무엇이든 할 수 있다는 것이다.

양귀비는 천하 미인이지만 액취중이 있었다고 한다. 반드시 화청지에서 목욕을 하고 바람에 머리를 말리고 현종과의 사랑의 연회장으로 들어가는데 한 공간에서 다 이루어졌다. 이번에 가보니 계단을 만들어 온 천장을 높게 해 놓고 전각으로 둘려 있어 양귀비가 잠자리 날개 같은 파티복을 입고 연회장으로 들어가는 상상을 가로막았다. 화청지는 우물이 되어 있었던 것이다. 위에서 내려다보는 어두운 우물. 그 속에 아마도 용이 있겠지. 가이드 말로는 40도를 유지하는 온천물이 흐른다고 하나 처음 방문했을 때는 초라하고, 더러운 물이 조금 있었던 것 같았는데. 거의 말라 있는 상태. 물은 흐르게 하면 되는 것이니까. 후원의 아름다움도 사라졌다. 호숫가에 백옥으로 만든 양귀비의 풍만한 나체 조각상(감동을 주지 못하는)만 있을 뿐.

대안탑으로 갔다. 전에는 물론 대안탑 하나 덩그러니 벌판에 있었고 돈을 비싸게 주고 (외국인과 국내인 표 값을 다르게 하였음) 더운 여름에 탑 안을 올라갔다. 중국의 탑은 거의 대안탑 모양인데 둥글게 그 안을 돌면서 올라가게 되어 있다. 전체적으로는 조금씩 기울어져 있기도 하고. 이번에 가 보니 삼장법사가 대안탑에 오게 된 경로라든가 하는 전시장을 어마어마하게 만들어 놓고 가이드는 돈 안 드는 그 전시장(현대물 90년대 이후 작품) 안에서 시간을 보내고 있었다. 기가 막혔다. 아무 의미 없는 것에 설명을 하느라 여념이 없었다. 여행사마다 폭리를 취하기 위해 돈이 많이 들어가는 것은 옵션으로 하라고 한다. 옵션도 10배 넘게 받아가면서. 상장商場 이라는 것도 유적지 마다 있는데 가이드는 그곳에 들어가는 것도 허락하지 않는다. 상장에는 그런대로 그 고장의 화가들이 그린 그림, 글씨, 공예품이 전시되어 있다. 그런데 그 곳에 가게 되면 시간을 많이 소요 하니까 화장실 들렀다가 곧장 앞으로 모이라고 하면서 하드를 사 먹인다. 가이드 전략은 녹차와 다기를 파는 곳에 들러야 하고 발마사지를 시켜야하기 때문이다. 두 번 방문에 두 번 다 발마사지를 했다. 옵션 15불이다. 중국 원화 가치로 보면 대단한 돈일 것이다. 아마 주인에게 가는 돈은 3, 4불 정도 되려나. 반나절 코스에도 두 가지는 꼭 들어간다. 그리고 품격 있던 호텔 로비마다 발마사지 코너가 생겼다는 것에 실망하고(서안의 발마사지가 유명하다나).

진시황 병마 용갱 박물관에 도착했을 때는 더 황당했다. 버스에서 내리면 왁자한 사람 소리 그리고 곧바로 들어간 1, 2, 3, 호갱으로 들어가 볼 수 있었는데 이번에는 반듯한 돌길이 햇살에 달구어져 있어 더욱 뜨겁게 느껴져 걷기에 힘들고 복숭아 장사꾼들만 달려든다. 그 길을 따라 뙤약볕을 받으며 몇 십 분을 걸어가야 한다. 휠체어를 약간 개량해 사람을 태우고 다니며 20위엔을 받는다. 어! 그 많던 장사꾼들은 어디로 갔을까? 물론 다 내쫓았다. 그리고 왼쪽 구석에 초라하게 포장을 치고 옹기종기 있는데 아무도 그쪽으로 가지 않는다. 갈 수가 없다. 길 가도 아니고 햇살을 뚫고 그곳을 갈 사람은 한 사람도 없는 것이다. 발바닥이 아픈 길, 자연 친화적이지 않다. 그때 장사꾼들은 모란꽃을 그린 티셔츠를 팔고 실크 반바지를 팔고 우리는 그것을 깎고 또 깎고, 차에 오르려고 하면 값을 깎아 주어 흥분하며, 웃으며, 사고팔고 하는 시장의 떠들썩함이 있었는데.

아! 그렇다. 미국 클린턴 대통령의 방문을 기해 싹 없애 버린 것이다. 중국에서 그런 광경을 몇 번이나 목격했다. 소림사 앞 동네가 이번에 가 보니 사라졌다. 연태 바닷가 어부들이 사는 마을이 너무 정겨웠는데 그 다음에 다시 가보니 사라지고 해안도로가 생겼다. 청도 카톨릭 성당 앞

재래시장이 몇 달 뒤에 가보니 사라졌다. 우리 한국 같으면 현수막 먼저 걸리고 냄비 두드리고, 협상하고, 보상받고 더 떼쓰고 하는 여러 과정이 있는데 중국은 하루아침이면 된다. 통고만 하면 되니까.

세 번째 비림에 갔을 때는 나는 입장을 포기하고 뒷골목(인사동 길 같은)을 다니겠다고 했다. 서안을 이미 다녀온 사람들이 동의해 우리는 뒷골목을 누비며 돋보기도 사고 복福자가 붙은 고양이 주물도 사고하면서 시간을 보냈다.

진시황 병마용갱을 둘러보고 돌아오는 길에 나는 20위엔을 주고 휠체어 수레를 탔다. 일행들에게 창피했지만 너무 뜨거워서. 발바닥이 아파서.

▶ 황하가 흐르는 난주 시

섬서성 서안 가이드의 교활함으로 인해 (밤 10시 35분 열차를 예약해 놓음) 너무나 일찍 일정을 끝내고 남은 시간을 남문이라는 번화가에 내려놓고는 공치사를 한다. 서안 남문의 화려한 밤을 느껴 보라고. 50대 여인들에게 후덥지근한 밤의 열기와 많은 인파들과의 부딪침이 너무 심하다 싶어 기차 역전으로 가자고 했다. 서안의 기차역전 앞은 너무 붐벼 (차와 사람으로 인해) 더욱 힘들었다. 큰 가방을 가지고 온 노교수들은 더 당황하고. 또 길바닥에 세워 두기에 대합실로 들어가자고 하니 그 안은 여기보다 더 덥고 사람이 많아 여기 서 있다가 들어가란다. 하는 수 없이 이상하다는 생각은 했지만(에어컨이 안 되어 있다는 말에) 가이드의 말에 따를 수밖에 없는 처지라 그렇게 했다. 시간이 되자 부리나케 움직이게 한다. 계단을 오르는데 큰 가방을 가지고 온 교수들은 어찌나 고생을 하던지. 기차 출발 직전에 들어간지라 힘들게 뛰다시피 해서 침대칸에 오르니 여행 동행자들이 서로 떨어져 있었고 유일한 남자 교수 한 분은 6인실에 3층 꼭대기에서 움직이지 못한 채 밤을 달려야 했다. 이런 이유 때문에 그렇게 머리를 쓴 것이다. 미리 들어가 확인하면 우리가 불평을 할까봐 떠나기 직전에 올라타게 하고 바로 출발하게 만드느라고.

새벽 5시에 일어나 인천에서 서안으로 왔고 하루 종일 끈적거리는 서안 날씨(40도 가까움)에 온통 땀으로 목욕을 한 채 바로 기차를 타고 잠을 자야하는 그런 처지인 것이다. 물수건으로 대충 씻고 옷은 편하게 갈아입고 잠을 청하려니 덜커덩거림이 심하다. 아마도 낡은 기차인가 보다.

새벽 6시에 종점 난주에 도착했다. 한족 가이드와 통역 조선족이 나왔다. 그곳은 한국인들이 찾지 않아 조선족 가이드가 없다고 한다. 한족은 대학생으로 정식 여행사 직원이라 하고 조선족은 연변에서 온 3세 조선족이다. 난주 대학에 다닌다고 한다. 배치고사 점수가 난주 대학밖에 갈 수 없어 이곳까지 왔다고 한다. 난주에서 간단하게 아침 식사를 하고 작은 마이크로버스에 올라 여행이 시작된다. 그래도 기차간에서 어두운 채로 찍어 발라 확실하게 얼굴들은 매끔했다. 62세 된 ㅇ교수는 얼굴이 창백하더니 우황청심환을 먹었다고 한다. 잠을 못잔 이유다.

난주는 적막한 감숙성 수도다. 대부분 서안에서 바로 돈황으로 가는데 우리는 옛날 낙타상들이 갔던 그대로 가자고 해서 난주로 온 것이다. 난주 시내에서 3시간 작은 버스에 매달려 병령사 석굴에 갔다. 병령사는 서진 때부터 북위, 북주, 수나라, 당나라에 걸쳐 새겨진 불상들이 있는 곳이다. 중국 10대 석굴에 들어간다고 한다. 171개 굴이지만 세월을 이기지 못해(황토석굴) 부서지고, 폐쇄되고, 하천 방향을 옮기는 바람에 지하에 묻히고 해서 볼 수 있는 곳은 얼마 안 된다. 버스로 가는 길에 낯선 남자 둘이 타더니 함께 움직일 것이라고 한다. 그들이 모터보트를 운행하는 사람들이다. 버스에 내려 모터보트에 옮겨타 1시간가량을 천천히 간다. 운전 솜씨가 보통이 넘는다. 어떤 배는 진흙 펄에 박혀 옴짝 달싹 못한다. 황하의 시발점인지 온통 붉은 흙에 붉은 흙빛의 강이다. 천천히 가는 길에 병영사 입구쯤에 이르면 침식된 황토산이 깎여 이룬 절경이 웅장하다. 석굴 보다는 그런 경치가 더 이채롭다. 물론 교교하리만치 손님이 없다. 머리를 딴 늙은 여자들이 온갖 것을 가지고 나와 판다. 우리 일행 중 한 사람이 팔러 나온 아낙의 벼루가 엔틱인줄 알고 50위엔을 주고 샀다. 한족 가이드가 깜짝 놀라며 너무 비싸게 샀다고 한다. 조선족 가이드 이야기로는 모두 가짜란다. 그 교수는 지금도 그 물건이 엔틱인줄 안다. 공항에 나갈 때 걸리면 어떻게 하느냐고 걱정하는 소리를 내가 들었다.

난주 시내 한 가운데 황하가 흐른다. 곳곳에 다리를 놓고 아름답게 장식하여 밤에는 화려하다고 한다. 강변은 젊은이들의 데이트하는 장소다. 이곳에는 조랑박에 그림을 그려 파는 것이 특산품이라고 한다. 기념품 가게에 들리니 표를 주는데 조선족 학생이 받지 말라고 한다. 그것을 받으면 귀빈이라 하여 비싸게 받는다고. 그러니까, 여행사 정식 직원이 아니니까 우리 편에서 관광을 해주고 있는 것이다.

너무 단조로운 지방이다. 여기서부터 면솜이 많이 나고 과일이 흔하고, 밀농사가 잘 되어 밀가루 음식이 발달했다고 한다. 시내 관광을 마치고 조선족 여학생의 당부를 뒤로 한 채 밤 비행기를 타려고 땀에 쩔은 몸으로 다시 난주 비행장으로 향했다. 그 여학생은 자기 친구가 실크로드 여행을 한 후 20근이 빠졌다고 선생님들 '신체 손상 말고 신체 보존을 잘 하시라'고 당부한다.

짐을 다 부치고 공항에서 쉬는데 연착이라며 (밤 10시 35분에 출발) 떠나지 못한다고 한다. '중국은 원래 그러니까' 하고 기다리면서 공항 면세점에서 호박 팬던트를 30위엔을 주고 샀다. 내가 깎은 후 모두 일시에 사버려 호박은 동이 났다. 그곳부터 실크로드 전역에 호박이 많은 곳이다. 질은 그렇게 좋지 않겠지만 가끔 목에 걸면서 난주에서의 일을 불쾌함보다는 추억으로 생각할 수 있겠다. 1시간 30분을 기다려도 더 연착이된다고 하여 의자에 다리를 얹고 드러누워 있으려니 공항 직원이 와서 '공항 호텔에 가서 자고 있으면 비행기 도착 시간에 깨워 태워 준다' 고한다. 슬슬 신경이 날카로워 진다. 무슨 경우인가 했더니 돈황에서 오는 비행기가 손님이 없어 오지 못해 난주를 경유해 가는 비행기를 수소문하는 중이란다. 비행장 앞에 허술한 호텔에서 우선 씻고 쉬었다. 그런데 갈아입을 옷이 없다. 짐을 이미 부쳤기 때문에 짐을 다시 달라고 하니 안 된다고 한다. 새벽 2시 반에 버스로 공항에 데려 갔다. 지금이라도 떠나면 돈황 호텔에서 잘 수 있겠지 하면서 기다리는데 몇 안 되는 한족 사람들과 우리 일행 모두는 또 기다려야만 했다. 이때 한족 여자가 우리가 한국인임을 알고는 '한국인이 관광하는 게 이렇게 무책임할 수 있느냐고 우리를 대변해 소리를 지르며 싸운다. 공항 직원들은 슬슬 피하는 눈치고. 우리 ㅇ교수는 한문학 교수라 필담으로 '너희들이 미안하다는 말도 없이이럴 수 있느냐' 하니 얼굴이 벌개져 나가 버린다. 새벽 4시 다 되어서 돈황 가는 비행기에 오를 수 있었다. 새벽 5시에 돈황에 도착하니 한족 가이드가 밤을 세워 우리 일행을 기다렸다고 한다. 난주는 추천할 여행지는 아니라는 생각이다. 한족 가이드 팁이 75불인데 한마디 말도 못하고 우리를 쫓아다니려니 미안한지 노래(장족 민요) 만 3곡 불러 주었다.

▶ 막고굴 돈황에 도착하다.

ㄷ 대학교 교수 한 분이 막고굴 앞에서 찍은 사진을 보고 '나는 언제나 그곳에 갈 수 있으려나' 하며 부러워 한 적이 있다. 그 말처럼 험한 길이라 쉽게 갈 수 없는 곳이라는 생각을 하였던 곳이다. 그런데, 그곳에 내가 섰다.

여행 시작 후 잠을 제대로 자 본 적이 없는 우리 일행은 돈황에 도착했다는 사실만으로 감동하고 있었다.

한족 가이드가 일단 호텔에서 쉬고 아침 10시에 나오라고 한다. 호텔은 돈황산장으로 새로 지은 호텔이다. 전에는 시내에 작은 호텔밖에 없었는데 방문객이 많아지니까 홍콩 사업가가 명사산 근처에 지었다고 한다. 중국식 건물로 아름답다. 어젯밤에 이곳에서 안락하게 잠을 자는 곳인데 잠시 머무르다 가는 호텔이 되고 만 것이다. 중국은 호텔을 賓館, 大廈, 大酒店으로 표시하는데 이곳에서부터는 호텔을 산장으로 써 놓았다. 오히려 우리에게 친근감을 나타낸다.

아침 10시에 5분도 안 되는 거리에 있는 명사산으로 갔다. 낙타를 타고 가는데 따가운 햇살은 이미 상상한 대로다. 마스크 쓰고, 머리에 마후라 두르고, 안경 쓰고, 장갑 끼고, 모자 쓰고, 양산 쓰고 하니 누가 누군지 모른다. 일렬로 낙타를 타고 가는데 사진사들이 마스크 벗으라고 손짓을 하나 누구 하나 사진 찍으려 하지 않는다. 월아천(오아시스)가까이에서 내려 명사산 꼭대기까지 갈 사람은 계단으로 오르고 나머지 사람은 월아천 전각에 있는 명사산 사진을 보며 휴식을 취한다. 나는 아들이 몸 생각하며 욕심 부리지 말라는 부탁을 한 지라 꼭대기에 오르는 사막

체험은 포기했다. 60대 여교수 2사람과 심장이 별로 안 좋은 사람들은 가슴이 울렁거린다며 남아 있었다. 꼭대기에 오른 사람들은 사막 풍경을 보고 사막 썰매를 타고 내려온다. 다시 낙타를 타고 돌아가야 하나 우리 일행은 5위엔을 주고 오픈 버스에 올라 정문 앞에서 쇼핑을 하였다.

나는 사하라 사막 투어를 이미 한 지라 감탄을 자아내지는 않았지만 붉은 모래 색깔이 곱고 아름다웠다. 단지 관광화되니 계단을 만들고 썰매를 타고 하는 모습은 왠지 낯설었다.

명사산 앞에 역시 많은 장사꾼이 있었다. ㅇ교수가 도자기 접시(明代)를 100위엔 달라는 것을 70위엔으로 깎았다. 그리고 막상 사려니 짐이 많다는 생각을 하여 안사겠다고 했다. 그리고 흥정한 사실을 잊고 가는데 그 장사꾼은 계속 값을 깎아 주면서 '60위엔, 50위엔' 하면서 따라 온다. ㅇ교수는 이미 녹차와 다기를 난주에서 샀기 때문에 아무리 싸게 준다고 해도 깨지는 접시 자기를 사기가 겁났던 것이다. 버스가 있는 곳 까지 가서 막 타려는데 그 장사꾼이 끈질기게 우리 있는 데까지 그 자기를 들고 쫓아와 10위엔을 내라고 한다. 이제 안사겠다고 더 버틸 수는 없다. ㅇ교수는 '아유 무거워 어떻게' 거의 비명에 가까운 소리를 지르며 샀다. 중국에서는 물건 값을 함부로 물어보면 안 된다. 물론 그 자기도 가짜다. 10위엔짜리 골동품은 없으니까. 그렇지만 흙 값도 안 된다. 10위엔이면.

중국은 원래 점심 시간 이후 낮잠을 잔다. 그 시간에 모든 관공서는 문을 닫는다. 실크로드 쪽은 뜨거워 오후 4시가 되어야 다시 움직인다. 4시에 '사막의 옛 굴'이라는 돈황 막고굴로 갔다. 여지없이 인파가 많다. 중국인들도 여행이 붐이다. 먹고 살만 하니까 피켓 들고 몰려 다닌다. 옛날에는 외국 관광객들은 대우를 받았는데 이제는 그런 제도도 없다. 자체 내 관광객으로 항상 넘쳐나기 때문이다. 입구에서 카메라, 짐, 모두 보관하게 하고 아무것도 가지고 들어갈 수 없게 한다. 사진도 딱 한군데서만 찍게 한다. 그리고, 120여 개 되는 굴 중에서 10개만 오픈되어 있다. 전등 시설도 안 되어 있어 손전등을 준다. 비쳐 가면서 보라고. 그것도 다른 팀이 관광을 하고 있을 때는 들어가지 못한다. 안내원도 한국인 전용, 막고굴 안에서의 안내원이 따로 있다. 한족 안내원이 더듬거리는 말솜씨로 우리를 안내한다. 답답. ㄱ교수가 이 팀은 하나를 일러주면 아홉을 알아들으니 걱정하지 말고 설명하라 하니 더 쫄아서 제대로 설명을 하지 못한다. 안내원은 한국에 가서 어학연수 1년 갔다 와서 안내를 한다고 하면서 매우 미안해한다. 두 한족 가이드가 버벅거리기는 마찬가지다. 내가 책을 보면서 설명해도 되니 외운 것을 기억하느라 애쓰지 말라고 하니 일행 모두 웃으며 '자존심을 건드렸다나.' 아무튼 본 것도 없고, 들은 것도 없는, 막고굴 견학이었다. 이럴 수가. 어느 학회에서 문 걸어 닫은 굴까지 더 볼 수 있는데 가자고 할 때 그곳에 합류 할 것을 하는 생각을 잠시 했다.

'선물의 집'에는 꼭 방문 시킨다. 옥玉과 야광잔이 이곳 특산품이라며 사라고 한다. 물건 값이 장난 아니게 비싸다. 아무도 사지 않았다. 한족 가이드가 왜 안사냐고 묻길래 한국사람 취향이 아니라고 했다. 야광잔은 한시 특히 이태백 한시에 많이 나오는데 '달빛 아래에서 달과 나와 꽃 그림자'가 야광잔에 비쳐져 내가 혼자 술을 마시는 것이 아니라 벗과 함께 마시는 것이라는 여유작작한 멋이 어우러지는 잔이다. 그런데 우리 한국사람들에게는 그런 여유가 없다. 그 한족 가이드는 이런 한국의 문화를 모를 것이다.

평생을 걸려 온 것 같은 돈황을 잠시 머무르다 소득 없는 여정을 뒤로한 채 고비사막을 3시간가량 버스로 달려, 달려, 유안이라는 돈황 기차역에 도착했다. 이른 저녁을 먹는 둥 마는 둥 트루판으로 가는 열차에 올랐다. 난주까지 오는 길에 기차 도착 시간을 보고 내린지라 역무원에게 우리가 트루판에서 내려야 하니 알려달라는 부탁을 가이드에게 했다. 열차(화차)는 전의 것보다 깨끗했다. 이 기차에서 하룻밤 자야 트루판에 도착한다. 언제나 발 뻗고 호텔에서 안락하게 자려나.

▶ 뜨거운 열기속으로 – 트루판

가도 가도 사막뿐이었다는 열차 밖 풍경을 애써 외면하고 잠을 자는 것인지 깨어 있는 것인지, 아무튼 새벽 5시 14분에 트루판에 도착했다.

이곳 시간은 실제 한국보다 2시간 늦지만 중국 시간에 맞추다 보니 1시간 늦은 것이라 한국 시간 6시. 그리고 중국 시간으로 밤 12시까지 환하다. 백야라는 것을 실감한다.

조선족 가이드가 유창한 한국말로 마중 나오니 모두 반가운 기색이다. 안동 권씨라고 소개하니 더 반가워한다. 이곳은 여행지답게 마중 나오고 배웅하는 사람들로 붐빈다.

이곳 날씨는 7월에 49도~50도까지 오른다. 강우량은 20미리. 거의 오지 않는다고 생각하면 된다. 난주부터 이곳에 이르기까지 강우량이 없는데 인공비를 쏘아서 식물을 기른다고 한다. 황량한 모래와 진흙뿐이어서 산림육성을 위해 노력하는 흔적을 간간이 볼 수 있다. 이 사업에 한국, 일본 등이 함께 참여한다고 한다. 황사를 막기 위해.

트루판은 천산산맥 남쪽 기슭의 유일한 오아시스 마을이다.

이곳이 내게 더 가깝게 느껴지는 이유는 한시에 가장 많이 나오는 요새이기 때문이다.

흉노족이라 하여 토번국을 가리키며 출새곡, 입새곡, 새하곡 등의 전쟁시에서 이곳을 경계로 중국인이 국경지키기를 얼마나 힘썼는지를 알려주는 최전방이다. 작은 도시이기는 하나 이슬람 문화와 위그루족 자치구다.

트루판 빈관에서 조식후 바로 고창고성을 갔다. 더우니 빨리 움직여야 한다고 한다. 날씨는 벌써 뜨겁다. 고성에 도착하니 민속 옷을 입은 어린애들이 달려든다. 나귀 방울, 불상 조각을 들고 5위엔에 사라고 한다. 물건이 조잡해 사고 싶지 않다. 4살짜리까지 있어 우리를 놀라게 한다. 나귀차를 타고 고성으로 이동한다. 거리는 짧지만 이곳은 덥기 때문에 무조건 탈 수 있는 것은 다 타고 다녀야 한다.

499년에 건설된 고창국이 640년 당나라에게 멸망했다. 지금은 폐허라 성벽, 성문, 사원, 불탑 등 훼손된 풍상만 볼 뿐이다. 다만 흙으로 빚어진 도시였다는 것이 아주 이채롭다.

다음으로는 화염산 (붉은 산)의 불타는 듯 한 모습에 경탄하였다. 실제 화염산의 온도가 80도가 되어 접근은 어렵고 산을 배경으로 사진만 찍을 뿐이다. 그곳을 거쳐 천불동으로 갔다.

천불동은 강 절벽에 있는 석굴 사원인데 6세기경부터 만들어진 벽화가 이슬람 침략과 독일인 영국인들의 탐험가에 의해 훼손되었다. 그들 나라에서 다시 가져와 복원하기도 하고 누가 조각을 떼어갔다는 기록을 해놓고 사진으로 대체하기도 하였다. 흙벽에 석회암을 붙이고 그 위에

다 그림을 그린 것이라 조각을 내어 떼어갈 수 있다. 이곳이 삼장법사의 무대여서 천불동 입구에 후대인들이 석상을 만들어 놓았다.

고분군도 보았다. 흉노족의 귀족 등과 서민들의 무덤인데 미라를 보여 주는 묘실에 말라 버려 먼지처럼 형체만 있다.

황토 흙, 모래성의 도시, 이곳에서 아버지와 딸이 춤과 퉁소를 불어 눈길을 끄는데 사진을 찍으려면 돈을 내야 한다. 우리 일행은 안쓰럽다는 생각으로 돈을 주고 단체 사진을 찍었다.

점심 식사 후 2시간 휴식. 오후 4시에 전투하러 가는 모양새로 마음 단단히 먹고 다시 도전하는 교하고성 답사다. 얼마나 따가운지. 고창고성보다 더 넓게 자리 잡은 서쪽에 있는 유적은 고창국의 정치적 중심지였다. 당나라가 이곳에 안서도호부를 두고 다스리다가 원나라 때 초토화되었다. 불탑, 불전, 사원, 관청, 감옥, 민가의 흔적이라고 하나 흥망성쇠의 무상함에 젖게 할 뿐이다. 그곳을 도는데 1시간 반 정도 걸렸다. 완전 무장을 하고 돌았지만 조금이라도 살이 햇볕에 노출되면 아프게 따갑다. 즉석 구이라고나 할까. 그늘로 뛰고 하면서 다 돌고 나오니 운전기사가 '신체 승리'라고 한다. 천연 황토찜질방이며 원적외선이 불을 안 때도 나오는 웰빙의 도시다. 와! 개운한 땀이다. 얼마나 흘렸을까.

그곳에도 우물이 있다. 땅 밑을 파고 천산(설산)에서 흐르는 물을 우물로 만들어 흐르게 하면서 농사(포도)도 짓고 사람들도 먹고 살고 하는 지혜의 우물 카알정이라는 곳도 관광 명소다.

가이드가 옵션이라며 카알정 옆에 있는 야외무대에서 민속춤을 보자고 한다. 10달러라며. 우리 일행은 민속 춤 같은 곳에 흥미가 있으니까 본다고 했다. 그런데 가이드 말로는 노인들이 춘단다. 그래서 젊은이들은 보려고 안한다고 한다. 과연 민속단은 초라한 동네 노인들이었다. 97세의 할아버지, 87세의 할머니가 춤꾼이며 악사와 가수는 조금 젊었다. 그 두 노인은 한국 브라운관을 탄 노인이었다. 잘 먹고 오래살기 프로그램인가 하는. 우리가 본 쇼의 가격은 20위엔이라고 벽에 써 놓았다. 폭리의 쇼.

가이드가 위그루 족의 실제 생활 모습을 보여 주겠단다. 얼마나 고마운지. 우리 마음을 꿰뚫어서. 가보니 아리따운 아가씨가 라디오를 틀고 춤을 춘다, 계속해서. 다른 아가씨가 또 오더니 춤을 춘다. 둘이서. 그리고는 건포도를 사란다. 그곳의 건포도는 맛이 뛰어나다. 청포도를 말린 것인데 씨도 없는 작은 알갱이를 천연으로 말린 것이라 맛이 얼마나 좋은지. 아가씨들의 헌신적인 춤도 구경하여서 가이드가 권하는 대로 120위엔을 주고 건포도들을 모두 샀다. 조금 비싸다는 생각은 들었지만 .안사면 역적일 것 같은 기분이 들어서. 그 다음날 우루무치 바자르 시장에서 본 그 포도 값은 12위엔이었다. 귀를 의심한 우리는 다시 확인하며 조금만 참을 것을. 그러면 포도 10봉지를 살 수 있는 것을.

▶ 아름다운 목장 우루무치

한자어로 '烏魯木齋'지만 이슬람어로 우루무치이며 아름다운 목장이란 뜻이다.

3일을 열차와 길거리에서 쪽잠을 자고 트루판에 도착해서야 처음으로 다리를 펴고 잤으니 '신체가 손상하기'가 시작됐다.

ㅈ교수는 트루판에 도착하자마자 코피를 쏟았고 다들 냉방병으로 목을 감싸며 기침을 하기 시작했다. 고난의 행진이라 결속력이 대단해져

가족처럼 정이 깊어가지만 비상약만큼은 서로 나누어 주지 않는다. 왜냐면 약으로 버티고 있으니 약 떨어지면 어떻게 될지 모르는 형편이라 인색해질 수밖에 없다.

트루판에서 오전 9시쯤 버스로 우루무치로 향했다. 4시간가량 가는 길이다. 황무지 가운데 군데군데 풀도 보이고 날씨도 서늘해지기 시작한다. 우루무치는 熱沙의 땅은 아닌 것이다. 2시간 쯤 후에 도착한 휴게소는 서늘하여 긴팔 스웨터를 둘러야 할 정도다.

그렇게 또 가다 보니 소금강이 하얗게 드러난다. 무한한 자원국가. 아니 저런 것이 우리나라에 있다면… 소금 채취는 물론 소금 목욕탕에, 소금 해수욕장에 소금 찜질방 등을 개발하여 돈을 얼마나 벌 수 있을까. 한화라고 쓴 규모 큰 공장이 바로 옆에 있다. 한국에서 한화 직원들이 나와 있다고 한다.

한참을 더 달리니 풍력 발전소가 나온다. 미국이나 네덜란드에 있다는 풍력 발전소가 끝없이 펼쳐진다. 기가 질리면서 부럽다. 바람까지도 따라주는 자원국가. 그 지역은 바람이 늘 쌩쌩 불어댄다. 겨울에는 무척 춥겠지. (트루판이 겨울에는 영하 30도라 하지 않은가) 그래도 중국이 인구가 많고 땅이 넓어 전력이 모자란다지. 네덜란드와 합작을 하다가 이제는 중국의 기술로 이루어진다고 한다. 관광객을 위해 사진을 찍는 장소도 있다.

우루무치에 도착 후 점심을 맛있게 먹고(양고기, 소고기 요리며 우리 입맛에 맞음) 천산天山으로 향했다. 천산은 천산산맥의 한 봉우리이다. 해발 1910 미터의 산이다. 그 밑에 천지天池가 있다. 백두산 천지와 이름이 같다. 중국 여행은 걷지 않는 것이 특징이다. 이곳도 버스로 도착하여 다시 케이블카나 오픈 버스로 천지까지 이동한다.

한라산이 케이블카 하나 없어 노약자나 외국인 여행자가 쉽게 다녀갈 수 없는 것과 대조된다. 내가 제주 여행 세 번에 처음으로 오르며 지루하다는 생각을 했다. 그리고 이 시간을 아끼면 제주 시내에 더 많은 돈을 풀 수 있을 것이고 환경보호도 더 잘 될 것이라는 생각도 했다. 아이들이 징징거리며 엄마 품에서 걷지 않으려는 장면도 목격하고 노인 일행을 거의 볼 수 없는 극기훈련장 같았다.

천지에는 유람선이 뜬다. 유람선이 천지를 한 바퀴 도는데(30분) 멀리 서왕모 사당이 보인다. 이것을 보기 위해 이곳에 왔다고 해도 과언이 아니다. 아직 관광객을 맞을 준비가 안 된 탓인지 멀리서만 볼 수 있다. 관광객 누구 하나 관심도 갖지 않는다.

중국 책 '산해경'에 나오는 서왕모는 머리에 갈기가 있고 얼굴은 여인인데 호랑이 이빨을 지녔다고 되어 있다. 인간과 동물의 중간쯤 되는 여인의 형상이다. 실상은 30대의 이 지역 여왕이었다. 지금은 위그루 자치구이기는 하나 이곳은 위구르 족의 부락은 아니다. 곤륜국, 월지국, 서왕모국이라는 부락의 우두머리 여인인데 미모의 여성이었다.

중국이 어떤 나라인가. 주나라 목왕이 이곳까지 와서 왕모(금모)를 알현하고 벽옥 등 중국의 화려한 보석을 바치면서 로맨스를 가진 후 속국으로 만들었다. 그리고 서왕모를 신화의 여신으로 벽도를 나누어 주며 장생불사를 도모하는 불사의 신으로, 재난을 다스리는 여신으로, 모든 여신들의 우두머리로, 더 나아가 괴물로까지 형상화하여 이 나라와 종족의 역사를 신화와 전설로 없애 버린 것이다. 그 민족이 어떤 민족인지 알 수 없는 것은 이런 이유다. 우리 옛 문학에 자주 등장하는 서왕모의 나라에 도착하니 감회가 남다르다. 그러나 서왕모산에는 양떼들만 다닥다닥 산비탈에 붙어 있었다. 천지를 둘러싼 설산 보다 봉이 뒤에 보인다.

백두산 천지가 이곳보다 더 넓고 우람한 것 같은데 유람선 하나 못 뜨는 형편이고 오늘날 지프차로만 오른다니 한심하다. 우리가 고구려, 발해 유적지를 돌 때(1996)는 천지를 등산하며 백두산 야생화도 사진에 옮기며 천지에 발도 담그며 감격했다. 중국은 등산로를 왜 폐쇄했을까.

천산 천지에서 내려오는 길에 카자흐족이 사는 파오라는 집에 들렀다. 관광명소다. 그곳에 들어가면 양젖으로 만든 요구르트와 빵을 준다. 그 사람들 사는 모습을 보여 주는 것이고 그곳에서 묵고 갈 수도 있다고 한다.

남산 목장(말을 탐)도 이곳의 명소인데 우리가 계약을 할 당시는 들어 있었는데 확정서에는 들어 있지 않다는 이유로 옵션으로 하자고 한다. 우리가 한국 여행사에 항의하니 그곳 가이드에게 목장을 일정에 넣으라고 한다. 그러나 현지 가이드가 남산 목장 가는 길이 공사중이니 가지 말자고 하고는 바자르 시장에 내려놓는다.

이곳은 이슬람 문화권이라 자유 시장 체제다. 이슬람어를 주로 쓰며 중국어가 서툴다. 한족이 10프로고 위그루족이 90프로다. 이슬람 문자도 쓴다. 지도자만 있다면 독립도 가능하지 않을까 하는 생각을 잠시 했다. 지도자란 얼마나 중요한가. 싱가폴이 30년 독재를 한 초대총리 이관요의 아들이 3대 총리가 되어도 국민들이 지도자에게 감사하는 마음을 가진다니. 짧은 역사에도 국민을 잘 살게 해주었다고.

그곳 시장의 물건은 본토와는 달리 서구적이고 아름답다. 민속 공예품도 훌륭하고 특히 캐시미어로 만든 숄, 실크 머플러 등은 색상도 세련되고 값도 무척 싸다. 우리 일행 중 시인인 ㄱ교수는 50위엔에 숄을 사서 두르고 다녔다.

양을 잡는 민족이라 칼 공예가 유명하다. 지금은 민속 공예로 시장에 화려하게 장식되어 있는데 중국을 벗어날 수 없다고 사지 말라는 난주 가이드의 신신당부로 아무도 사지 않았다. 한국인들이 우편으로 부쳐 달라며 부탁한 칼이 집에 10자루나 된다나.

독수리 모양의 재떨이와 꽃병 하나를 샀다. 얼마나 예쁜지.

백옥을 60위엔에 산 ㅇ교수도 있는데 곤륜옥이 아니라 파키스탄 옥이었다. 이곳은 곤륜옥이 유명한데 곤륜산 옥은 잘 캐지 않는다나. 그래서 곤륜옥은 100달라 이상 주어야 산다고 한다.(가이드의 말)

▶ **여러 가지 색깔의 집, 카스(카슈가르)**

우루무치를 한 나절 슬쩍 보고 밤 10시 15분 카스행 비행기를 타기 위해 우루무치 공항으로 이동했다.

하룻밤 묵고 갔으면 딱 좋은 코스인데 카스가 그렇게 아름다운 곳이고 아직 여행 정보지에도 나와 있지 않은 오지며 특별한 곳이라는 일행의 주장으로 그날로 우루무치를 떠나 카스로 향하는 것이다.

우루무치 공항에 들어서 기다리는데 한국의 건장한 사나이 세 명(40대 후반)이 우리를 아주 의아하게 쳐다본다. 그리고는 가장 매력적인 시인 교수에게 말을 건다. 이곳에서 한국 사람은 처음 보는데 어떤 사람들이냐고.

그 시인이 댁들의 정체부터 밝혀야 우리도 밝힐 수 있다고 하니까 우리는 세 명이 친구고 한 사람은 MBC PD 라는 것이다. 곧바로 우리 쪽 김 피디와 악수 교환이 있고 금세 친해졌다. 후에 그 잘 생긴 피디가 우리에게 말하기를 본인이 방송국 20년 근무한 포상 휴가로 500만원의 돈과 20일 휴가를 받았다는 것이다.

자기 아내에게 10일은 나만의 시간으로 쓰겠다고 하면서 더 나이가 들면 이 코스는 어렵다고 생각해 북경에서 사업하는 친구 둘과 함께 여행을 시작했다는 것이다.

그런데 뜻밖의 할머니 여행자 11명이 공항에 죽 앉아 있으니 놀랄 수밖에. 저 여인들은 누구인가. 왜 이 코스를 돌고 있는가. 등. 우리보고 자신의 생각이 잘못되었다는 이야기를 하였다.

원래 여교수들은 기가 세다. 기가 세지 않으면 남녀평등이라고는 하나 이 사회에서 자기 역할을 해내기 어렵다. 오기와 자신감, 해내고야 만다는 의지력으로 버티는 것이다.

비행기로 가면 1시간 30분 거리이나 이 코스가 어려운 것은 중국의 국내 비행기 값이 비싸기 때문이다. 여행 단가가 금방 오르니 수지 계산이 안 맞는다. 침대 버스로는 2박 3일 걸린다고 하니 한국 사람들의 조급성으로 어림없다.

버스길이 너무 아름답다는 일행도 있었으나 비행기를 탄 후 나는 속으로 환성을 질렀다.

아름다운 설산의 풍경이 병풍처럼 펼쳐져 있는 것이다. 밤이라 해도 백야라 너무나 선명하게 펼쳐지는 설국, 설산, 만년설의 광경을 보면서 비행기 값이 아깝지 않다는 생각을 했다. 일본 후지산 봉우리, 계림의 산봉우리를 비행기 안에서 본 적은 있지만 1시간 30분 동안 파노라마처럼 펼쳐지는 설산(파키스탄 고원 풍경, 곤륜산)을 볼 수 있다는 것은 행운이다.

여러 가지 색깔을 가진 곳이라는 카스에 도착하니 한족 가이드 여자가 나왔다.

조그만 봉고 버스를 가지고. 버스가 작아 불편했던 기억을 더듬으며 이 버스로는 카라쿨리 호수로 갈 수 없다고 하니 가이드가 버스를 바꾸어 주겠다고 한다. 한족 가이드가 세계 10위권에 드는 호텔이며 그 이름이 색만 빈관이라고 한다. 밤이라 전등을 화려하게 장식하고 위그르족 아름다운 여인들이 나와 음악을 틀며 환영하니 기분이 좋아져 이제야 좋은 호텔에서 쉬면서, 자면서 여행하게 되는가보다 했다.

호텔 안에 들어서자 우리의 생각이 착각이었다는 것을 알기에는 5분도 걸리지 않았다.

구소련 영사관을 개축하여 1974년에 오픈하고는 한 번도 수리를 안 한 모양이다. 더럽고 깨지고 한 이슬람식 빈관일 뿐이다. 숙박의 서비스 일도 여인천하라 남자 종업원은 한 명도 없는 이상한 나라의 호텔이었다.

기진해져 있는 일행들,

그 틈틈이 우리에게 웃음을 활짝 웃게 해준 사람은 다름 아닌 개그 피디 출신 김 교수였다. 그 교수는 끊임없이 자기 개발을 하고 있는 것이다. 개그를 던지고 우리 반응을 살피고 자신의 기억을 상기시키고 하는 등 우리를 대상으로 연구를 계속하고 있는 것이다.

성 담론은 할 수 없으니 기독교 개그를 주제로 해서 계속적으로 이어졌다.

아침밥 먹는 중에, 버스 안에서, 점심시간, 저녁 타임에 벌어지는 심형래 보다 더 재미있는 개그는 정말 지쳐가는 여행자들에게 활력소가 되어 주었다.

여행 막바지에 들면 사진도 찍기 싫어진다.

그런데 그 교수는 '갑니다. 좋은 장면이 나올 겁니다.'

재촉하며 사진을 도맡아 찍어 500화소 가깝게 찍었을 것이다.

전용버스로 7시간 걸려 간다는 카라쿠리 호수로 출발했다. 우리가 가는 그 호수는 무스타그봉 아래 호수로 2700-2800미터의 고산지대다. 설산은 3800미터 된다고 한다.

산소기를 가이드가 준비를 한다고 하더니 나중에 보니 베개형 튜브를 하나 가지고 왔다.

산소 결핍이 생기니 물을 계속 마시며 간다. 가는 도중에 오아시스 마을에 들러 빵도 사먹고 과일도 사고한다. 그곳 종족은 위그루족이 아닌 또 다른 소수 민족이다. 그들은 카스 시내에 얼마 떨어지지 않은 곳에 살지만 현대를 거스리고 교육도 받지 않은 채 자기네 전통 방식으로 노새와 함께 살아가는 민족이란다. 거지도 노새가 있어야 하는 곳이다. 버스나 택시가 없는 곳이라 벌어먹으려면 노새 하나는 있어야 된다고 한다.

사람들이 길바닥에 아무렇게나 누워 있다.

길은 버스나 택시가 다니는 길이라는 의식이 없다고 한다.

한참을 달리니 ㅈ교수가 토하기 시작한다. 산소 베개 동원, 내가 준비해간 우황청심환 먹이기, 호랑이 연고(칭량요우)로 이마에 발라 깨어 있게 하기 등 만반의 준비를 하며 지리하게 가는 도중에 본 것은 검은 물줄기, 황토 물줄기, 白沙 등 색깔이 다양하다. 그래서 카스인가. 도중에 소수민족 집단 거주지에 내려 준비한 사탕을 가지고 방문하였다. 마찬가지로 양젖 요구르트와 빵을 대접받고 동네 사람들과 기념 촬영도 했다.

물만 계속 마신 우리들은 화장실이 급해 아무데서나 버스를 정차하고 벌건 대낮에 누가 보거나 말거나 하며 볼 일을 보는 기막힌 현실을 연출했다.

파키스탄 접경지에 오니 군인이 모두 내려 걸으라고 한다. 숫자를 확인하는 작업이다.

다시 버스에 올라 드디어 카라쿠리 호수에 도착하니 설산이 뒤에 펼쳐지고 말들이 목초를 뜯고 하는 곳에 이르렀다.

이곳이 종착지다. 이 길을, 이 산을 넘으면 파키스탄, 인도, 우즈벡, 카자스탄 등 서역의 출구인 것이다.

ㅈ교수가 우겨 이곳까지 왔는데 그 교수는 버스에서 내려 호수도 걸어보지 못한 채 다시 내려가야 하는 얄궂은 운명이었다.

그곳 종족은 얼굴이 새까맣고 코가 우뚝한 인도계에 가까운데 산악에서 험하게 살아 세련되지 못한 소수민족이었다. 물건도 물건답지 않은 조잡한 공예품과 돌목걸이들을 가지고 나와 5달라, 4달라, 라스트 머니를 외치는데 웃음이 절로 난다.

이곳에 서양인은 꽤 오는가보다. 스포츠 선글라스를 쓴 서양인 일행이 우리와 같은 식당에서 점심을 했다. 그러니까 이곳 장사꾼들은 무식해도 영어는 알고 있었던 것이다. 중국을 수시로 다녔어도 영어로 흥정한 곳은 이곳이 처음이다.

서역은 서역인가보다. 내려오는 길은 5시간 걸렸다. 너무 어렵게 찾은 코스라 금세 내려오려니 조금 아쉬웠다. 내려오는 길에는 김 피디의 아내며 ㅎ대 교수인 ㄱ교수가 토하기 시작했다. 역겨운 냄새를 맡았다나. 중국의 특유한 향내를 이기지 못하고. 빵 냄새라고 한다. 예민한 사람들. 모두 얼굴이 노랗게 되어 온 종착지 카라쿠리호다.

기진한 ㅈ교수는 내려오는 길 접경지에서 또 다시 내려 걸으라 하는데 죽어도 못 내리겠다고 하니 군인이 버스에 직접 올라와 사람 수를 센다. ㅅ교수는 기도를 하고 막내 교수(50세)는 선배들 손 따주랴, 어깨 주무르랴, 손 주무르랴 정말 바쁘게 지냈다.

막내 교수가 안쓰럽다.

▶ 客什 - 카슈가르

우리말(한자어)로 객십이고 중국어로 카스이며 위구르어로 카슈가르다. 중국말과 위구르어가 한참 다르다.

카스에는 청진사라는 이슬람 사원이 있다.

매주 금요일에는 6000명에서 7000명이 모여 예배를 올린다고 한다. 여인들은 들어가지 못하여 밖에서 기도를 드린다고 한다.

그 회당에 들어가 기독교신자인 나그네들이 모처럼 휴식을 취했다. 잠이 스르르 올 정도로 고요하고 시원하다. 사방이 열려 있고 꾸미지 않은 사원이어서 인도를 다녀온 사람들은 별로라고 한다. 이슬람 민족들은 자기네 문화 형태에 따라 조금씩 다르게 회당을 짓는 것 같다. 그러나 하루 5번씩 기도를 올리는 모습은 세계 공통의 모습이 아닐까.

청진사로 가는 길목에 장인들의 거리라고 할 수 있는 직인가職人街가 나온다. 우물 두레박을 양철로 만들고 나무 스푼, 칼, 전통 악기 등을 거리에서 직접 만들어 팔고 있다. 인사동 골목 같기도 한 이 곳에 어린아이들이 옹기종기 모여 찐 감자를 파는 모습도 보인다. 그때가 아침이다.

그곳에서 물컹물컹한 무화과를 처음 보았고 맛을 본다고 광우리채 사서 먹고(광우리라 해도 몇 개 안됨), 나무 스푼을 2위엔에 샀다. ㅈ교수가 어제 일행에게 민폐를 끼쳤다고 선물했다. 일행 전체에게 돌려도 24위엔밖에 안 된다. 인심 쓸 만하지.

향비묘라는 이슬람식 무덤 형태도 있다. 그 부락의 귀족인 호자라는 사람이 아버지를 기리기 위해 이슬람식 돔 건물을 지은 가족묘다. 건물 벽이 타일이고 색깔이 곱다.

사람들은 이곳을 향비묘라 부른다.

향비(한족)는 회족의 왕비였으며 우리 역사서에 나오는 ≪절부전≫이나 <도미처 이야기>처럼 절개를 지킨 여인이다. 아름다운 향이 몸에서 난다고 하여 향비라 이름지었는데 중국 건륭 황제가 그 이야기를 듣고는 곁에 두려고 했다나. 향비는 절개를 지키려고 그곳에서 자살(독살설도 있음)해 허베이성에 묻혀 있는 것을 시누이가 3년에 걸쳐 수레로 관을 실어 와 뒤쪽에 안치하였다는 것이다. 원래 회족 외에 다른 민족은 들어갈 수 없는 가족묘이나 향비의 아름다운 넋을 기리기 위해 이곳에 안장했다. 지금도 향비는 그들에게 추앙받고 있다.

한족 가이드는 한국어를 한 마디도 못하는 키 크고 활달한 성격의 여성이었다. 이곳에서 한족은 위구르족을 관리하는 관리자일 뿐이다. 모두 공산당원일 것이다. 중국 사람이라고 모두 공산당원은 아니다. 당성과 인간성이 좋아야 하고 지도력과 실력이 있어야 뽑힌다. 그들은 선택받은 사람들이며 평생 신분이 보장된다. 특히 가이드 중에는 공산당원이 대부분이다. 그들은 여행객들의 성향을 늘 보고하게 되어 있다.

실제 우리를 가이드 하는 권씨는 연변 사람인데 이곳에 한국말 하는 사람이 없어 급파된 사람이다. 35살에 한족 여성과 막 결혼 한 신혼이다. 가이드 수입이 대학 총장보다 좋다고 하니 한족도 조선족 남성에게 시집을 오는가 보다. 연변에는 조선족 아가씨들이 없다고 한다.(한국으로 모두 들어옴)

가이드가 집요하게 곤륜옥에 대해 설명한다. 옥가게에 이르러 세뇌당한 일행은 남긴 돈을 지출하기 시작한다. 백옥 말띠 펜던트를 100달라 주고 산 ㅇ교수, 옥공예 목걸이를 150달라 주고 산 ㅅ교수. 가이드의 얼굴에 미소가 흐른다. 우리도 덩달아 기분이 좋다. 여지껏 가이드의 얼굴이 흐렸으니까. 다른 사람들도 이것저것 산다. 나도 곤륜옥으로 만들었다는 붉은색 다기 주전자를 100위엔에 샀다. 돌로 깎은 공만 생각해도 우리 돈 15000원 정도면 괜찮지 하는 생각을 하며. 기분이 좋아진 가이드는 그제서야 카스의 진면목인 바자르 시장에 데려가 시간을 넉넉히 주며 둘러보라고 한다.

바자르는 남대문 시장 같은 곳이다. 그곳에는 없는 것이 없다. 약재면 약재, 공예품이면 공예, 실크 종류의 모든 것, 양털 카펫, 신발, 아이들 문방구류까지, 얼마나 신나는 일인가. 우리 여성들의 전공이 시장보기 아닌가. 둘씩, 셋씩 나누어서 장을 본다. 나는 우선 캐시미어 숄을 찾았다. 있다! 그런데 눈을 의심했다. 에뜨로다. 얼마나 정교한지. 값을 물어보니 60위엔이란다. 40위엔까지 깎았다. 순식간에 일행이 몰려와 너도나도 산다고 하길래 내가 여러 개 사니 더 깎아 달라고 했다. 그 장사꾼은 꽤 잘 생긴 위그루 족인데 전자계산기를 가지고 나와 39.99999도 안된다고 윽박지른다. 기분이 나빠 다른 곳을 가 보았지만 그와 같은 에뜨로 카피 제품은 없다. 나는 3장(딸, 며느리, 내 것) 샀다. ㅈ교수는 명품 에뜨로 코트를 200만원에 사서 입는 명품 족인데 혀를 내두르며 10장을 샀다. '40위엔 짜리(6000원)를 명품과 같이 두르게 되었네' 라고 하며.

이슬람 고유 문양을 넣어 짠 면 가방이 30위엔이라고 한다. 내가 10위엔으로 깎아 여러 명이 샀다. 중국 물건들이 조잡한 것이 많지만 이곳 물건은 조금 다르다. 민속품을 좋아하는 우리들은 곤명에서도 소수민족 문양의 각종 수공예를 샀지만 한국에 와서 거의 다 버렸다. 쓸 수가 없으니까. 그런데 이 가방은 100프로 커튼에 꼼꼼하게 박음질까지 하여 그

럭저럭 가지고 다닐 만 했다. 가방에 주머니도 3개가 더 달렸다. 우리 돈으로 1500원인 것이다. 교수들이라서인지 리포트를 넣어가지고 다니면 좋겠다고 했다. 마음 같아서는 여러 개 사서 하나씩 주면 좋겠는데 손이 모자라 한 개만 샀다. 우리 딸이 너무 예쁘다고 하면서 주었으면 하는 눈치인데 주지 않았다.

벌써 1박 2일 백담사 코스와 제주도 여행에 들고 갔다. 제주도 면세점에 천가방(명품) 가격이 10만원인 것을 보고 내가 든 가방과 비교해 보았다.

일행이 산 물품은 구기자, 검은 매실, 야자대추, 신발(안신은 것 같다나) 실크 머플러, 가방, 공후 악기, 카펫(현관용) 등등.

이 곳 장사꾼들은 한국인을 만나지 못했는지 어느 나라 사람이냐고 한다. 한국인(한구위랜), 코리아 하니 못 알아듣는다. 고개를 갸우뚱 하는 것이 한국을 잘 모르는 모양이다.

중국에서 겪는 일인데 우리끼리 한국말로 이야기하면 벌써 알아듣고 자기네끼리 한국 사람들이라고 신호를 하고는 값을 우리나라 돈 '만원' 기준으로 올려 받는다. 그런데 이곳은 그런 눈치도 안 보이고 값도 터무니없이 많이 부르지도 않는다.

카스 기후는 유난히 건조하다. 목이 따갑다. 인후염이 도져 국화차와 구기자를 넣은 차로 밤새 마시며 내일 아침에 눈을 뜰 수 있을까 할 정도로 고통이 심했다. 다음 날 가이드에게 목이 따갑다고 하니 금은화가 들어간 목캔디를 사다 준다. 일행 모두가 목이 따갑다고 한다. 카스를 벗어나면 된다고 한다. 카스에서 이틀을 보내고 우루무치로 향하는 비행기를 타기 위해 밤 10시에 공항으로 갔다.

공항에서 건장한 남자 셋과 다시 만났다.

PD도 민속 모자를 10위엔에 샀다며 쓰고 나왔다.

▶ 장강은 도도히 흐르는데 1.

우루무치에 새벽 1시 55(한국 시간 3시 33분)분에 도착했다.

우루무치 밤의 풍경은 화려하다. 호텔마다 찬란한 조명에 거리에 넘쳐나는 사람들.

대낮은 더우니까 밤이 되어야 야시장으로 모두 몰려 나와 먹고, 마시고, 쇼핑을 한다.

ㅈ교수와 ㄱ교수는 우루무치에서의 마지막 밤을, 신강성에서의 마지막 밤을 그냥 잘 수 없다며 야시장으로 나갔다. 두 熱血 여성들은 우연히도 카스지역에서는 토하던 사람들이다.

朝飯을 먹으며 두 여교수가 야시장의 정황을 신나게 설명하는데, 샌들이 한국 돈 15000원 짜리가 15위엔이라서 사고, 양말이 2위엔이라 사고, 꽃게를 5위엔 주고 쪄 먹었다는 것이다.

아침 10시 30분에 남경으로 출발했다.

남경까지는 비행기로 4시간이 걸린다.

오후 2시 30분에 남경에 도착하니 상해에서 우리 도착 시간에 맞추어 나온 가이드가 마중 나왔다. 이곳에는 여행사가 없다는 것이다. 상해에 있는 여행사에서 급파된 가이드였다. 조선족 교포 3세며 경기대에서 한국 장학금으로 대학원까지 나온 관광학과 출신이었다. 한국 정부에 고마워하며 교사이신 어머니 때문인지 우리에게 최선을 다하는 모습이다. 허나, 남경에 대해 아는 바 없고, 우리처럼 천리를 달려온 처지라 피곤해했다. 점심 먹고 바로 관광이다. 숨넘어가는 여행이다.

중산릉으로 향했다.

중산릉은 손문의 능묘다.

3년에 걸쳐 만들었으며 392개의 돌계단이 있는 곳이다.

중국인들에게는 참배하는 성지다. 우리에게는 별 의미 없다.

그래서인지 어느 결에 남경이 (상해, 항주, 소주) 코스에서 빠져 있었다.

나는 이미 두 번이나 참배를 하였기에 오르지 않겠다 하고 길가 상점에서 시간을 보내려는데 몸이 아프다는 김박사(이 분만 교수가 아님. 실력은 짱짱한데 官運이 따라주지 않아서)도 남겠다고 한다.

둘은 의기투합하여 주변 상점을 도는데 눈에 확 띄는 다기를 발견했다. 청색 거북이 모양의 개구리가 얹어 있는 모양이 예술이다. 뚜껑에 낙관까지 찍혀 있는 그 고장 도예가의 작품이 틀림없다.(후에 물건이 된다나) 37위엔에 흥정하여 샀다. 흡족하다.

그 박사도 나오다 말고 다시 들어가 나와 똑같은 다기를 사겠다고 한다. 가게 주인은 창고로, 옆 가게로도 가보았으나 없었다. 하는 수 없이 다른 작품을 고르는데 또 있다. 이번에는 茶器 전체가 사람 형체에 웃는 얼굴 모습이어서 또 하나의 傑作이다. 주인은 이 작품은 더 비싼 것이라며 30달러를 내라고 한다. 그 분도 샀다. 만남의 장소로 이동하는데 일행이 얼굴이 벌개져 내려온다.

남경은 중국의 3대 火爐라는 곳이다.

중경, 남경, 무한이 그곳이다. 끈적끈적한 40도의 땅.

다시 명효릉이다. 남경 유적은 모두 도시 안에 있다.

왜냐하면 남경이 明나라 수도를 비롯해 7나라의 서울이었으니까.

명나라의 화려했던 문화, 정치, 상업의 도시가 지금은 흔적만으로 그때의 화려함을 추측할 뿐이다.

세월의 무상함, 興亡성쇄를 확인하는 곳.

명효릉은 명나라 초대 황제 朱元璋의 능묘다.

30년의 세월과 10만 명을 동원한 능묘라는데 지금은 교교하기만 하다. 아무도 찾지 않는…… 능묘도 태평천국의 난 때 파괴되어 대폭 축소되어 있다.

삼국시대 吳나라의 손권의 묘소도 있는 곳. 동물의 석상들만 즐비하게 늘어서 있다.

▶ 장강은 도도히 흐르는데 2.

점심, 저녁을 남경에서 제일 큰 식당에서 먹었다.

빌딩 전체가 식당가다. 입구부터 죽 늘어선 종업원, 층마다 서 있는 종업원, 종업원 숫자에 놀라고, 식당 찾는 사람들의 북적임에 놀라고. 정신 없이 손님을 안내하는 두 개의 승강기가 쉴 새 없이 오르내리는 식당에서 융숭한 대접을 받는데. 화장실에 들어선 우리일행들은 놀라는 기색이 역력하다. 호텔 화장실처럼 깨끗하고 화려한데다 작은 **TV**가 달려 있다. 용변을 보면서 視聽을 한다(?). 놀라운 발전.

중국 화장실의 역사를 이미 보아온 나는 이렇게까지 빨리 달리는 중국의 저력에 대해 다시 생각하게 된다.

저녁 식사 후 일찍 호텔에서 쉬고 싶은데 가이드가 夫子묘(사당)에 야시장이 있으니 구경하면 좋다고 데리고 간다.

야시장은 젊은 청소년들로 붐빈다.

맥도날드 햄버거 가게 앞에서 모이기로 하고 흩어져 쇼핑을 한다. 중국의 젊은이들의 화려한 의상, 그들의 씀씀이가 만만치 않다. 90년대 중국에 갔을 때는 한국에 50년 뒤졌다고 하더니 이번에 가니 20년 뒤졌다고 한다.

그런데 중국 제자들이 말하기를 남경, 항주, 소주, 상해는 이미 한국을 앞지르고 있다고 한다. 부동산 복부인이 생겨나 돈을 차에 가득 싣고 전국을 헤매고 다닌다나.

나보고 '선생님 학교 교류를 하려면 절강성을 공략하세요. 그들의 자녀들은 이미 미국, 유럽, 호주, 일본으로 유학을 가고 있어요. 그들이 워낙 돈이 많아요' 라고 한다.

약국을 찾아 인후염이라 말하고 약을 사려니 良藥 줄까, 한약 줄까 한다. 양약으로 달라고 하여 그곳에서 두 알을 먹었다. 나중에 설명서를 보니 한 알을 먹으란다.

서점을 찾았다.

중국 전역을 다니며 서적을 사 모은 지 꽤 오래다. 물론 내 전공과 관련이 있는 서적을 주로 사지만 그 지역 유적이나 신화 전설에 관한 것도 산다.

지금 역사 문제로 떠오르는 광개토대왕비(즙안) 앞 박물관에서 출간한 책도 샀다. 그때 구입하기를 참 잘했지. 서점 안에 흐르는 클래식 선율, 조용히 주저앉아 책을 보는 정경, 규모는 교보 문고보다 작지만 분위기는 더 좋은, 중국의 풍경이 아니다.

중국 사람들 말소리는 워낙 크고 四聲까지 있어 그들의 대화는 싸우는 것 같아 우리를 어리둥절하게 만든 적이 한두 번이 아니다. 그런데 이렇게 교양적으로 변했단 말이지.

내일 느지막이 일어나 아침밥 먹고 양자강과 남경학살 박물관만 보면 이번 여행 일정이 모두 끝난다. 일찍 자려고 서두르는데 이번 코스의 대장 ㄱ 교수가 들어와 내일 일찍 일어나란다. 고궁 터를 돌아 본 후 자사 다기를 파는 상점까지 들를 것이라며 나간다.

'어휴, 기운들도 좋다. 피곤해 죽겠는데.'

ㄱ 교수는 교양교수인데 차 예절을 가르친다. 그래서 모든 차를 먼저 마셔 보아야 하고 다기를 수집하고 수집한 다기에 차를 마셔 보는 것이 硏究업적이다.

내 룸메이트도 다기와 녹차에 대해서는 일가견이 있다.

본인이 고혈압인데도 건강(63세)을 유지하는 것은 녹차(그 중에서도 보이차)를 꾸준히 마시고 명상을 하기 때문이라며 흥분하기 시작한다. ㅇ 교수는 고혈압이어서 에어컨을 켜야 하고 나는 저혈압이라 에어컨을 꺼야 하고. ㅇ교수가 잠들면 몰래 일어나 끄고 잤는데 흥분한 교수가 잠을 깊이 자지 못해 에어컨을 켠 채로 자는 바람에 아침에 일어나니 목이 꽉 잠기고 다시 아프기 시작한다.

나무아미타불. 중국 마이신까지 먹었는데.

아침 일찍 양자강으로 갔다.

새벽 관광을 하는 사람들은 우리 밖에 없다. 양자강은 장강으로 더 많이 불린다.

漢詩에 제일 많이 나오는 詩語다. 江이라 해도 양자강임을 눈치 채야 한다. 강의 대표적인 이름인 것이다. 남경 한가운데 양자강이 도도히 흐르며 명나라 수도 역할을 다 했던 것이다. 양자강에 처음 섰을 때 벅찬 감회란. 그런데 이번에는 달랐다. 장강의 흐르는 물결을 볼 수 없다는 것이다. 왜냐면 다리 위에 버스를 세우면 기사 면허증을 뺏기고 벌금을 문다는 것이다. 예전에는 다리 위에 버스를 세우고 승강기로 올라가 조망하며 양자강의 시원한 바람을 쐬며 강을 배경으로 사진도 찍었는데. 관광객에 대한 배려가 전혀 없다. 관광 수입이 도움이 되지 않는가 보다. 우리 일행들도 아쉬워하지 않는다.

양자강 다리를 중·소 合作으로 만들다가 중·소. 영토 분쟁으로 소련이 중도하차 하자 중국의 단독 기술만으로 다리를 만들었다고 그렇게 자랑 자랑하더니. 가이드도 그 일에 대해 한 마디 언급도 없다.

남경대학살 기념관으로 향했다.

그곳도 무덤이다. 남경은 '죽음'과 관계가 깊은 곳이다. '절대 잊지 말자' 라는 표어가 벽면에 크게 쓰여 있다. 기념관에 두 번째 들렀을 때 세라복을 입은 일본 여고생과 교사인 듯한 인솔자가 기록영화를 숙연히 보며 메모를 하는 모습을 보았다. 일본인들의 두 얼굴. 가상하다는 생각도 들었다.

고궁 터는 폐허가 되어 있다.

덕수궁, 경복궁 보다 더 화려하고 큰 명나라 궁전이 있던 곳인데 복원 작업 없이 터만 있다. 조선과 명나라는 매우 친밀했다.

조선의 수도 서울은 고궁까지 보존되어 있는데 남경은 청나라가 들어서면서 북경으로 천도하는 바람에 폐허가 된 것이다.

서울도 이 같은 운명이 되지 말라는 법이 없지?

그런 일이 일어나면 절대로 안 되지만.

마지막 코스 자사 박물관으로 갔다.

자사(이곳 흙과 돌가루를 섞어 만든)는 매우 품질이 좋은 도자기라고 한다. 나는 도자기에 대한 조예가 없고 또 비싼 돈을 주면서 구입할 의사가 없어 앉아 쉬었다.

가이드가 점원에게 싸게 주라며 다그치니 점원이 한숨을 쉬며 싸게 판다. 이번 가이드는 옵션이라고 생각 안하고 奉仕라고 생각하는 것 같다. 일행이 하나 둘씩 사기 시작했다. 나도 청색 잔만 두 개 샀다. 어제 산 청색 거북이 주전자에 잔 두개(20위엔). 이제 한 쌍을 이루었다.

바로 공항으로 이동해 인천행 비행기를 타니 8박 9일의 여정이 모두 끝이 났다.

보통 10박 11일은 해야 하는 일정을 확 줄여 8박 9일로 타이트하게 짰으니 몸에 무리가 갈 수밖에.

금이 선생은 다시는 이런 여행 안 하겠다 하고,

ㅈ 교수는 겨울에 미얀마 가자며 나보고 일정 짜라하고,

유일한 남성 교수는 다시는 혼자(性 비율이 1대 11) 안가고 다른 남성이 있으면 또 따라 나서겠다고 하고. 그렇게 헤어졌다.

집에 들어서자마자 응급실로 가 검진을 받은 김박사도 있고.

나는 1주일간 꼼짝 않고 자고 먹고, 약 먹고 자고 했다.

소득 없는 여행은 하지 말아야 한다고들 한다.

시간과 돈 낭비니까.

그러나, 모든 여행은 나름대로 소득이 있다.

▶ 여행 後記

기행문은 現在가 중요하다.

고구려, 발해 유적지를 탐사(10박 11일) 한 후 그 당시로서는 너무 많은 감회가 일어 '아 고구려' 란 타이틀로 기행문을 쓰겠다고 메모하며 다닌 적이 있다.

별 2개짜리 형편없는 호텔 방에 있는 심만 달린 연필로 침 발러 눌러 쓰며 기록한 한 묶음의 메모지가 지금도 서랍 안에 쳐 박혀 있다.

바쁘다는 핑계로 세월이 흘러 10여 년이 되어 가니 그 기록은 아무 가치도 없게 되었다.

왜냐하면 그 후에 나와 동행했던 교수가 다시 그곳에(즙안현과 장백산) 가보니 천지가 개벽한 것처럼 바뀌어 전 모습을 찾을 수 없더라는 것이다. '익득순'이라는 식당에서 아침과 점심을 한식으로 먹은 후 모두 장염 증세를 일으켜(식중독) 설사를 해 '밤에 미끄럼 몇 번 탔다' 하는 인사로 시작했던 식당도 간 곳이 없고, 어두침침한 광개토대왕비 앞의 호텔도 없고 모든 것이 번쩍 화려하게 바뀌어 있더라는 것이다.

그렇게 흐르는 세월에 모든 것은 변하게 되어 있다.

내가 쓴 여행기가 한 달도 안 되어 어! 다르네 라고 말할 수도 있다.

우리가 계획을 짤 때만 해도 우루무치 직항로가 생기지 않았는데 신강성에서 나올 때는 가이드가 '큰일 났다. 한국에서 120명이 들어온다고 한다.'며 걱정하는 소리를 들었다. 가이드 구하기, 버스 구하기 등. 그러나 몇 차례 드나들면 판도가 또 바뀌게 되는 것이다.

장백산은 한국 사람만 가는 후미진 동북성인데도 한국 사람들이 얼마나 많은 돈을 뿌렸는지 桑田碧海가 되었다고 하지 않는가.

순박했던 신강성 사람들도 더 이상 순박하지 않을 수 있고, 도시 또한 서북쪽 끝에 있어 개발 안 된 설움을 말끔하게 가실 수 있게 될 것이다. 한족을 이주해 살게 하는 계획을 늘 시도하는 모양인데 먹고 살 방도가 없어 한족이 오지 않는다고 한다. 한족을 이주시키기 위해 집을 짓다만 황토집을 길가에서 보았다.

그러나, 관광 상품이 잘 팔려 부자가 되는 마을이라는 소문이 나면 한족이 너도나도 몰려 와서 살게 될 것이다. 그렇게 되면 위그루족 자치구 위상이 흔들릴 것이다.

기행문은 본인의 시각에서만 본다.

신강성을 돌고 온 후 ㄷ 신문을 보고 놀랐다.

그 신문에는 어떤 사람이 기고한 글에 신강성 백양나무 숲에 대해 글을 쓰고 있었던 것이다. 백양나무? 포플라 나무를 말하나, 그네들이 이야기하는 불란서 오동나무를 말하나.

신강성이 주로 붉은 황토에 모래만 있는 사막과 고원이고 카스, 우루무치, 트루판은 사막 가운데 오아시스인데 무슨 나무? 내가 본 것은 돈황에서 낙타풀, 낙타풀이 가시가 있는데도 낙타가 먹을 것이 없어 피를 흘리면서도 낙타풀을 먹는다는 슬픈 이야기, 그리고 낙타풀 열매는 귀한 약재라는 것.

트루판에서는 주렁주렁 열린 청포도. 가로수처럼 가꾸고 있는 달고 맛있는. 이육사의 청포도 시를 떠올리며 신비롭게 느껴지던 청포도를 실컷 먹었다.

화염산으로 가는 길목에 해바라기 밭. 해바라기 씨는 중국에서 많이 먹어 보았지만 아름답고 화려하게 펼쳐져 있는 해바라기 밭 풍경은 본 적이 없었다.

우루무치에서 천산으로 가는 길목의 침엽수. 삐죽삐죽 올라가 있던 데. 그리고 카스에서 백일홍, 깨꽃, 금잔화, 봉숭아 등 옛날 울안에서 보던 정겨운 꽃들.

내가 본 것은 그것이 전부다. 보았다 해도 관심 없고 또 모르기 때문에 지나칠 수도 있고. 상품 구입도 자기 취향에 맞게 한다.

화가는 커다랗고 화려한 호박만 사서 차고 다닌다. 다른 것은 사지 않는다. 시인은 숄과 특이한 위그루 의상만 사서 입고, 두르고 다닌다. ㅈ 교수는 수예품만 싹쓸이를 한다. 茶器만 즐겨 찾는 사람, 옥공예에 관심을 갖는 사람, 골동품 카피 제품만 사는 사람 등등.

자기가 사려는 물건이 좋으면 그 고장이 정겹다.

신강성을 돌며 살 20근이 빠졌을까? 물론 아니다. 음식이 워낙 좋았다. 잉어찜은 기본이요. 칼국수도 기본이요, 말 젖, 양젖 요구르트도 나오고요, 우루무치 식당에서 먹은 음식은 보약 수준이었다. 각가지 약재에 각가지 버섯에, 고기를 넣어 끓인 탕.

산해진미를 맛볼 수 있었다. 게다가 큰언니인 ㅅ 교수의 한국 김치 캔 12개, 김, 깻잎 장아찌, 컵라면 등은 우리 입맛을 돋우었다. 그곳 과일은 上品이다.

수박이 제일 맛없는 과일이다. 메론 종류의 하밀과. 우리는 그 하밀과 맛에 푹 빠졌다. 청포도, 검은 매실 말린 것(烏梅), 복숭아, 자두 등. 가는 곳마다 모두 사 먹었다.

밥 먹고 버스에 오르자마자 돌려지는 비타민 c, 껌, 오징어 포, 과자, 커피 , 녹차, 목캔디, 입이 쉴 새가 없다.

늘 유머가 있어 즐거웠다.

개그맨 교수의 이야기. 무진장 많이 해 주었지만 기억나는 것은 딱 한 가지. 장로가 죽었다. 하늘에 올라가 보니 집사가 탕수육을 먹고 있었다. 그런데 천사가 장로에게 짜장면을 시켜 준다. 장로가 화가 나서 집사가 탕수육을 먹는데 왜 내가 짜장면이냐. 목사님은 어디 가셨느냐고 물으니 천사가 목사는 짜장면 배달 나갔다라고 하더라.

마지막에 '우습지 않으세요' 라고 물으면 개그의 빵점이란다.

그동안 재미있게 읽었다고 전해 준 친구들에게 고마움을 느낍니다. 여행은 직접 체험입니다. 각자 부딪쳐 느껴 보아야 합니다.

이번 여행에서 논문 소주제를 얻어 논문을 쓰고 있는 중입니다.

10월 9일 일본에서 발표할 예정이고요.

한 · 중 문학에 나타난 祖靈사상 −서왕모를 중심으로

이쯤 되면 소득이 큰 편이지요.

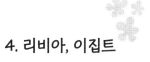

4. 리비아, 이집트

김포공항에서 최정림 남편 회사 사람들의 융숭한 대접을 받으며 난생 처음 일등석 라운지에서 무료로 빵과 티를 마시며 기다리다가 비행기에 올랐는데 정림과 그 아들은 일등석으로 가고 우리는 이코노믹 좌석에서 몸부림을 치면서 12시간 만에 이집트 공항에 내렸는데 리비아 비행기로 갈아타려면 7시간을 허비해야 했어. 이집트 공항이라는 곳이 쇼핑을 즐 길 수 있지도 않고, 날씨는 약간 쌀쌀하고, 먹을 것도 없고 한 곳이었단 말이지. 썰렁하게 한국사람 몇 명하고 서로 의지하면서 수다로 시간을 때우며 기다리다 다시 비행기에 타려고 트랩을 오르는데 잘 생긴 리비 아인이 네 짐은 네가 스스로 챙겨 화물차에 올라 놓아야 한다는 것이야. 우리 식구들 다시 우르르 내려 짐을 화물차에 올리고 다시 비행기에 올 랐어. 자기 짐은 자기가 확인한 후 스스로 옮겨 놓는 것이지. 그렇게 안 한 짐은 임자가 없다고 해서 그냥 놓아두고 문을 닫더라. 우리 짐도 하마 터면 실종 될 뻔 했지. 그리고 3시간 더 리비아로 향해 오는데 계순이를 만난다는 생각에 조금은 덜 지루했어. 리비아 사람들은 조용해. 아주 조용히 움직여. 재빨리 벨트를 맸다가 밥 먹고 할 때는 풀어 놓고 도착을 알리며 다시 매라고 하니까 일사분란하게 벨트를 찰카닥 매대.

죽은 듯이 고요하게 있더니 성공적으로 비행기가 착지하자 또 일제히 박수를 치대. 너무 인상적이었어. 재미있어. 나도 같이 쳤지만 말이야. 트리폴리 공항에 도착하니까 계순이가 직원들과 함께 나와 다시 VIP룸으로 인도되고 가다피 사진이 있는 그곳에서 기다리니 짐을 다 찾아 놓은 직원이 봉고에 오르라고 해서 대사관저에 도착한 것이야. 떠날 때부터 도착한 그 시간이 몽땅 28시간이나 걸렸다는 것 아니야. 빨리 빨리들 여행해. 힘이 달리면 다닐 수 없어. 계순이와 회포를 풀면서 융숭한 저녁 만찬을 한 후 대사관저를 돌아보고 자는 시간이 아까워 또 수다를 떨며 부고 사이트에 들어가 아이디가 없는 정림이 경옥이 경숙이를 야단치면서 동창 앨범을 보는데 모두들 남자들 이름을 모른대. 누구네. 그러니까 사진 올릴 때 이름을 함께 올려야 될 것 같아. 오늘은 계순이와 함께 박물관과 랩티스마그나로 간대. 이탈리아와 마주 보고 있는 세계문화유적지래. 내일은 사막 여행인데 6명이 가는데 호송인구가 6명이야. 경찰도 한 명 붙어간대. 계순이가 한국에서 온 VIP사람들이라고 해서 그렇게 대접을 받는 것 같아. 시차는 한국과 7시간이나 난다. 지금 새벽 5시인데 경옥이와 내가 잠을 깨어서 다시 사랑방에 들른 것이야. 늙으니까 잠도 없어. 어쨌든 여행이 무사하게 끝날 수 있도록 기도해주어라. 다시 글 올릴게.

▶ 리비아(렙티스 마그나)

오늘 우리 모두는 렙티스 마그나와 지중해 바다를 보고는 로마보다도 좋고, 그리스 바다보다도 좋다고 하면서 아!, 오!를 연발하였다. 다음은 일행들이 한 마디씩 하는 말이여.

정림 : 쪽빛 바다를 배경으로 펼쳐진 렙티스 마그나의 풍광. 백문이불여일견!

경숙 : 렙티스 마그나 성터에 올라 지중해 바람을 쐬니 어제 비행기에서 구겨져 오며 쌓였던 피로가 일순간에 말끔히 가시다.

경옥 : 오늘은 명희의 날이었다.(궁금한 분은 귀를 가까이…)

해온 : 꽃을 꽃이라 할 때 이미 꽃이 아니다.＊＾-＾＊

계순 : 정말 즐거워～. 친구들의 즐거움이 곧, 나의 즐거움이오～.

명희 : 나 수지댁이며 강남대 명희여. 척하면 알아야지 헤매기는 왜들 헤매는 것이여. 나, 오늘 기분 되게 좋다. 왜냐하면 잘 생긴 하팀이라는 운전기사 겸 가이드와 사진도 찍고, 그 가이드가 손도 잡아주면서 성 꼭대기까지 안내해 주었거든. 내가 엄살 좀 하며 손잡고 끌려 다녔지.

우리가 오늘 본 것은 동로마 제국의 유물인데 최고의 목욕시설(온탕 냉탕)이 그대로 보존되어 있고 수영장, 사우나시설, 수세식 화장실, 시장터, 관청, 광장, 동물원, 공회당, 법정시설, 성당, 스콜라 학교 시설 등이 최신식 대리석 건물들로 이루어진 것을 본 것이야. 믿어지지 않는 로마시대 유물을 리비아에서 보고 있었던 것이지. 지중해 바다를 보면서 김밥을 먹는 재미는 어떻고. 물론 계순이네 가정부가 해 준 것이지만 지중해 바다를 바라보면서 먹었다는 것 아니냐.

샤밈(방글라데시에서 온 청년)이 어설프지만 끼니때마다 식사 시중을 들어주어 왕비가 된 기분은 어떻고. 아무튼 기분 좋다.

추신: 내일부터는 사랑방에 들르지 못한다. 왜냐면 사하라 사막 을 횡단하잖아.

사막 텐트 속에서 3일간 슬리핑 백에 의지해 자다가 안락한 침대로 돌아와 자니 잠이 안와 다시 사랑방에 나왔음. 자주 글을 올린다고 미워하지 않았으면 좋겠음. 경숙이는 영어밖에 못 친다고 하고, 경옥이는 눈이 어둡고 자판에 익숙치 못하다고 하고, 해온이는 수줍다고 하고, 정림이는 무조건 싫다고 하고. 철들이 들면 글들을 올릴 것이라고 생각됨.

▶ 아카쿠스 산

모래사막이 이어진 지평선을 따라 끝없이 달리다 보면 산들이 병풍처럼 둘러져 있는데 그 산 이름이 아카쿠스라고 한다. 산맥이 얼마나 광활하게 펼쳐져 있는지 모르는데 그 산맥을 지프차로 돌면서 여행을 하는 것이야. 나무 한 포기 없는 돌산. 그 돌산의 형상이 엄지손가락 모양, 나무 모양, 장군상 등 기기묘묘하겠지. 보는 사람에 따라 다 모양이 다르게 볼 수도 있어. 계림의 산, 곤명 석림의 돌산, 그랜드 캐니언의 모습 등 다양한 것이 포개져 있는 모양이야. 굉장하지. 끝없어. 원래 그 산을 다 돌려고 하면 며칠이 걸린다고 하더라. 가이드 말로는 최소한 7일은 있어야한대. 너무 짧아 아쉽다나. 그 산을 경계로 알제리, 수단, 또 무슨 나라가 있는데 접경이면서 경계산이야. 얼마나 넓게 아프리카에 놓여 있는지 알겠지? 우리가 본 것은 리비아에 있는 일부분만 본 것이지. 그런데 그 산을 보기 위해 우리가 모래사막에서 3박 4일을 했다는 것 아니냐.

그런데 또 하나, 신비로운 것은 산을 빙 둘러 있는 암각화야. 암각화 그림에는 코끼리, 기린, 낙타, 호랑이까지 없는 모양이 없고 사냥하는 모습, 심지어는 결혼식 올리는 모습까지 선명하게 그려져 있어. 그런 암각화 그림만 보려고 해도 10일 정도는 걸린다고 하던가. 아무튼 시집가는 여인의 모습이 얼마나 아름답게 그려져 있는지 클레오파트라 같더라. 원시시대에는 그곳에서 사람들이 살았다는 증거야. 그리고, 열대림이 울창하게 펼쳐졌다는 증거도 되고. 어찌해서 오늘날 사막이 되었는지는 잘 모르겠고. 그 신비로운 산을 둘러보면서 경옥이의 말이 걸작이었어. 우리는 분명히 천당에 간다는 것이지. 왜냐하면 그 너른 사막에 골고루 거름을 주고 왔다는 것이야. 그래서, 사막이 기름져 졌다는 것이지. 그냥 앉아 아무데서나 볼일을 보면 되었거든. 계순이 이야기로는 참 고즈넉했다나. 나는 괴로웠어.

아카쿠스 산을 돌아보면서 느낀 점은 사진작가, 지질학자, 고고학자, 인류학자 식물학자 또는 화가들은 꼭 들려야 하는 필수 코스라는 것이지. 찜질방을 좋아하는 50대 아줌마들이 보기에는 무지 아쉽고 아까워. 아는 것이 있어야지. 조성혜 생각 좀 했다. 바위의 층, 모래색깔, 조약돌의 색깔들이 다 다르거든. 설명 좀 듣고 싶었지.

▶ 영어 실력 컨테스트 향연장

나와 해온이는 국어 선생이거든. 그런데 경숙이, 정림이, 정림이 아들은 굉장히 영어를 잘해. 가이드는 영국 식민지 나라에 가서 영어를 배우고 온 사람이라 유창해. 자기들끼리 얼마나 영어로 지껄이는지 소외감 좀 가졌지. 으쓱하기도 했어. 불편한 것이 없었거든 영어 잘하는 애들 땜에.

▶ 리비아인

한마디로 참 잘생겼어. 나와 해온이는 경호원 총각한테 홀딱 반했다는 것 아니냐. 정림이는 영어 잘하는 가이드에게 반하고 정말 잘 생겼어. 선글라스만 쓰면 다 첩보 영화에 나오는 영화배우야. 얼굴이 평준화 된 것 같아. 우리는 장동건만 잘 생겼잖아.

정림이는 속눈썹에 반해서 저 눈썹 좀 봐!를 연발했잖아. 그리고, 문희가 이야기하는 로렌스 주연의 영화에 한 장면 같은 것이 얘네들한테서도 마구마구 보이는 것이야. 해온이가, 저것 좀 봐. 바로 저 포즈가 오마 샤리프야. 누구나 그 폼이 되더라는 것이지. 나도 걔네들 틈에서 한 번 그 폼을 내보며 사진을 찍기는 했어. 사막에서 비스듬이 꼬면서 들어 눕는 그 폼. 그리고, 참 친절해. 때 묻지 않았어. 계순이 말로는 한 사람 빼고는 테러하고는 무관하대. 순박해. 나는 그래도 밤이 되면 무서웠어. 정림이는 웃으면서 밤이 되면 쟤네들이 널 보고 무섭다고 그럴꺼라나.

아무튼 걔네들이 우리를 해치려 고 하면 얼마든지 해칠 수 있는 그런 상황이었어. 천지에 우리만 있었으니까. 부고 여자들은 겁도 없어. 살아왔으니 다행이지.

▶ 사막에서 막 돌아오다.

경옥: 태초의 지구에 우리 6명만 존재했다.

저 지평선 끝에는 바다가 있을 것 같았다. 그러나, 역시 사막의 지평선만 펼쳐져

있을 뿐…… 신비함이여!

정림의 아들: 이 프로그램은 50대를 위한 여행이 아니라 20대 프로그램이다. 모험과 스릴이 있는 여행이었다.

정림: 5개의 무궁화 호텔이 아닌 1000 Stars 호텔에서 자고 왔다.

트리폴리에서 세바 비행기로 1시간 남짓하여 가니 지프차 운전기사 2명이 차를 가지고 나왔다. 계순이와 대사관 직원 과장님의 체크 아웃 도움을 받으며 리야드 가이드와 경호요원 하타와 함께 비행기에 올랐다. 계순이가 하타에게 저 친구들은 한국의 대단한 요원이니 잘 경호하라고 했고 총을 가지고 가느냐고 확인했다. 6명 사막 여행에 기사 3명 요리사 1명 경호원 1명 유창한 영어로 말하는 가이드 1명 등 도합 6명이 우리와 함께 사막 여행이 시작 되었다. 요리차가 먼저 떠나고 우리 차가 뒤를 좇으며 여행을 하는 그런 코스였다. 점심시간이 되자 모래 무지에서 펼쳐 놓고 점심을 차려주고 우리가 다 먹은 후에 그들이 밥을 재빨리 먹고는 또 드라이브를 하는 그런 여행이었다. 저녁이 빠르게 오는 그런 곳 해가 저녁 7시가 되면 저녁을 먹는 텐트를 치고 슬리핑 백을 깔고는 자는 그런 여행. 상상을 못했다. 검은 얼굴에 리비아인이 밤이 되니 무서워지기 시작했다. 우리가 무엇을 믿고 허허 벌판 사막에 왔을꼬. 무서움이 밀려드는 밤. 스산함.

저녁을 이르게 먹고는 모닥불을 쬐고는 잠에 들다. 와! 새벽 3시에 잠이 깨다. 텐트를 걷어 보니 별들이 이마에 쏟아지는 느낌. 소리를 지르며 모두 나와 새벽하늘의 별을 바라보다. 이 별을 보러 이역 만리를 온 것이 아닌가. 문희가 북두칠성은 없다고 했다고 아이들은 별을 찾기 시작했다. 드디어 북두칠성 발견. 거기서 해온이가 말하기를 "문희야 우리 북두칠성 찾았다" 아침 6시에 일어나 고양이 세수를 하고는 8시에 역시 검은 손의 쿠커가 해주는 아침을 들고 또 다시 여행 시작. 모래무지를 드라이브하는데 엎 다운하는 자동차 쇼를 하면서 드디어 아카쿠스에 도착. 지금 새벽 1시라 내일 다시 시작. 빨래를 해야 함. 내일도 세계 유네스코 문화재를 보러 갈 예정임.

▶ 여행을 마치고

처음부터 계순이의 도움 없이는 불가능한 여행이었다.

비자가 잘 안 나는 나라에서 관광 비자를 얻기는 매우 힘들다고 한다. 더욱이 리비아는 입국비자 수를 정해 놓고 외국인 입국을 통제하는 나라였다. 입국에서부터 출국까지 대사관 장과장님과 운전기사 하킴의 도움으로 무사히 일정을 마칠 수 있었다. 운전기사 하킴은 마담(계순)의 친구들이 왔다고 다과를 준비하여 지중해 바닷가에서 대접하기도 했다. 하킴의 너털 웃음소리가 그들의 순박함을 알게 한다.

우리는 계순이가 얼마나 바쁘게 생활하는지를 알았다. 나라의 이익을 위해 김 대사님과 함께 한국을 대표하는 외교를 하기 위해 수고하는 모습을 보고 가슴 뿌듯했다. 계순이는 타고난 외교관 부인이었다. 싹싹하고, 친절하고, 우아하고, 품위 있고. 계순아, 너 파티 때 입은 옷 참 멋있더라. 그리고, 네가 김 대사와 연애할 때 반대한 것 기억날까 몰라. 내가 그때는 사람 보는 눈이 없어서 그런 것 같다. 김 대사님은 부지런하시고 사명감이 투철하신 것 같더라. 김 대사님께도 바쁜 짬을 내어 우리를 대접해 준 것 매우 고맙게 생각한다고 전해주렴.

이집트는 관광으로 살아가는 나라다. 매우 소란스럽고, 더럽고, 바가지 요금이 성행하는 그런 나라라는 인상을 받았다. 특히 알렉산드리아는 이미 리비아에서 다 보고 왔기 때문에 더 볼 것이 없었다. 그래서, 들고양이하고 사진 한 장 찍었다.

한나절에 박물관, 스핑크스, 피라미드를 다 보고 나니 '주마간산', '수박겉핥기'만 생각나더라. 이집트의 고대 유적은 대단하지. 그런데 오늘날 파손되고, 방치되고, 심지어는 피라미드에서 들개들이 새끼 낳고 살고, 모래사막에는 낙타 똥이 굴러다니고, 고양이들이 진을 치고, 비둘기 집이 되어 있는 슬픈 역사를 보고 왔다. 람세스 책을 참 재미있게 읽었는데. 상상했던 이집트 문명을 직접 보니 실망도 많았어. 그런데도 이집트 여행도 재미있었던 것은 친구들과 함께 했기 때문이야.

자지러지게 웃는 작은 눈의 정림이는 우리 나이를 잊게 한다. 천천히 웃고 말하는 경숙이는 우리를 진지한 아줌마로 만들게 한다. '천사표'라고 이름 붙여진 경옥이는 누구한테나 얼마나 친절한지. 그리고, 몸이 얼마나 잰지. 바지런한 아줌마의 표상이라고나 할까. 언제나 끊임없는 탐구정신과 호기심으로 가이드를 괴롭힌 해온이는 우리를 학생으로 착각하게 한다. 밤마다 해온이는 "부고 애들은 정말 똘망똘망해" 라고 말하기에 내가 말했다. "해온아 너 부고 안 나왔니?"

부고 만세다. 중동을 누비고 다녔으니.

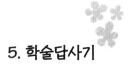

5. 학술답사기

▶ 소수 민족을 찾아서

해마다 1학기가 끝나면 한 학기를 마친 들뜬 분위기에 편승되어 하계 답사를 떠난다.

학회마다 저마다 세력을 내세우는 듯 비슷한 시기에 떠나, 겹치기 행사에 회원들만 난감하다. 그러면 무엇으로 결정하느냐 하면 물론 답사지가 어디냐가 결정 요인이다. 보통 사람들이 가기 어려운 곳, 관광여행 코스와 차별화 된 곳을 선정해 신청을 한다. 많은 숫자가 함께 참여하고 여행사가 개입이 안 된 일정표와 코스라 험난함을 감수하기도 해야 한다. 이번에도 소수민족의 문화 비교 연구를 위해 운남성 내에 있는 여강, 유구호, 대리 등이 주요 코스였다.

나이가 6학년이 되면서 이상하게 오지탐험은 가고 싶지 않고, 여행 자체에 흥미도 반감하고 있는 처지다. 이러면 안 되는데 하면서도 나도 모르게 고생이 싫고, 본 것도 그것이 그것이다 싶고 아무리 좋은 것을 보아도 감흥이 줄고, 참 나이 들어감은 속일 수 없는 현상인가보다. 죽을 때까지 여행을 하라고 하는데, 여행지에서 죽더라도 끊임없이 미지의 세계를 가라고 하는데 이렇게 일찍 시들해지고 있으니, 나 자신 걱정스럽다.

이번에도 동료 교수가 가자고 권하고, 내년 정년을 앞둔 0교수가 가자고 해서 신청을 했다. 고지 3000미터에 있는 지역이라 하는데 내 몸이 견딜 수 있을까, 일정이 10일간의 긴 여행이고 해서 떠나기 전부터 걱정이 이만 저만이 아니다. 홀로 떨어져 있어야 하는 남편도 이제는 슬슬 걱정이 된다. 직업상 술을 자주 마시는 남편이고 63세라는 나이의 남편을 홀로 두고 떠난다는 것이 자식들 눈치도 보이고 염치가 없어진다. 그래도 강행한 것은 가자고 권하는 이의 역설이 해마다 이곳 소수민족의 전통문화가 파괴되고 오롯하게 우리 연구자 교수들만 가는 행사이니 배울 것이 많다는 것이어서 안가면 후회한다는 것이다. 그 이야기가 귀에 다가오지는 않았지만 걸을 수 있을 때까지 다니자는 생각으로 신청을 하고 말았다.

떠나기 전에 준비란 얼마나 많은지. 내 짐 싸는 것은 둘째고, 남편 챙겨 먹이기가 제일 급했다. 인스턴트 음식을 싫어하는 남편이라 밥해서 냉동고에 채우기, 밑반찬(장아찌) 준비, 간식 준비, 떡 냉동고에 넣기 등 이런 저런 준비로 여행 떠나가기 전에 이미 몸이 소진상태다. 이럴 때 딸, 며느리가 와서 챙겨 주면 좋으련만 딸, 며느리 모두 공부를 하는 상황이라 맡길 수도 없다. 또, 자식 결혼시킨 사람들이 눈치 채듯 남편도 오는 것을 반기지 않는다. 제 자식 데려와 어질러 놓고 치우지 않으며 먹을 것만 챙겨 먹어 오히려 불편하다고 내게 고해바친다. 아무튼 분리수거까지 마치고 7월 26일 새벽 5시에 인천으로 향했다.

단체여행이고 성수기고 단순 관광이 아니라 직항로 표를 구하지 못했다고 하면서 인천에서 상해, 상해에서 국내 비행기로 곤명, 곤명에서 다시 여강으로 하루 종일 비행기를 탔다. 비행기 안에서 하루를 보냈다. 밤중에 여강 고성으로 가서 시끌벅적한 가운데서 저녁 식사를 했다. 나시족의 민요를 들으며 밥을 먹고 고성을 걸으니 사람이 붐비는 것이 명동거리나 진배없다. 서로 놓치면 안 되니 물레방아로 오란다. 고성 거리 한가운데 커다란 물레방아가 도는데 그곳이 미팅장소다. 거리마다, 골목마다 넘치는 사람들, 휘황한 가게, 정신이 없어 일찌감치 물레방아에 서서 일행을 기다렸다. 여기까지 와서 사람구경만 하나.

　다음날 여강 동파 박물관에서 나시족 제사 활동을 보았다. 동파 박물관은 동파 민속관으로 생각되며 시간대에 맞추어 동파들이 모여 제사 의식을 하는 것이다. 제사 의식이라는 것이 제사 음식을 차려 놓고 불을 지피며 동파경을 읽는 형식이다. 제사 의식의 일환으로 동파들은 의상을 차려 입는데 노란색 제의에 동파 모자를 쓰는데 그 모자 그림이 나시족의 의식이 담겨져 있었다. 늙은 동파 젊은 동파들이 나란히 서서 동파 문자로 된 경을 읽고 있다. 지루하리만치 책을 한 권 다 읽을 때까지 의식은 계속된다. 한쪽 구석에서는 나이 든 동파 한 명이 그림을 그려주며 돈을 받는다. 인터넷에서 나오는 사진들이 다 그런 사진들이다. 동파 문자는 상형문자고 아름답다. 그 아름다운 상형문자로 좋은 글귀를 써서 이름도 상형으로 바꾸어 써 주고는 돈을 받고 판다.

　다음날 동파 박물관에서 동파 문자에 대한 설명을 들었다. 동파 문자에 대한 학예사인 듯한 젊은 연구원이 동파 문자와 나시족에 대한 설명을 해 주었다. 동파문자는 정말 아름답다. 20세기 추상화를 보듯, 뜻이 담긴 아름다운 글자를 가진 나시족들에 대한 경외감이 든다. 나시족은 동파문자를 따로 배운다. 그런데 나중에 안 일이지만 동파 문자로 써준 이름자가 사람마다 조금씩 틀렸다. 누가 옳게 써 준 것인지 모르겠다. 요즈음은 돈이 되니까 잠깐 배워서 돈벌이 수단으로 활용하는 것 같다. 고성 시내에서 쓴 이름자가 더욱 틀린 것을 보니 그렇다. 나는 박물관에서 '신체 건강' 이라는 동파 문자와 내 이름자와 남편 이종환 이름자를 써서 넣은 동파 글자를 100위엔을 주고 샀다. 여강 고성은 여간 재미있는 거리가 아니다. 돌로 깐 포장이 반들반들하다. 비가 오는 날이어서 미끄러워 조심스럽게 걸어야 한다. 우리가 간 그때가 우기라고 한다. 물론 아열대성 기후를 가진 곳이다. 고성은 옛날 목조 건축물들이 즐비한데 세계문화유산에 등록되어 있다. 세계에서 몰려든 관광객과 중국인들이 밤낮으로 붐비는 곳이다.

중국은 관광객 걱정을 안 하는 나라다. 자국민의 인구만 해도 관광은 충분하니까. 한족 사는 형편이 나날이 넉넉해지니까 좋은 차(벤즈)를 사서 여행을 즐긴다. 거기다가 세계로 뻗어나간 화교와 홍콩, 대만까지 중국을 찾는데 주로 소수민족이 모여 사는 사천성과 운남성으로 몰리고 있다. 이곳을 중국인들은 천당이라고 부른다. 상그릴라, 여강, 대리, 구채구 등지가 다 운남성과 사천성에 있다. 자연 풍광이 뛰어나고 소수민족의 관습, 색깔이 특이하고 민예품들이 싸고 질이 좋기 때문이다. 은 공예품, 보이차, 쪽빛 물들이기, 길쌈 짜기, 옥으로 만든 각종 민예품들이 무척 싸고 아름답다.

나시족은 화(和)씨와 목(木)씨가 많이 산다. 화는 화합의 상징이다. 나시족 사람들은 자연 친화사상을 가지고 있다. 토템의 영향이 아직 남아 있는 곳이다. 민속 마을은 우리네 시골 마을과 유사하다. 절구가 있고 옥수수 말린 것을 걸어 놓고 있다. 목씨 성을 가진 사람들은 한족과 동화되어 제후국을 세웠는데 그 목부 관청이 그대로 있었다. 그때 청나라에 굴복하여 나라를 지킬 수 있었기에 유적도 보존할 수 있었고 자치권도 가질 수 있었고, 문자 문화도 보존할 수 있었다는 것이다. 백사 벽화에서 나시족 역사를 보고 흑룡담 공원에서 동파 연구소를 방문하여 동파 경해석본을 보았다. 굉장히 많은 동파경을 일일이 중국어로 번역하여 놓았다. 그 번역한 동파경도 문화유산에 등록되어 있다고 한다. 나시족의 보존 능력도 대단하지만 소수민족의 문화 전통을 방치하지 않고 그것을 한족문화로 흡수, 동화시키면서 관광 수입으로 끌어 올리는 중국인의 노력도 대단했다.

여강 시내에서 보이는 산이 옥룡설산이다. 해발 4680미터까지만 사람이 올라갈 수 있다. 이곳은 빙하공원이어서 방한복과 산소통을 가지고 가야 한다. 이곳은 선택사항이었다. 건강에 자신이 없는 사람들은 고성 시내를 더 자세히 답사하기로 하고 나머지는 이곳으로 향했다. 고산증이 없는 나는 물론 설산을 택했다. 나이 든 교수와 고산증이 있는 사람은 당연히 남아 있어야 했다. 내 룸메이트와 동료도 여강에 남았다. 방한복을 30위엔을 주고 빌리고 산소통은 두 명에 하나씩 회비에서 사주어 옥룡으로 향했다. 옥룡설산에 도착하니 많은 사람들이 줄을 서서 대기하고 있어 하루 종일 기다려도 올라가기 어려웠다. 중국에서 유학 경험이 있는 통역 가이드 노릇을 하는 여 선생이 무슨 수단을 썼는지 다른 길로 안내해 우리를 케이블카로 데려간다. 이곳을 장예모감독이 오페라를 만들려는 선전 포스터가 붙어 있다. 계림 전체를 배경으로 계림 농민 전체를 배우로 써서 오페라로 만들어 이미 성공한 장예모 감독이 이번에는 이곳을 점찍었다고 한다. 그만큼 중국인들에게 설산은 꼭 한 번 가보고 싶은 곳, 가야하는 곳, 죽을 때는 설산을 택했다는 곳이다. 케이블카를 타고 가는데 중턱쯤 가는데 숨이 갑갑하다는 느낌이 들었다. 오래전 황룡에 올라갔을 때 밑에서부터 산소통을 들이대다 산소가 떨어지는 바람에 정상에 오르지 못하고 내려 온 기억이 있어 되도록이면 산소통을 이용하지 않고 천천히 숨을 들이마시며 오르려 했다. 거의 다 도착할 즈음에 산소통을 들이대며 대비를 하였다. 케이블카 안에서 들어 누우면 안 되니까. 케이블카에서 내리니 고산증이 없는 나도 머리가 어지럽고 다리가 휘청한다. 높기는 높구나. 그래도 도착은 했구나. 높은 곳에 카페가 자리 잡고 있었다. 천천히 걸으며 산장 카페에 들어가 커피를 시켰다. 몇 명이 함께 모여 숨을 고르고 있었고, 젊은 교수들은 도보로 정상을 향해 20분 거리를 걸었다. 숨을 고르다 걸을 수 있으면 걸으려고 쉬고 있는데 이미 휴게실에 누운 사람들이 생겼다. 그날은 비가 몹시 내려 정상에서 안개가 자욱해 보이는 것은 온통 안개뿐이었다. 그 와중에 신이 도와주었는지 안개 속에서 잠시 문을 열어 설산을 보여 주었다는 후문이다. 그 감격이란 말할 수 없었다고 젊은 후배 교수가 이야기 해준다. 젊음이란 그래서 부러운 것이다. 나는 다음날 답사를 위해 무리수는 두지 않았다. 천천히 걸을 수 있었지만 케이블카 밖으로 나와 설산을 배경으로 증명사진 한 장 찍었다. 그리고는 케이블카를 타고 내려오니 가슴 답답한 것이 조금씩 나아진다. 그 사진을 찍은 교수에게 이 사진은 꼭 보내 달라고 신신 당부했다. 얼마나 힘들게 찍은 사진이냐. 그 사진이 오늘 도착했다. 그 사진을 보고 있노라니 감회가 새롭다. 다시는 가 볼 수 없는 설산. 해발 4650미터. 저녁에 또 다시 고성에서 저녁을 먹으며 다도회를 감상했다. 죽엽차 시음이다. 대나무 통에다 차를 넣었다가 우려내어 먹는, 죽향이 묻은 차 맛을 감상하는 것이다. 명세빈처럼 생긴 예쁜 태족인 20살의 처녀가 아름다운 몸짓으로 다도를 하는데 그것은 보이차를 파는 곳에서 데려온 하나의 쇼였다는 것을 후에 알았다.

이곳 운남성은 소수민족이 제일 많이 몰려 사는 곳이다. 나시족, 모수족, 백족, 태족 등 소수민족 55족 중 50프로를 차지한다고 한다. 저녁을 먹고는 나시족의 민요와 춤을 감상하는 장소로 이동하였다. 극장식 무대로 관광객을 상대로 하는 민속 무용단이다. 정식 국립 무용단도 아닌 것 같다. 내가 본 것을 모든 관광객이 다 똑같이 보았을 것이다. 재미있는 것은 아줌마 민요 가수가 노래를 몇 곡 부르더니 관광객 사이로 핸드백을 들고 종종 걸음으로 퇴근하는 것이다. 그 모습을 보고 우리는 모두 웃었다. 그 가수는 화장기 없는 얼굴에 고유 의상이지만 일상복 차림으로 천연덕스럽게 노래를 하고는 아무렇지 않은 모습으로 퇴근을 하는 것이다. 내가 일본 홋카이도를 여행을 했을 때도 그 사람들이 민속 쇼를 하면서 자기네는 이 의상을 평소에는 입지 않고 이곳에 출근해서만 입는다고 하면서 자기네는 이곳에 출퇴근하는 샐러리맨이라고 하면서 웃겼던 기억이 난다.

7월 30일 새벽 7시 30분에 지프차에 나누어 타고 탑성향(塔城鄕)으로 출발하였다. 우리를 안내하는 현지 파견교수가 무척 서두른다. 현지인들이 우리를 기다리고 있다는 것이다. 지프차로 가는 이유는 산길이 험하기 때문이다. 6시간, 7시간을 구불구불 산길을 따라가노라니 비 온 후 개인 경치는 안개 속을 헤집고 나오는 산풍경이 아름답기 그지없다. 달릴 수 있는 길이 아니라 천천히 가야하는 길이기 때문에 마냥 더디다. 그래도 중간 중간에 쉬지도 못하고 냅다 달리고 또 달리고 한다. 젊은 교수들은 불만이 가득하다. 중간 중간에 내려 나시족이 모여 사는 마을을 보아야 하는데 그러지 못하게 하는 것이 찜찜하다는 것이다. 서두르는 품새가 지나칠 정도다. 그래도 볼일을 보아야 하는데 공공 화장실 없는 산길이라 민가로 뛰어 들었다. 화장실이 어디냐고 물으니 화장실이라는 단어를 이해 못하는 듯 갸우뚱거리더니 이내 뒤뜰로 안내한다. 그곳이 화장실이다. 나시족 농가에는 화장실이 없었다. 먼저 답사를 마치고 귀가하는 교수들이 굉장히 환경이 열악하다고 하며 화장실이 없다는 것을 일러준 상태라 금시 이해하고는 뒤뜰에서 사이좋게 앉아 볼 일을 보았다. 그리고는 나시족 어린아이들과 사진을 찍었다. 지저분한 얼굴이지만 해맑은 미소는 천사 같았다. 아낙들도 순해 보이고.

드디어 서명촌이라는 빌리지에 도착하니 민속 옷을 입은 현지인들이 우리를 맞이한다. 그곳에서 점심을 먹은 후 현지 민속 필드 워크라는 것을 진행하였다. 려강 동파박물관 연구원과 그곳에서 동파경을 읽는 늙은 동파(동네에서 데려 온 사람) 그리고 민속춤을 모두 자료로 찍는 과정이다. 인터뷰도 간간이 하고 자료도 구입하였다. 다 끝난 후 제막식을 한다고 해서 가보니 그곳은 나시족 민속마을로 새로 만든 곳이었다. 나시족 사람들이 불려와 노래와 춤을 추었던 곳이다. 아직 개장이 안 된 곳인데 우리 답사를 시작으로 오프닝 준비를 하였던 것이다. 누가 우리를 이용한 것인가. 젊은 교수들이 당황해 하면서 불쾌해 한다. 그것도 점심 값으로 4500위엔이라는 거금을 지출했다고 한다. 대단히 큰돈이 의미 없이 지출된 것이다. 우리가 진정 원하는 답사는 살아있는 민가를 원하는 것이지 인공적인 마을이 아니었던 것이다. 그곳 빌리지는 샹그릴라에서 돈을 많이 번 한족이 돈을 대고 나시족 촌장이 민속원장이 되어 관리를 하는 곳이라는 것이며 앞으로 민속촌으로 관광객을 상대로 돈벌이에 나설 작정인 것이었다. 아무튼 찜찜한 상태로 백수대 마을로 와서 백수대에 올랐다. 백수대는 하얀색 암석이 있고 물이 흐르는 산으로 그곳 사람들이 신성시 여기는 곳이었다. 신화 전설이 존재하는 산인데 이미 터키의 빠묵깔레를 본 사람이나 사천성 황룡을 본 사람들은 시시하다고 생각되듯 규모가 작다. 걸어 올라갈까 하다가 어제 설산 산행도 있었고 오늘 여러 시간의 지프 여행에 지친 상태라 말을 탈까 생각했다. 모두들 말을 하나씩 타고 출발을 하였다. 말몰이꾼은 남자가 아닌 여자다. 말에 올라 보니 내 다리가 짧아 올라가는 길목에서 균형을 잘 못 잡으면 넘어질까 두려워 내렸다. 가마를 타란다. 중국은 산행마다 가마꾼이 있고 팔 힘이 센 가마꾼들이 날렵하게 지고 다니는 것을 보아온 터라 가마를 타겠다고 하는데 이게 웬일인가. 가마꾼이 모두 여자로 9명이 달라붙어 나를 메고 가겠단다. 민망해서 타지 않고 그냥 내려가겠다고 하니 50위엔 하는 것을 30위엔에 해 주겠으니 타고 가라는 것이다. 한 번 타보자 하고 올라타니 낄낄거려가며 나시족 여인들이 나를 갖고 논다. 나시족은 여성이 노동을 한다. 여자들이 남자들을 먹여 살린다. 노래도 하며 놀 듯 좁은 길을 걸어가니 힘의 균형이 맞지 않아 기우뚱 거려 걷는 것만 못해 내리고 싶으나 이것이 저들의 밥줄인가 보다 생각하고 꾹 참고 견디었다. 계단만 그렇게 데려 가더니 산길에는 걸어갔다 오라고 한다. 그럼 그렇지. 정상에 올라 내려다보니 뭐 그렇고 그렇지, 대단한 것도 아닌데 이곳이 나시족들이 신성시여기는 곳이었다.

저녁에는 동파 집으로 초대되었다. 저녁은 그곳에 가서야 먹을 수 있다는 말에 더 험한 곳으로 비를 맞으며 지프에 올랐다.

▶ 스리랑카 몰디브 답사기

어제(28일) 오후 9시 20분에 집에 도착했다. 지금은 늦은 아침을 하고 사랑방에 들렀다. 오랜만에 보는 이름과 글들이 반갑게 맞는다.

스리랑카.

'아름다운 나라'라는 뜻이다. 아름다운 정글이 펼쳐져 있고 푸른 바다와 멋진 호텔, 따뜻한 사람들의 눈빛, 인심이 어우러진 평화와 고요의 나라였다.

불교국가:
곳곳에 불교 유적지가 장엄하게 펼쳐진다. 유네스코 문화유산으로 지정될 정도로 불가사의한 유적지가 산꼭대기에 남아 있다. 국왕들이 자신의 위엄을 과시하기 위해 백성을 그토록 혹사시킨 것이 오늘날 후손들에게는 관광자원으로 살 길을 열어 주고 있다. 잘생긴 미남들이 오르기 힘든 곳을 손잡아 주면서 1달러를 요구한다. 백성들의 85프로가 불교 신자. 그 다음이 힌두교 신자 5프로가 카토릭신자 등 다양한 신앙심이지만 전체 국민의 습관과 관습에는 불교와 힌두가 섞어서 믿고 있다. 종교라기 보다는 생활이고 문화라고 한다. 우리의 경주 유적지가 한없

이 초라하게 느껴졌다. 이곳 성지 순례를 불교 신자와 스님들이 많이 하는데 코믹한 일은 스님들이 스위트 홈을 달라고 떼를 쓰고 반찬 만드는 사람들을 데리고 다니면서 따로 식사를 해서 먹는 고행 아닌 고행을 해서 현지 가이드(스리랑카인)들이 도망을 간다고 한다.

페라헤라 축제:

이곳 캔디라는 고장은 제 2의 수도인데 영국 식민통치를 받을 때 그들이 만든 고장이다. 영국식 호텔과 거리가 있고 다소 혼잡한 거리다. 해마다 불교 축제를 하는데 국왕의 권위와 축제와 불가분의 관계를 지니고 있다. 이 축제를 보기 위해 세계인들이 몰려든다. 자릿값으로 30달러를 내고는 중국인 호텔에서 여러 외국인들과 함께 민속 춤, 전통 악기, 불쇼, 코끼리 행렬 등 다양한 불교 축제를 보았다. 국가에서 하는 행사이다. 한 테마 마다 한 집안에서 나와 하기 때문에 아버지부터 어린이 자식까지 함께 축제를 꾸민다. 구경꾼들의 조용히 관람하는 모습이 이채롭다. 기이한 불 쇼를 볼 때 외국인들이 박수를 치거나 휘파람을 불어 댈 때 그들은 미동도 않고 보고 있을 뿐이다. 성스러운 축제라서 그런지 아니면 그들 문화의 습관인지 알 수 없다.

1달러의 나라:

물가가 무척 싸다. 모든 것이 핸드 메이드, 핸드 페인팅이다. 백성들 평균 월급이 100달러 미만이다. 웬만한 공예품들은 5달러 정도면 살 수 있고 거리의 물건들은 1달러면 된다. 한국인들은 그것도 깎느라고 1달러에 2개 3개로 사들고 와서는 좋아한다. 내게 한 거리의 목걸이 장사가 너는 부자 마담이고 나는 가난한 장사꾼인데 왜 깎으려고 하느냐고 한다. 그 후 나는 물건 값을 깎지 않고 그대로 주고 샀다. 일행들이 나를 두고 '리치마담'이라고 명명했다. 그 후 나는 부자마담이 된 것이다. 그곳에 가면 누구나 부자가 될 수 있다. 거리의 거지가 많지만 절대로 요구하거나 비굴하게 달라고 않는다. 단지 손만 벌리고 있을 뿐이다. 우리는 1루피를 주고는 사진을 찍었다. 무척 흐뭇해 하는 거리의 성자들. 인상 깊다.

실론티의 원산지:

영국인들이 식민 통치를 하면서 끝없이 펼쳐지는 고산지대에 중국산 차나무를 심었다. 그것이 세계를 주름잡는 홍차의 생산지가 된 것이다. 국가에서 직접 관리하는 국영재산이다. 홍차 밭에서 일하는 여인들은 천한 카스트들이다. 코에다 구멍을 두 개 뚫어 코걸이를 하는 여인들이 천민계급이다. 그들은 그곳에 살면서 평생 차밭에서 일만 하다가 죽는다. 등 뒤에 푸대 자루를 지고 아침부터 밤까지 일한다. 중간에 버스를 세우고 사진을 찍으려고 잠시 휴식을 취하는데 어디서부터 뛰어 왔는지 맨발의 여자 소녀 둘이 손을 내민다. 그들의 표정이 얼마나 해맑든지 우리 모두는 함께 그들과 촬영을 하고 1루피에서 100루피까지 듬뿍 보시를 하고는 소녀들의 굿바이 인사를 받으면 떠났다. 고산지대의 영국식 호텔에서 하룻밤 묵었다. 영국인이 180년 전에 지었다는 고풍스런 호텔, 영국식 정원을 거닐면서. 한 여름인데도 추워서 새벽에 깼다.

스리랑카는 또 가보고 싶은 나라다. 수박 겉핥기로 관광을 한 것이 무척 아쉽다. 적어도 15일이나 20일 정도는 있어야 몸도 마음도 그들처럼 평화로워질 것 같다. 그들은 결코 부자가 아닌데도 가난한 티가 없다. 찡그리거나 짜증스런 사람을 볼 수 없었다.

몰디브해안:

최진실과 조성민이 신혼여행을 다녀온 후 부쩍 유명해진 여행지다. 스리랑카에서는 비행기로 1시간 거리다. 여기까지 와서 답사다, 학술회의다 하면서 짬이 없이 지냈기에 몰디브에서 쉴 자격이 있다고 하면서 바다 여행을 가기로 한 것이다.

몰디브는 회교국가다. 관리가 엄격하다. 표정도 엄숙하다. 스리랑카와는 종교가 달라서인지 모든 것이 달랐다. 가이드들에게 주는 팁도 거기서는 통용이 안 된다. 국가 전체 인구가 25만 명으로 부유한 나라다. 관광으로만 먹고 산다. 산호초의 바다 아름다운 바다 색깔이 이채롭다. 바다 위의 방갈로가 환상적이다. 바다낚시를 왜 가느냐? 물 반, 고기 반. 어류들이 수영을 하러 들어가면 가까이 와서 함께 수영을 즐긴다. 상어만한 고기 때문에 오히려 사람이 놀라서 피할 정도. 커다란 가오리가 해안가에서 유유히 떠다니는…… 침을 삼키며, 회를 쳐야하는데 구경만하고 간다고 얼마나 애석해 했는지. 몰디브 바다에서 푸른 하늘과 구름을 바라보며 수영을 이틀 즐겼다. 우리는 얼마나 행복한 사람인가를 재확인했다. 지상의 낙원에서 이틀 밤을 특급 호텔에서 머무른 것이다. 유럽인 일본인이 많다. 가는 곳 마다 지역인들이 수근거린다.

코리아! 월드컵. 월드컵의 위력은 컸다. 우리 일행 중에 빨간 월드컵 티를 입고 다니는 사람이 있었다. 지역인들은 이야기 한다. 한국물건 없느냐. 바꾸자. 볼펜 없느냐. 껌 없느냐. 캐러멜 좀 달라. 사탕 등 우리가 가지고 있는 것을 갖기를 원했다. 그들에게 공산품은 부족한 것 같다. 나는 파인애플과 바나나를 원 없이 먹었다.

▶ 후쿠오카를 다녀와서

후쿠오카는 재작년에 딸과 함께 온천을 위해 단순관광을 한 후 이번에는 국제 학술 대회 명분으로 두 번째 방문이다.

우선 지하철을 많이 탔다. 택시 값이 비싸니까. 자유롭게 거리를 활보했다. 자유롭게 음식을 먹었다. 사람들 표정이 어둡고 표정이 없다. 선진국이란 이런 걸까. 살기가 팍팍하다는 느낌을 받았다. 2주에 한 번씩 태풍까지 왔다고 한다. 우울증에 걸리기 쉬운 날씨를 지닌 곳 일본.

감동 받은 일

규슈산업대학을 비가 주룩주룩 오는 날 지하철을 타고 가기가 어려워 택시를 탔다. 20분 거리라 해서 얼마 나오랴 하고 택시를 탔는데 우리 돈 삼만 원이 넘게 나오고 있었다. 가슴이 조마조마 하는데 학술대회 개최 건물을 찾지 못하고 빙빙 돌게 되자 더 긴장이 되었다. 그때 기사가 눈치를 채고는 요금미터를 껐더니, 이제부터는 건물을 찾을 때까지 요금을 계산 안 하겠다고 한다. 그리고는 건물 가장 가까운 곳에 내려 주었다.

발표 대회를 끝내고 4명의 교수가 두 명은 오키나와 대회에 연이어 참석하느라 국내선 공항으로 가야하고 우리 둘은 한국행으로 국제선으로 가야 했다. 함께 택시를 타고는 기사에게 일단 국내선에 다 내려 주고 둘은 국제선으로 가야 하니 무료 셔틀버스 타는 곳에 정확히 내려 달라고 했다. 역시 비가 주룩주룩 내리고 있었다. 기사는 '그러마' 하고 달리더니 국내선 가까이 가서는 미터를 껐고는 우리 보고 국제선까지 데려다 줄테니 그냥 앉아 있으라고 한다. 이유는 어차피 자기는 돌아 나와야 하고 당신들은 비는 오고 짐은 있고 하니 얼마나 불편하겠느냐는 것이다. 너무 고맙다는 생각으로 내리면서 고맙다는 이야기를 해야지 하는데 짐까지 친절하게 내려 주면서 '아리가또 고자이마스'하면서 먼저 인사를 하고 영어로도 이야기 하고 한국말로도 '감사합니다' 라고 하니 더 할 말이 없었다.

'욘사마' 한류 열풍 때문에 한국 사람들에 대해 인상이 무척 좋아졌다고 한다. 일본인 교수들이 우리보고 '겨울 연가'를 보았느냐고 한다. 우리 일행 교수 4명 중 한 사람도 그 드라마를 본 사람이 없었다. 안 보았다고 하니 무척 놀라며 겨울 연가의 내용이 오래된 일본 드라마를 베낀 내용이며 시시하다고 하였다. 일본 여자들이 배용준 얼굴에 반한 일시적인 현상 같다.

한류라고 하여 상점에 한국 상품이 따로 있고 슈퍼에는 배용준 얼굴로 도배가 되어 있다. 지금은 대장금을 하는데 말이 어려워 이해하는 사람이 몇 명 있겠느냐고 한다. 지금은 혼사마라고 하여 이병헌이 떴다고 한다. 심지어 이병헌의 동생이 광고 찍으러 후쿠오카에 왔는데 공항에 500명이 몰렸다고도 한다. 단지 이병헌의 동생이라고. 일본 지식인들은 한류 열풍이 그리 오래 가지 않을 것이라고 한다. 그러나, 택시 기사들은 한국어를 배우려고 노력하는 것 같았다. 안녕하세요. 감사합니다. 정도는 누구나 하는 것 같았다.

조선족이 뜬다.

일본에서 학술대회를 개최하니 아무래도 일본 유학한 한국 교수, 일문학과 교수들, 중국인으로 일본 유학파들, 일본인들이 주축이 되니 일어로 발표를 하는 사람이 많았다. 한국문화 문학을 발표 할 때도 일어로 발표를 하였다. 그러나, 순수 국내파들은 한국어로 발표 하고 통역이 붙는데 그 역할을 조선족이 하고 있었다. 조선족은 일어, 중국어, 한국어 세 언어를 다 하고 있어 동시통역으로 적임자였다. 조선족이 일본에서 공부하고 있는 사람이 꽤나 된다고 한다. 최근에는 동경대에서 교수를 뽑는데 연변 사람 조선족이 되었다고 한다. 이유는 실력은 모두 비슷비슷한데 조선족 교수가 영어, 일어, 중국어, 한국어 네 언어를 다 하고 있었다고 한다. 조선족이 유리하다는 생각을 했다. 한국 유학생들도 만났는데 처절했다. 되지도 않는 일본어에, 유학비를 충당하기 어려운 형편에. 지하철에서 만난 여학생은 짙은 화장 얼굴이 학생 같아 보이지 않았다. 재작년에 만난 가이드 이야기가 떠 올려졌다. 여학생은 일본에 유학 보내지 마세요. 남자들은 일당 7만 원짜리 막노동으로 유학비가 되는데 여학생들은 최소 30만엔(우리 돈 300만원) 들어가는 한 달 생활비를 부모들이 충당하기 어려워 아르바이트를 해야 하는데 결국은 술집으로 가기 십상이라고. 박사과정 중에 있다는 노처녀 학생은 18년째 일본에서 공부하고 있단다. 산전수전 다 겼었다고 이야기 한다. 몸무게가 무려 30kg이나 불었다고 한다. 스트레스로. 30대 후반의 이 노처녀는 어떻게 할 것인가.

한류 열풍을 일으키고 있는 배우나, 감독에게 우리나라도 열렸다는 정부가 백작 칭호는 못 줄지언정 그만한 대우는 公的으로 인정해 주어야 하지 않을까 하는 생각을 하며 2박 3일의 짧은 일정을 마쳤다.

발표 논문 준비하느라 힘들었지만 일본 교수들을 지인으로 알게 되고 일본에서 활약하고 있는 문화계의 재일 한국인이 거물로 존경 받고 있는 모습을 보고 자긍심도 가졌다.

허나, 약빠른 한국 교수들의 행동, (자기 발표와 토론만 끝내고 가버린다, 토론조차도 하지 않은 채 가버린다, 자기 발표에 맞추어 학회에 나온다 등), 성의 없고 진지하지 못한 국내 교수들의 뒷모습에 씁쓸했다.

일란, 삶의 궤적

초판 1쇄 인쇄일	2015년 10월 15일
초판 1쇄 발행일	2015년 10월 16일
지은이	김명희
펴낸이	정진이
편집장	김효은
편집/디자인	김진솔 우정민 박재원
마케팅	정찬용 정구형
영업관리	한선희 이선건 최재영
책임편집	김진솔
인쇄처	월드문화사
펴낸곳	국학자료원 새미(주)
	등록일 2005 03 15 제25100-2005-000008호
	서울특별시 강동구 성안로 13 (성내동, 현영빌딩 2층)
	Tel 442-4623 Fax 6499-3082
	www.kookhak.co.kr
	kookhak2001@hanmail.net
ISBN	979-11-86478-45-5 *38000
가격	14,300원